KB115832

회상(回想)의 즐거움

추억,
그 화석이 된 흔적들

홍 긍 표

반달뜨는꽃섬

추억,

그 화석이 된 흔적들

책을 펴내며

시골에서 유년 시절을 보내고 도회지에서 다람쥐 쳇바퀴 돌 듯 살다 보면, 어느 날 문득 코흘리개 그 시절이 몹시 그리워진다. 그때는 행복이 뭔지도 몰랐지만, 생각해 보니 그 시절이 인생에서 가장 즐겁고 아름다웠던 날들이었음을 깨닫곤 한다. 시골이 고향인 사람들에게는 선물과도 같은 달콤한 추억이다. 이것은 어쩌면 삶에서 더없는 축복일 것이다.

두레박으로 우물물 길어 올리듯, 추억의 방 깊숙한 곳에 잠들었던 어린 시절의 아름답고 찰진 사연을 곰곰이 회상해서, 인터넷 도움도 받으며 잊혀져가는 곱다란 사연을 하나둘 끄집어냈다. 함께 놀던 친구얘기부터, 운동회나 소풍, 놀이문화, 명절 기분, 첫사랑 이야기 등 추억의 잡동사니쯤 되는 내용들이다. 거기에다가 직장생활하면서, 여행하면서, 고향 농막에서 주말을 보내면서, 때로는 술 한 잔 하면서 아는 체 한 글들을 보탰다.

세월이라는 얄미운 친구가 어린 시절의 고왔던, 평생 간직하고 싶은 추억을 야금야금 지워나가며 '희미한 흔적'으로 만들고 있지 않는가. 어쩔 수 없는 일이다. 다만 이런 옛 추억들을 회상하면서 망각에 대한 상실감을 조금이라도 덜어내고 빙그레 미소 지으며 '그랬었지' 고개 끄덕이는 회상의 시간을 가질 수 있는 기록이 되었으면 좋겠다. 물론 글재주도 없으면서 긁적거려 본 이 낙서를 세상에 낸다는 것이 부끄러운 일임을 익히 알고 있지만, 옛 추억을 공유하고 싶은 사람들에게 나누어주고 싶은 욕심에 그 민망함을 무릅쓰려 한다. 기억에서는 더듬거릴 수도 없을 만큼 사라져 가는 추억들, 보관했던 낡은 앨범마저도 이사 다니느라 어디에 뒀는지 모르는 세대가 조금이라도 공감하면 만족하겠다.

　나는 창작이나 글쓰기 수업을 받아본 적이 없다. 그러니 글마다 울퉁불퉁하고 너덜너덜하여 다듬기가 쉽지 않은데, 아내는 항상 군말 없이 화려하거나 엉뚱한 표현은 소박한 말로 대체시키고, 베일 것 같은 내용이 있으면 가리도록 의견을 내고, 아쉽거나 부족한 부분은 붙이고 채우라고 일러주었다. 질책하지 않고 계속 응원해 준 아내가 무척 고맙다. 또한 내용은 물론 교정까지 봐주신 친구 같은 학부형 이현주선생님께 감사하다. 손재주가 좋아서 내용에 어울리는 그림을 여러 장 그려주셨다. 삽화의 대부분을 그려준, 나와는 특별한 인연이 있는 화가 김애리양에게도 고맙다. 제자들이 그린 그림도 여러 장 썼다. 각자의 길에서 훌륭하게 성장하길 바란다. [전주난장] 사진이 몇 장 있음을 밝히며 고마움을 전한다. 기꺼이 책을 내주신 출판사에도 감사드린다.

　끝으로, 어쩌다 읽으신다면 소중했던 추억이 떠오르고, 또 마음에 와 닿는 글도 있기를 감히 바란다.

　　　　　2024년 초여름, 서울 고덕동에서 막걸리를 빚으며
　　　　　　　　　　　　　　　　　　　　　홍긍표

추천의 글

　　큰아이 담임이셨던 홍긍표선생님께서 자신의 일생을 뒤돌아보며 삶에서 마주했던 소소한 일상을 글로 엮어서 경험을 나누고자 하신다고 들었을 때 누구보다 기뻤습니다. 주어진 자리에서 열심히 살아온 한명 한명의 인생사는 여느 명작 소설보다도 더 감동이 있고 깊은 울림이 있다고 생각하기 때문입니다. 그러나 자신의 인생을 솔직하게 드러내는 일이란 큰 용기가 필요한데, 선생님께서 용기를 내서 그간 틈틈이 써 왔던 수필들을 엮어서 책으로 만드신다니 선생님의 팬의 한 사람으로서 무척 기쁘고 설렙니다.

　　선생님의 매력은 매사에 느긋하면서도 따뜻한 다정다감입니다. 학생을 도와줄 때도 표가 나지 않게 조용히 모두 수긍하고 상처받지 않도록 합니다. 학생들이 서로 이해하여 해결할 수 있는 일들도 툭하면 법적으로 해결하자고 싸우고 소송으로 맞서는 요즘 학교의 모습을 보면서 선생님의 이러한 봄날 햇살 같은 교육방식이 이 시대에 가장 필요한 학생 지도의 모델 아닐까 생각하곤 합니다.

　　『추억, 그 화석이 된 흔적들』은 선생님의 자전적 수필집으로 다양한 이야기가 담겨있습니다. 따스한 기억으로 남은 농촌에서의 어린 시절 이야기, 기쁨과 슬픔이 공존했던 교육자로서의 삶, 한 가정의 아버지로서의 삶, 사소한 것에도 의미를 부여하고 소중함을 찾는 주변 사람들과의 만남, 사회에 대한 세심한 관찰을 통해 얻은 의견 등 삶의 길목에서 마주한 울림이 있는 이야기로 구성되어 있습니다.

　　살아오신 일상에서 발견한 교훈과 사자성어를 사용한 설명은 이 책의 깊이를 더해줍니다. 익숙한 성어도 있지만 평소엔 접해보지 못했던 성어들도 많아 배우는 기쁨도 큽니다. 문체에도 선생님의 느긋하면서도 다정다감한 특유의 감성이 배어 있습니다. 여러 감정과 일화들을 담백하고 화려하지 않게 표현하셔서 글을 읽고 있으면 선생님이 옆에서 막걸리 한잔하시면서 조곤조곤 말씀해 주시는 듯합니다. 어린 시절의 일상을 읽을 때는 어머니 같은 미소를 짓게 되고, 먼저 보낸 제자의 일화를 읽을 때는 눈물을 흘리기도 하면서 그 속에서 묵직하게 전해져 오는 삶의 위대함을 느끼게 됩니다.

　　『추억, 그 화석이 된 흔적들』은 자신의 자리에서 평생을 열심히 살아온 이 시대의 한 교육자의 삶을 엿볼 기회를 제공합니다. 많은 세대가 공감하고 감동을 받을 것입니다. 나이 든 세대는 그 시절을 회상하며 공감할 것이고, 젊은 세대는 윗세대의 생각과 삶에 대한 자세를 배울 것입니다. 홍긍표선생님의 매력을 한 단어로 표현한다면 따스함입니다. 책 속의 따스함이 가랑비처럼 마음에 젖어 들어 많은 위로가 되리라 믿습니다.

학부형 이현주

목차

I

추억, 그 화석이 된 흔적들

30여 년만의 답장

군사정권을 종식하고 문민정부를 이끌었던 김영삼대통령 퇴임쯤에
그분의 3대 치적이 뭇사람의 입에 오르내린 적이 있다.
첫째는 일제의 잔재라는 국민학교를 초등학교로 개칭한 것이고
둘째는 IMF를 통하여 남북 간의 빈부격차를 상당히 해소(?)하셨다.

셋째는 밝히지 않을 것이니 각자가 알아서 풀어보는 숙제로 하자.
물론 우스갯소리로 잠시 유행했던 농담이고,
이분은 경제 분야에서는 철저히 실패했다고는 하나,
'역사바로세우기', '금융실명제' 등 굵직한 업적도 있음은 사실이다.

하여간 박정희대통령 시절이니 참으로 긴 세월이 흘렀는데,
각종 행사에서 맨 먼저 국민교육헌장이 낭독되던 국민학교 시절에,
우리들은 모두가 아름답고 애틋한, 어쩌면 사랑에 근접한,
소중하고도 비밀스러운 추억 하나쯤은 간직하고 있을 것이다.

나는 지금 여기 중학교 동창 카페에,

내가 그런 첫사랑의 대상이 되었다는 것을,

부끄러운 추억으로 여기는 A의 나에 대한 짝사랑을

달콤하고 아름다운 첫사랑으로 전환해 줬다는 이야기를 쓰려한다.

초등학교 여자 동창, 남자 동창이라고 말하면

졸업앨범 사진을 보지 않고도 떠오르는 얼굴들이

이 글을 읽고 있는 우리 친구들은 몇 명이나 될 것 같은가?

만나면 아는 친구들이지만 추억과 함께 떠오르는 아이들 말이다.

B라는 여자애가 있었다. 나보다 한 살 많을 것이다.

B의 집안 형편도 어려웠다. 지독하게 가난했던 시절이다.

우리 집은 다행히 하루 세 끼를 다 챙겨 먹을 정도는 되었고,

강력한 혼·분식 장려로 담임선생님께 도시락을 검사받던 시절이다.

대개는 보리밥으로 쌀밥을 살짝 덮어서 위장했다.
노래는 또 얼마나 지겹도록 불러댔는가.
♬ 꼬꼬댁 꼬꼬 먼동이 튼다 복남이네 집에서 아침을 먹네
옹기종기 모여앉아 꽁당보리밥 보리밥 먹는 사람 신체 건강해 ♬

4학년쯤에 B는 잠시 한 달 정도 내 짝꿍이었다.
2인용 긴 책상, 넘어오지 말라고 가운데에 선을 그었던,
반주에 맞춰 동요를 부를 때 풍금 소리가 그렇게도 듣기 좋았고,
그 풍금을 세상에서 제일 좋은 악기로 여기며 지내던 시절이다.

점심시간에 벤또라 부르던 도시락을 먹을 때였다.
밥이 차가운데 난로가 없었으니 이른 봄이나 늦가을쯤일 것이다.
여자 짝꿍의 노란색 양은도시락 뚜껑 속 밥이 뭔지 궁금했다.
힐끗 보니 밥이 아니고 밀개떡에 보리쌀이 적당히 박혀 있다.

내가 무슨 마음이었는지 지금도 전혀 설명할 수 없는 행동으로,
다른 애들이 볼까 재빠르게 나의 쌀밥을 절반이나 퍼 주고,
그 아이의 보리쌀 섞인 밀개떡을 한 움큼 뚝 떼어 가져왔다.
숟가락으로 썰 듯 떼서 한 입 먹어보고는 바로 후회했다.

차가운 것이 싫었고 아무런 맛이 없어서 더욱 싫었다.
도시락 반찬이라면 그저 배추김치 한 가지밖에 없었던,
어쩌다 바뀐 깍두기가 오히려 신선하게 느껴지던 시절이다.
그래도 그날은 물리도록 먹던 김치가 너무나 고마웠다.

그 김치를 의지해서 서너 순가락 떴을까 보다.
서로 밥에 대한 반응이 궁금했는지 짝꿍 B와 눈이 마주쳤다.
그 애는 쌀밥을 달게 먹으며 웃고 있었다. 행복해 보였다.
맛없는 밀개떡을 먹어야 할 운명인 나도 그냥 웃어주었다.

짝꿍의 행복한 모습을 보고 있자니 나에게는 작은 의무가 생긴다.
밀개떡을 끝까지 다 먹어야 한다는 일종의 사명감 같은 것 말이다.
어린 나이에 사나이의 무슨 체면이 생겼는지 모를 일이다.
나는 남자니까 할 수 있어! 다 먹을 수 있어!

그러면서 맛없는 밀개떡을 억지로 먹다 보니까
나도 모르게 내 몸이 커지는 듯, 정말 이상하게도,
짝꿍이 내 삶 최초로 여자라는 이성으로 보였다.
그 순간 나는 엄마 품을 떠나 넓은 세상에 한 발짝 내디딘 것이다.

그런데 재미있는 일은 초등학교 동창 모임에서 B를 만나
"반갑다, 친구야! 더 예뻐졌네. 내 짝꿍이었는데 생각나니?"
"몰라!" 생각하고 싶지 않은 밀개떡의 추억 때문인지,
아니면 그저 기억하지 못하는 것인지 알 수가 없다.

그리고 C와 D에게도 앙증스러운 사연이 있다.
그들은 엄마가 학교 선생님이고, 아빠가 교회 목사님으로
우리네 부모님들과는 비교가 안 될 정도로 최고의 엘리트였다.
옷 하나라도 달리 입혔으니, 남자애들의 짝(첫)사랑 0순위이다.

어느 날 C는 아닌 밤중에 홍두깨라더니
교단에 올라 은쟁반에 옥구슬 구르는 듯한 낭랑한 목소리로
선생님이신 엄마의 전근에 따라서 자기도 전학 간다고 말한다.
그 애의 무척이나 세련된 작별 인사에 모두가 놀랐다.

마음의 정리가 끝난 듯 책가방을 챙겨 들고는
유곡리 자기 집 방향으로 뛰어가기 시작한다.
C는 여자애들 60여 명 중에 유일하게 안경을 썼고,
우리와는 비교도 안 되게 동화책을 많이 읽은 똑똑한 아이다.

숨이 찬지, 아니면 다니던 학교를 한 번 더 보고 싶은지,
언덕 중간에서 걸음을 멈추고 뒤돌아 우리 쪽을 바라본다.
남자애들 여럿이 그 아이가 떠나는 모습을 같이 보고 있었는데,
이별이 생소했던 때라 손을 흔들어 주는 친구는 한 명도 없었다.

나 역시 당황스러운 마음에 손을 흔들지 못했고,
수업 종이 울려서 친구들은 모두 교실로 들어갔다.
다만 나는 그 자리에서 한 발짝도 움직이지 않았다.
시야에서 사라지는 마지막 모습까지 본 사람은 나뿐이다.

건물 오른쪽에서
C를 바라보았다.

어린 나이에 무슨 심리였을까?

아마 다른 애들도 C를 좋아하는 것이 싫어서 그랬을 것이다.

그 애틋한 마음이 얼마나 깊었는지 35년이 지났는데도

그때 그 모습이 선명하게 남아있으니 난 별걸 다 기억하는 남자다.

C가 떠나는 모습을 함께 보았던 친구들과 술잔을 기울이며,

코흘리개 그 어린 시절을 회상시켜 주곤 하는데,

그 애의 이름조차 기억하지 못하는 동창들이 더 많았다.

무정한 세월이 그렇게도 고운 추억들을 하나씩 지우는 것이다.

나는 그 애가 대전에서 여고를 졸업하고

서울로 대학 간 것도 알고 있는데 말이다.

속으로 중얼거린다. "짜식들! 나 따라오려면 멀었다.

너희들이 내가 좋아했던 C를 알기나 해?"

D라는 목사님의 딸, 긴 머리를 통으로 묶어 말총머리로 다녔다.

가을운동회 때는 청군의 여자 대표로 계주 선수다.

얼굴 예쁜 친구는 모두 달리기를 잘하는 줄 알았다.

옷도 잘 입었다. 우리보다 한발 앞선 패션으로 말이다.

그런데, 당시 나는 목회자는 무서운 사람으로 잘못 알고 있어서

깔끔한 모습의 그 애가 좋기도 했지만, 일정한 거리도 있었다.

이 아이도 목사 아빠를 따라 전학 갔는데 작별의 기억은 없다.

E, F, G 계속할까? 아니다. 모두 탕진하면 나중에 쓸 얘기가 없다.

이제 다시 A로 돌아와서,
여자 동창 A는 남편의 아내요 자식들의 어머니로,
부족한 것 없지만, 그렇다고 화려한 '줌마렐라'도 될 수 없는,
키가 작고 코가 오똑한, 나이 50을 앞둔 평범한 동창 중 한 명이다.

매년 12월 첫 주 토요일에 인천에서 초등학교 동창 송년회를 한다.
A는 자신의 앞자리나 옆자리에 앉은 친구들과 잘 어울리고,
때로는 유행가 가사처럼 목젖이 보이도록 깔깔 웃기도 하는데,
유독 내 앞에서는 얼굴이 붉어지고 목소리도 작아지며 수줍어한다.

만날 때마다 그 모양이 변함없어서 나에게는 적잖은 고민이다.
초등학교 시절에 저 아이 고무줄놀이 고무줄을 잘라놓았나?
소변볼 때 화장실 문을 열었나? 아니면 치마를 들춰봤나?
대체 무슨 민망함이 있기에 저리도 부끄러워하는지 알 길이 없다.

아무리 생각해 봐도 각별한 추억이 없는 아이다.
그저 이름과 얼굴이 연결되는 정도로 착하고 평범한 애,
나와는 특별한 사연이 없는 여자 동창임에 틀림이 없는,
하지만 저 표정으로는 분명히 있는데, 도대체 그게 뭐란 말이냐?

장면을 바꾸어 잠시 딴소리를 좀 해보자.
수년 전에 모든 경비를 지원해 주는 중국 정부 초청으로
베이징에서 세계 여러 나라로부터 모여든 중국어쟁이들과
한 달 동안 공부하고 2주는 여행도 하는 행운을 누렸다.

상하이에서 점심 식사 후 담배 생각에 밖으로 나왔다.
그날은 해는 없어도 습하고 무척 더웠다.
식당 앞 도로 양쪽에 길게 늘어선 울창한 가로수가
전지(剪枝)를 잘해서 상당히 고풍스러웠는데 플라타너스였다.

유곡초등학교 운동장 서편에 플라타너스 두 그루가 있었다.
남자애들이 공을 찰 때는 자연스레 축구 골대가 되어준 나무다.
한여름에는 전교생의 더위를 식혀주는 엄청나게 큰 아름드리로
여자애들은 나무 그늘에서 공기도 하고 고무줄도 하며 놀았다.

상해에서는 그 나무가 한껏 멋을 내며 운치 있는 가로수가 되었고,
가이드가 말하길 상하이 명물로 중국어로는 [프랑스오동나무]란다.
그 가로수 밑에서 일행 중 한 명인 키가 작고 코가 오뚝한,
우리 또래의 모스크바 여인이 그윽하게 담배를 피우고 있었다.

그런데, 아무런 연관이 없을 것 같은데,
소련 여자 얼굴 위로 A라는 여자애 얼굴이 포개졌다가 사라졌다.
어? A가 왜 여기서 나와? ……… 아~~ ! 그래! 그거였구나!
그 아이가 내 앞에서 그토록 수줍어하는 이유를 이제야 알겠다.

유곡초등학교 운동장 그 플라타너스 아래에서,
A는 나에게 누가 볼까 불쑥 쪽지 편지를 주고는 급히 사라졌다.
5학년 때인지 6학년 때인지는 분명치 않은데,
'진달래꽃' 으로 멋 부리기 시작하는 글로 추정해 보면 분명 봄이다.

그 시절 나는 살아있는 뱀을 목에 감고 다니던 천하의 개구쟁이로
여자애들의 마음속 대상이 된다는 것은 상상도 할 수 없는 일이다.
하여간, A는 엄청난 용기로 소위 연애편지를 써서 남몰래 주고는,
며칠 동안이나 콩닥콩닥한 마음으로 답장을 기다렸을 것이다.

난 답장하지 않았다. 아마도 못 했을 것이다.
그때 나의 관심은 온통 개구리나 갯가의 도요새 물새알에 있었다.
돼지에게 삶아 주고 싶은 개구리, 내가 삶아 먹고 싶은 물새알이다.
다행인 것은 순진하게도 그 엄청난 비밀만큼은 지켜 주었다.

그 시절 티 없이 맑았던, 나를 좋아했던 마음이
만나기만 하면 다시금 이른 새벽 강가에 물안개 피어오르듯 하니
설레기도 하고 부끄럽기도 한 가슴 두근거림은 당연하지 싶다.
나는 A라는 지극히 평범한 여자 동창에게 큰 죄를 지은 셈이다.

한 달 반 만에 귀국하여 아내와 와인 한잔하면서
여자 동창에게 이런 미안함이 있다고 하니 간단히 해결해 준다.
지금이라도 당장 답장을 해주어야 하는 것 아니냐고 한다.
듣고 보니 맞는 말이다. 돈 드는 것도 아닌데 뭐.

A4용지를 반 접어서 썼다. "여보! 이 정도면 되겠어?"
내용이 없는 글이라서 읽고 지지고 할 것도 없다.
아내 말하길, "무슨 얼어 죽을 사랑이야!
그 나이 때는 사랑보다 더 좋은 게 [좋아한다]는 말이잖아!"

그래서 나머지 반쪽에다 다시 썼다.

> …………
> 그 편지를 지금도 간직하고 있단다.
> 사실, 그때 나도 너를 정말 좋아했어.
> 나 엄청 개구쟁이였었지? ─ 금표가 ─

그런데 요놈의 편지를 어떻게 전해 주어야 좋을꼬?
12월 초 인천에서 하는 동창 송년회를 기다려 전하기로 했다.
지각한 나는 빙 돌며 악수하고는 A의 대각선 맞은편에 앉았다.
이날도 A는 여전히 얼굴이 붉어지는 모습이다. 에구, 순진하기는!

이 나이에 동창들에게 옛 사연이 밝혀진들,
또는 지금에 이 연애편지(?)를 들킨들 어떠랴?
다만 A가 나에게 수줍음으로 다가왔듯이
나도 그녀에게 설렘으로 전하는 것이 예의이다.

누가 봤을까 못 봤을까를 자연스럽게 연출해야 한다.
화장실 가는 A에게 플라타너스나무 아래 그 모습과 똑같이,
미소 지으며 살며시 손에 넣어주고는 얼른 자리로 돌아왔다.
화장실에서 읽었겠지만, 나는 A에게 더는 눈길을 주지 않았다.

해가 바뀌어 1년 후 또다시 동창 송년 모임이 있었다.
30여 년만의 쪽지편지 답장은 실로 대단한 위력이다.
나에게 다가와 속삭이듯 부드러운 목소리로 한잔하잔다.
어엿한 모습에 오히려 내가 당황했다. 하지만 보기 좋았다.

마음만 들켜서 부끄러웠던 30여 년 전의 짝사랑이
읽고 지지고 할 것도 없는 반 장짜리 쪽지편지 답장으로,
그토록 바라던 기분 좋은 첫사랑으로 바뀌었으니,
가히 그 남자 주인공과 한잔할 만도 하지 않은가?

친구들이여! 40년 전 초등학교 추억을 정성껏 길어 올려보자.
그 시절의 아름다운 사연을 곰곰이 아주 곰곰이 회상해 보자.
그대들 역시 가물가물해지는 고왔던 사연을 재생할 수 있고
가슴 속에 묻혀가는 첫사랑을 꺼내서 예쁘게 화장해 줄 수 있음을!

그래서 나는 카페 가입 인사에 "우정도 화장하니?"라고 써보았다.
친구들과의 우정과 사랑을 회상하기 딱 좋은 나이다.
모스크바의 모 대학교 중국어과 아줌마 교수가 참 고맙다.
키가 작고 코가 오똑한 그 슬라브족 여인은 한국 담배를 좋아했다.

(2008.06.)

5일간의 우정

내가 살던 초가집이 마지막으로 단장한 것은 초등학교 5학년 때인 1973년 늦가을이다. 그해 늦가을, 나는 몸이 아파 2개월 남짓이나 학교에 가질 못했다. 덕분에 한낮의 따스한 가을 햇볕을 마음껏 즐기며, 고즈넉한 농촌의 추수 풍경을 동영상과도 같은 기억으로 가슴에 차곡차곡 담아둘 수 있었다.

초가에서 태어나서 중학교를 마칠 때까지 줄곧 그 집에서 자랐으니, 초가에 대한 애착이 남다르다. 여행할 때 호텔이나 펜션에 들지 않고 농촌 민박도 꽤 즐기는데, 장독대가 있는 뒤란에서

(실제 살던 집. 1961년)

볏짚이 삭으면서 풍기는 약간은 지릿하고 때로는 구수한 냄새가 정겨워서다. 지난해 봄에 남해안 여행 때, 이동 거리가 상당히 늘어나도

군이 순천의 낙안읍성으로 달려간 것은 어릴 적 추억이 고스란히 담겨 있는 초가에서 하룻밤 지내고 싶었기 때문이다.

　누구에게나 어린 시절의 고향 이야기는 장면마다 한편의 동화와도 같은데, 나에게는 초가에서의 간절하고 애틋한 사연 중에 사실은 좀 생뚱맞은 추억도 있다. 73년도 그해 가을, 병으로 결석하면서 찬 서리가 내리기 시작하는 시월 하순에, 늙고 병든 쥐와 5일간 우정을 나누며 친구로 지낸 사연이 바로 그 엉뚱한 추억이다.

　그때까지도 나는 월트디즈니의 [미키마우스]를 제대로 알지 못했다. 궁벽한 시골 동네에 전기가 들어오지 않으니까 TV는 당연히 없었으며 겨우 라디오 한 대로 세상과 소통하던 시절로, [어깨동무]라는 월간지 이외에는 읽을 만한 동화책도 귀했던 곳이다. 그런즉 내가 쥐에 대한 좋은 이미지를 갖는다는 것은 당최 불가능하다. 쥐는 나에게 미키마우스 이미지처럼 앙증맞거나 혹은 귀여운 녀석이 결코 될 수 없는, 살강 위 그릇도 깨고 가마니도 뚫어 못쓰게 만드는 놈이고, 늦가을이면 집 근처로 모여들어 가축들의 먹이를 축내며, 집안의 온기에 의지해서 혹독한 겨울을 나는 교활한 놈이다. 초겨울에 새로 단장한 지붕에서 볏짚이 들썩거리면, 틀림없이 쥐가 나락 달린 벼 이삭을 끊어 먹고 있다는 신호다. 밤마다 천정을 활보하던 쥐들 때문에 잠도 설치던 내가 우연히 늙은 쥐와 영혼을 교감하며 친구가 된 사연을 소개한다.

　종콩이라 부르던 낱알이 작고 흰 메주콩을 수확할 때였다. 바싹 마른 콩 가지를 마당에 널어놓고 타작하는데, 도리깨질하면 콩이 튀니까 주위에 밀짚 멍석을 둘러친다. 그 밀짚 멍석을 가림막 삼아서 이동하던 쥐와 맞닥트린 것이다. 첫 조우에 놀란 쪽은 쥐가 아니라 나였다. 위풍당당한 모습에 그만 압도당하고 말았다. 슈퍼 쥐라 일컬어도 될 정도로 강아지만 한 덩치에 놀랐고, 겁도 없이 달아나지 않고 나를 쳐다보는 만용(蠻勇)에 또 놀랐다. 아니, 이놈이 나를 뭐로 보고 도망가지도 않는가 싶었지만, 생각해 보면 병자의 몸이니 쥐에게 비친 내 모습은 상당히 나약해 보였을 것이다.

'죽으려면 무슨 짓은 못할까?'라는 말은 그놈 모습이 아니다. 작은 일에 목숨을 걸거나 무모한 짓을 빗대서 하는 말이니까. '죽을 건데 무슨 짓은 못할까?'라는 말이 오히려 잘 어울린다. 곧 세상 떠날 몸인데 두려운 것이 뭐고 피할 게 무엇이더냐.

사실 그놈은 달아날 힘도 없는 죽음을 목전에 둔 늙은 쥐다. 그놈과 나는 자연스레 눈이 마주쳤다. 마주쳐진 채로 1분여의 시간이 잔잔히 흘렀다. 눈싸움이 아닌 그윽한 눈으로 서로를 탐닉하면서 살피고 있었다. 태어나서 처음으로 사람이 아닌 동물과 눈으로 대화했다. 그쯤 되니 나는 쥐에게, 쥐는 나에게 배려의 마음이 필요했다. "내가 먼저 물러나자. 잿간에서 나왔으니까, 아마도 뒤란 쪽으로 갈 거다. 너는 덩치가 너무 커서 쥐구멍으로는 절대로 못 들어갈 것이다." 저렇게 큰 몸을 어디에 숨길지 측은함과 함께 걱정도 되었다.

환자인 나는 소화기 계통이 고장이니 음식도 가려 먹어야 했는데, 밭 비탈에 있는 개복숭아를 따 먹는 것은 부모님께서 허락하신 유일한 군것질이다. 서리를 맞아 쩍쩍 갈라진 개복숭아는 제법 맛이 들었다. 서너 개 따서 그 자리로 돌아와 쥐의 존재를 확인했다. 에구머니나! 놈은 미동도 하지 않고 거기에 그대로 있는 것이다. 기다리고 있었다는 듯, 나를 바라보며 눈을 맞춰달라는 것이다. 당시 나의 체력은 걸어서 여기저기 이동하는 정도는 가능했으나, 몸 상태가 워낙 안 좋고 조금만 빨리 움직이면 쉽게 숨이 차올라서 쥐를 해코지할 힘은 없었다. 놈은 그걸 알고 있는 듯했다.

놈은 나의 눈동자에서 공격할 의지가 없다는 것을 읽은 것이다. 심부름 다녀오라는 어머니 말씀에 아까처럼 또 내가 먼저 자리를 떴다. 다녀와서 밀짚 멍석 밑을 샅샅이 살펴보았으나 그 친구도 자리를 뜨고 없다. 조금은 서운했다. 잿간으로 뒤돌아갔는지 아니면 뒤란 쪽으로 가서 숨었는지 알 수 없었다.

그날 밤 역시 방안 천정에서는 젊은 쥐들이 가을운동회라도 하듯, 청백 계주에 기마전도 하며 격렬한 몸싸움으로 찌익~찍! 난리다. 이불속에서 뒤척이다가 한낮의 그 쥐를 다시 떠올려 보았다. 그놈이 나에게 그랬듯이 고양이 앞에서도 당당할 수 있을까? 결론은 마찬가지였을 것이다. 사실은 당당했던 것이 아니다. 대왕 쥐로 태어나 서계(鼠界)의 온갖 부귀영화를 누렸으며, 타고난 수명을 다하고 세상 뜨기 전에 나와 조우했을 뿐이다. 이제는 죽어도 여한이 없다는 태도가 당당해 보인 것이다.

미물이라도 그들의 세계에서는 나름대로 천수를 누렸으니, 천적인 고양이를 만나도, 평생 피하고 숨어야 했던 사람을 만나도, 공포감을 딛고 상대방을 느긋하게 관조할 수 있는 용기가 생기나 보다. 누우면 바로 잠들었는데, 그날은 놈의 잔상이 환자인 나를 늦도록 뒤척이게 했다.

　　다음날도 콩 타작은 계속되었고 밀짚 멍석도 그 자리 그대로다. 신장염 환자는 서리 맞은 구렁이처럼 움직임이 둔하고 기력이 없는 것이 특징인데 나도 그랬다. 그런데 어제 만났던 늙고도 뻔뻔한 쥐가 어느덧 그리움으로 변해서, 무기력하던 나는 멍석을 들춰보기도 하고, 놈을 찾아서 부지런히 움직였다. 놈은 기다림에 보답이라도 하듯, 오후에 멍석 밑으로 나타난다. 서로 눈을 맞추고 내가 먼저 어제는 어디서 잤냐고 눈인사했다. 쥐도 말하고 있었다. "나는 지금 배가 무척이나 고프단 말이다." 입을 통한 말로의 의사소통이 아닌, 눈을 통한 마음의 대화다. 잘 익은 개복숭아 하나를 따다가 슬그머니 앞에 던져주었다. 이미 친구가 되어서 그런지 그놈은 아무런 망설임도 없다. 놈은 나와 마주쳤던 눈을 거두고는 시선을 복숭아로 돌린다. 나와 복숭아를 번갈아 보다가 앞발로 살짝 당겨와 코를 댄다.

　　다람쥐든 햄스터든 설치류가 다 그렇듯, 앞니 4개로 음식을 갉아 먹는데, 이놈은 앞발로 복숭아를 이리저리 굴리는 것이 어찌 좀 수상쩍었다. 자세히 살펴보니 윗니가 흔들리는 모양으로 전혀 기능을 하지 못했다. 앞발로 굴리면서 부드러운 부분만을 골라 아랫니로 살살 뭉개듯 갉아 먹는다.

놈에게는 지금 세월 앞에 장사 없다는 말이 딱 들어맞는 꼴이다. 하지만 놈은 자신의 늙고 병듦을 한탄하거나 원망하는 기색이 전혀 없으며, 현실을 받아들이는 듯 담담하고 느긋하게 복숭아를 갉아 먹기만 했다. 그 모습은 번뇌마저 지운 듯, 삶에 대한 집착을 넘어선 달관의 경지였다. 동물도 갈 때가 되면 일평생 숨어야 했던 사람 앞에서 저리 평온할 수 있나 보다. 나를 바라보기도 하고, 공 굴리듯 요리조리 굴리다가 또 한입 갉아 먹는다. 서두를 필요도 없고 허겁지겁 먹을 힘도 없는 늙은 쥐의 자태는 마치 이 세상 생명이 아닌 듯, 숨결마저도 흔들림 없이 온화했다.

복숭아를 반쯤 먹고는 앞발로 입을 씻더니 나를 물끄러미 쳐다본다. 놈과 눈이 마주쳤다. 고맙다는 인사를 건네는 표정을 짓는다. 그날은 쥐가 먼저 자리를 떴다. 잿간을 향하여 천천히 걸음을 옮겼다. 그렇다면 어제도 거기로 갔겠지. 놈의 거처는 틀림없이 잿간일 것이다.

놈이 복숭아를 먹을 때 나도 곁에서 먹었다. 함께 식사한 셈으로 두 번째 만남에서 겸상하였으니 교제 속도가 빠른 편이다. 놈도 나처럼 지난밤에 나를 다시 만날 수도 있겠다는 희망을 품었을까? 밝고 기쁜 표정이니 어쩌면 쥐도 나를 그리워했을 것 같다.

그와 나의 두 번째 만남은 어떤 기약도 없이 그렇게 정리되었다. 잠자리에 들어서 어제와 마찬가지로 이런저런 생각에 잠겼다. 저놈은 분명 삶의 끝자락에서 동료 쥐들과도 어울리지 못하고 있을 것이다. 대장쥐로 받들어 모셔야 할 위엄도 없어졌으며, 병든 몸이니 부하쥐에게 떠밀렸을 것이다. 이제 놈과는 좋은 친구가 되었으니까, 내일도 거기서 기다려 보자.

다음 날 오전, 산수 문제를 풀다가 마당에 답사를 가보니 문제가 생겼다. 부모님은 콩 타작을 마쳤으며 멍석을 치우고 주변을 정리하고 계셨다. 멍석의 빈자리를 보고는 원래도 무기력했던 나는 순간 축 늘어졌다. 분명 내 잘못은 조금도 없는데 그놈에게 왜 그리도 미안한 생각이 들까. 신장염 환자는 통증도 없지만, 아무런 의욕도 없는 것이 특징이다. 그래도 저놈이 나타나서 이틀 동안 설렘이 생겨서 참 좋았는데 말이다. 가까스로 정신을 차리고는 이리저리 재회할 방법을 궁리해 보았다. 일단은 부모님이 일을 마치고 마당을 뜨시면 멍석을 다시 펼쳐놓자. 그렇게 하면 놈이 몸을 숨겨 다가올 수 있을 것 같았다. 한참을 기다리니 잿간에서 두꺼비 걸음으로 다가온다. 박멸의 대상인 쥐에게 무슨 동정인지 눈물을 찔끔 흘렸다. 놈은 느릿느릿 딱 그 자리까지 와서 고개 들어 나를 본다.

미리 따놓은 물렁물렁한 복숭아를 서둘러 놈 앞에 살짝 던져주었다. 인간이든 동물이든 기쁨이나 감사의 표정은 비슷한 듯 보였다. 또한 막다른 상황에서는 천적이나 절대적 강자가 없는 듯했다. 쥐란 놈이 감히 사람에게 다가와서 밥을 내라니 이게 말이 되는가? 놈은 나를 올려다보면서 즐거운 식사에 충분한 만족감을 드러낸다.

개복숭아라서 크지도 않은데 어제만큼 적당히 먹고는 입을 씻는다. 앞발을 움직이다가 또 나를 물끄러미 바라보다가 무슨 말을 하는 듯하다. '人生, 아니 서생(鼠生) 살아보니 별거 없더라, 빨리 건강이나 회복해라!'

'인생? 서생? 삶? 건강? 네놈이 나에게 하려는 말이 대체 무엇이냐?' 이렇게 저렇게 해석해 보는 중에 놈은 뒤돌아 잿간으로 가고 있었다. 5분, 길어야 10분인 짧은 시간인데, 이놈 덕분에 하루가 즐겁다. 한 달 넘게 어떤 일과도 없었던 나에게 놈이 크나큰 활력으로 다가온 것이다. 내일도 저놈을 만날 수 있겠지, 이번엔 무엇으로 밥을 주면 좋겠는가. 고구마? 치아가 부실한 놈인데, 그렇지! 구워주면 먹을 수 있을 거다. 통가리에서 자그마한 고구마 두 개를 가져다가 소여물 끓인 볏짚 재에 묻었다. 이때 어머니께서는 전에 없이 활발한 나의 움직임을 은밀히 관찰하고 계셨다.

멍석이 치워졌다. 오늘 또 멍석을 치면 의심을 받을 텐데 이를 어쩐다? 쭉정이를 까부르는 키를 갖다 놓고는 주위에 튄 콩을 주워 담는 척했다. 어머니의 관심을 돌리려고 줍는데 잠시 후 모습을 드러낸다. 어제는 그나마도 두꺼비 걸음이더니 오늘은 기력이 더욱 쇠

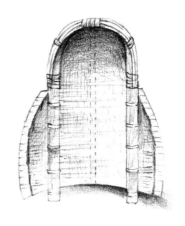

하여 이동이 버거워 보인다. 키를 들고 쥐에게 다가갔다. 놈이 오는

길은 빗물이 빠져나가는 마른 도랑이다. 추위에 떨다 집에 돌아온 아이에게 이불 덮어주듯 키로 놈을 덮어주었다. 밥그릇으로 준비한 사금파리를 놓고 그 위에 군고구마를 가지런히 올려놓았다.

서(鼠)선생! 그는 어제처럼 눈인사를 마치고 먹다가 바라보다가를 반복한다. 서선생의 은신처는 잿간에 잇대어서 만든 헛간으로, 쟁기나 멍석을 두는 곳이다. 늦가을이니 아침저녁으로는 제법 쌀쌀하다. 헛간에 볏짚을 넣어주었다. 서선생이 호사를 누린다면 그까짓 작은 수고쯤은 마다하지 않는다. 아무런 의욕도 없던 나에게 서선생을 위한 식사 준비는 더없는 즐거움이다.

내일은 무엇을 먹일까, 개복숭아도 있고 홍시, 군고구마도 있단다. 옳거니! 내가 먹는 밥을 주자. 서선생은 치아도 안 좋은데 잘됐다. 나는 두 달 가까이 의사의 처방대로 바특하게 끓인 흰죽만을 먹고 있었다. 흰죽에 참기름 얹어서 백김치 국물을 의지해서 먹는 것이 고작이다. 평상시 점심은 할아버지가 계신 사랑방에서 먹는데, 그날은 밖에서 햇볕을 쬐며 먹겠다고 쟁반에 주섬주섬 담아 나왔다. 아무것도 못 하고 무기력하던 아들이 부산을 떨고 있으니 오히려 기특했는지, 어머니는 알고 계시지만 눈감아 주시는 눈치다. 세상 뜨기 전에 인간의 극진한 대접을 받는 서선생은 복도 많은 녀석이다.

헛간 바로 옆 햇볕이 드는 쪽에다 곡식이나 여물을 담아 나르는 삼태기를 가림판으로 삼았다. 깨진 종지 그릇에 흰죽을 두 숟가락 정도 떠 놓고는 서선생을 기다렸다. 나 혼자서 죽을 거의 다 먹었을 때, 서선생이 느릿느릿 모습을 드러낸다. 반갑기는커녕 완전히 쇠진

한 모습을 보니 나도 모르게 목이 뜨겁다. 서서히 다가오고 있는 자신의 운명을 순순히 받아들이는 듯, 서선생의 모습은 태연스럽다. 이전처럼 눈으로 말한다. 고맙다는 말 이외는 달리 전할 말이 없단다. 그리고 나서는 죽을 먹기 시작했다. 밥이 아니고 흐르는 죽이라서 쥐가 먹기에는 아주 힘들 텐데. 어찌어찌해서 반 숟가락 정도 달게 먹고는 돌아선다. 힘겹게 서너 발짝 옮기더니 고개를 살짝 돌려서 나를 물끄러미 바라본다.

그러고는 느릿느릿 헛간을 향해 발걸음을 옮긴다.
안타깝게도 이것이 내가 본 서선생의 마지막 모습이다.
이별인가 싶은 스산한 느낌이 뇌를 싸늘하게 적시지만,
어린 나로서는 애써 피하고 싶은 불길한 예감이 아니던가.

다음날도 나는 정오가 되면 늘 점심을 차려내시던 우리 어머니처럼, 서선생의 점심인 군고구마를 그 자리에 놓았다. 하지만 사라진 그를 만날 수는 없었다. 다음날 가보면 고구마는 보이지 않는다. "서선생이 저녁으로 먹었을 거야." 다른 쥐가 먹었음이 틀림없지만, 불길한 현실을 외면하는 해석이다. 며칠 동안이나 나는 서선생에게 그렇게 점심을 차려주었다. 맛있는 오찬을 즐긴 놈은 쥐새끼 같은 다른 쥐였지만 말이다. 일주일이 지났을까 그 짓도 그만뒀다. 당연히 무료함이 엄습한다. 벽에 세워둔 삽이 보인다. 그렇다! 시신이라도 수습해서 묻어주자. 헛간을 샅샅이 뒤져도 찾지 못했다. 서선생에게 죄를 지었다. 하늘나라로 갔는지 열반에 들었는지 그는 끝내 세상을 떴고, 무기력했던 나는 서선생과 교류하면서 차츰 건강을 회복했다. 복사뼈가 묻힐 정도로 심각했던 부기도 어느덧 쏙 빠져버렸다. 서선생은 세상 떠나는 저승길에 며칠 밥상을 차려준 나에게, 고마움의 표시로 완치라는 선물을 안겨주고 떠났을 것이다. 초가을부터 앓기 시작한 신장염은 그렇게 씻은 듯 나았다. 죽을 맛이던 죽을 내려놓고 쌀밥을 씹어 먹으니 꿀맛이다.

회자정리(會者定離)? 만난 것은 헤어지게 되어 있다고?
쥐가 남긴 그리움이 사무치지는 않았지만 오래 지속되었다.
거자필반(去者必返)? 떠난 것은 반드시 돌아온다고?
그렇게 떠난 쥐는 생을 바꿔 무엇이 되어 내게 돌아올까?

5일간의 우정을 정리하고 내가 다시 학교에 가던 날은
추수 끝난 들판의 허수아비가 좀 추워 보이던 초겨울이었다.

(2019.11.)

가을운동회 - 만국기와 개선문

중국에서는 도로변에 만국기가 펄럭이면 그곳은 주유소라는 뜻이다.
그런데 나는 지금도 만국기를 보면 가슴이 콩닥콩닥 뛴다.
손꼽아 기다리던 가을운동회에 대한 잊을 수 없는 추억이 있어서다.
운동회 하루를 하려고 1년간 학교 다녔다고 해도 과언은 아니다.

그게 어느 시절 이야기더냐, 벌써 반백 년 가까운 세월이 흘렀다.
어쩌면 희미할 것 같은 어린 시절의 추억이지만 이것만은 또렷하다.
그러니 이 나이에도 즉시 재생할 수 있는 CD와도 같은 기록이다.
우리의 꿈과 희망이 영글던 그 시절 그 운동장에서의 열정이기에.

파란 가을 하늘에 펄럭이는 만국기! 그리고 임시로 설치한 개선문!
'영차! 영차!' 외치며 그 개선문을 당당하게 통과하던 어린 용사들!
청백이 한판 붙고는 승자든 패자든 다 같이 개선문으로 퇴장한다.
승자만이 누리는 개선문이 아니다. 우리는 모두가 승자인 셈이다.

유럽 여행 중 파리 샹젤리제 거리에 있는 개선문을 오른 적이 있다.
무슨 전쟁 기념이며 나폴레옹이 어쩌고 하는 글귀에는 관심도 없다.
예술적 가치나 역사적 의미보다 '개선문' 이라는 명칭에 흥분한다.
내게는 각목으로 엉성하게 세운 그 운동회 '개선문' 이 더 훌륭하다.

학년별 청백 대결이나 동학년이 같이 준비한 프로그램을 선보일 때,
모두가 개선문을 통과하며 설레는 기분을 만끽하니 얼마나 좋은가?
개학 후 바로 운동회 연습을 시작하여 저학년은 귀여운 율동에,
오자미를 던져서 바구니가 터지면 흘러내리는 [무찌르자 공산당!]

고학년 남자들은 장대 높이기, 기마전, 뜀틀묘기, 차전놀이.
여자들은 단체줄넘기, 소고, 행진, 무용, 부채춤 등이다.
양념으로 할아버지들의 대형 공굴리기나 엄마들의 50미터 달리기.
우리들은 진행되는 프로그램마다 200%의 에너지를 투입한다.

온종일 무슨 체력으로 버텼나 싶지만, 이보다 신났던 놀이는 없다.
졸업생 모두가 그런 아름다운 추억을 간직하고 있기에,
어린 시절의 흥분과 함성이 만국기와 개선문에 젖어 있기에,
시골 초등학교 총동문회에는 어느 행사보다 많이 참석한다.

많은 학생이 도시락을 못 챙겨 왔다.
그만큼 가난했던 시절이다.
점심시간에 슬며시 나와 마중물 넣고
퍼 올리던 펌프로 물배 채우고,

5교시부터 전교생이 모여 중노동에 가까운 운동회 연습을 한다.
늦여름 따가운 뙤약볕 아래서 선크림도 없이 매일 선텐이다.

죽어라 연습해서 대개 추석 전날쯤이 가을운동회 그날.
총연습 날은 당연히 운동회 바로 전날이다.
하늘에 먹구름이 끼고 흐려서 비라도 내릴 것 같으면
비 오면 안 된다고 나는 믿지도 않는 하느님께 빌고 또 빌었다.

당시의 유언비어로 어느 초등학교는 운동장 닦을 때,
큰 이무기가 나와서 일하던 인부들이 삽으로 죽였는데,
죽은 이무기가 심술을 부려서 그 학교는 행사 때마다 비가 온다고,
우리 학교는 그런 일 없으니까, 내일은 해가 뜰 거라며 잠들었다.

1년에 3번 받는 용돈 - 설, 소풍, 운동회.
그렇게 받는 용돈 몇 푼으로 무엇을 사 먹을까,
크라운산도? 쫀디기? 라면땅? 화란 나르당의 천연향 칠성사이다?
아니면 장난감을 살까? 짐 자전거 아이스께끼 통도 눈에 삼삼하다.

드디어 기다리고 기다리던 가을운동회 그날!
학교 근처의 송방(호서지방의 [상점]라는 방언)에서 산 체육복을 입고,
말이 체육복이지 검정고무줄 넣은 나이론 홑겹이다. 그래도 신났다.
머리에 동여매는 청백띠. 학급 번호 홀수가 청군, 짝수가 백군이다.

남자선생님이 우렁찬 목소리로 가을 축제의 개회식 사회를 본다.

왼쪽에 1학년, 오른쪽으로 6학년까지 전교생이 운동장에 도열하여,
국민교육헌장이 낭독되고 애국가에, 6학년 대표가 선수선서도 한다.
전교생이 [국민체조]를 하면서 우리들의 잔치는 막이 오른다.

두 줄로 서서 제자리 뛰기를 하면서 '영차! 영차!'를 외친다.
개선문을 사이에 두고 청백으로 나뉘어 응원전도 신나게 펼친다.
눈이 시리도록 파란 가을하늘엔 온종일 만국기가 펄럭인다.
태극기와 성조기, 스위스 국기, 영국의 유니언잭이 많이 나부꼈다.

좌청룡 우백호라 왼편이 청군, 오른편이 백군.
응원 깃발을 흔들면서 외치는 선배의 선창을 따라 목청껏 외친다.
"우리가 잘한다!/잘한다, 백군!/이겼다, 백군!"
"제비같이 날고/범같이 싸워서/오늘의 승리는/청군이 거두자!"

가을운동회는 우리뿐만 아니라 그야말로 동네잔치다.
추수철이지만 이날만큼은 모두가 일손을 놓고 운동장으로 모여든다.
그날은 술에 취한 동네 주정뱅이 아저씨도 어김없이 등장하는데,
술주정 소란은 운동회라는 거대한 물결에 쉽게 묻히고 만다.

즐거운 점심시간! 옹기종기 모여 엄마표 찬합을 펼쳐놓는다.
뭘 먹어도 꿀맛이다. 찐 밤에, 소금으로 우린 땡감에, 풋사과에.
단무지와 소시지로 모양낸 김밥이 아니고 밥 한술 떠서 꾹꾹 누른,
하지만 솎음배추 겉절이를 얹어서 한입 먹으면 왕자도 부럽지 않다.

오후가 더욱 신났고 운동회 후에도 후일담이 많은 경기를 했다.

사내들의 호전적인 경기로, 호각 소리에 맞춰 왕말이 뒤로 빠지고,
호위말이 뒤따르고, 이어서 평야를 달리듯 나가서 한판 붙고,
다시 호각을 불면 상대방에게 다가가 왕말을 눕혀야 이기는 기마전!

남자 고학년 텀블링은 절도있게 2인 1조 물구나무서기로 시작해서
운동장 중앙에 인간 피라미드 4층탑을 완성하는 것으로 마무리된다.
4층 어린이가 일어나서 양팔을 벌리면 우레와 같은 박수를 보낸다.
어느 학교는 1층 8명이 엎드렸다고 해서 3층 탑이라고 개무시했다.

부락별 청년 800m 릴레이는 그야말로 흥분의 도가니!
동네 사람들이 모두 모였고 잘 아는 옆집 청년이 선수이고,
마을 단위끼리 경쟁심이 고조에 달했던 시절이니 오죽하랴.
이 계주는 운동회 후 한동안 온 동네의 화젯거리로 입에 오른다.

우리들의 가을운동회 하이라이트는 역시 남녀 혼성 청백 계주.
호루라기와는 차원이 다른 화약 냄새 진동하는 출발총성이 울린다.
주자들 간의 거리가 좁혀질 때, 앞지를 때의 함성을 기억하는가?
가을운동회는 육성회장님의 만세삼창으로 대단원의 막을 내린다.

우리들은 하루 종일 졌어도 이긴 경기를 했으니 무조건 신났다.
삶이 고단했던 시절에 부모님과 함께했으니 더욱 신이 난 거다.
너 나 할 것 없이 가을운동회가 남긴 여운이 얼마나 길었던가?
모든 이의 가슴속에 남은 영원히 잊지 못할 아름다운 추억이다.

학용품이 귀하던 시절에, 우리들은 모두가 상품을 받았다.
월계관 마크가 찍힌 노트 몇 권과 연필 몇 자루 받아 들고,
더 놀고 싶어 집에 가는 발걸음이 떨어지지 않았던 우리들의 축제!
초대 가수 축하공연 없이도 이렇게 신났던 행사 있으면 나와 봐!

(2008.06. 씀, 2019.10. 일부 수정함)

까치설날

그 시절 시골에서는 소한(小寒)이 지나면서 엿을 고기 시작한다.
쌀엿이 최고였고 수수엿도 있었고 고구마엿도 참 달다.
가마솥에서 조청이 되기도 전에 묽은 엿물을 지레 한 사발 퍼서
훌훌 불어가면서 마시면 어느덧 이마엔 송골송골 땀방울이 맺는다.

이것이 바로 '꿀맛'이 아닌 '엿 같은 맛(?)'이다.
집마다 자기네 형편에 따라 쌀, 수수, 고구마로
엿을 고기 시작하면서 설음식 장만이 시작된다.
그 많은 일을 묵묵히 하시던 우리네 어머니들은 참 대단하시다.

쌀 튀밥도 장만한다. "귀 막어~!" 소리치며 핀을 뽑으면
"뻥!" 소리와 함께 하얀 튀밥이 그물망 안에 가득하다.
나는 쌀을 되로 넣고 말로 부풀려 빼는 아저씨를 한동안 흠모했다.
한 솥 튀기는데 40원, 당원을 넣으면 그냥 먹어도 달고 구수하다.

또한 과줄 바탕을 만들기 위해서 찹쌀가루 반죽을 얇게 밀어서
적당한 크기로 잘라 윗목에다가 보자기를 깔고 말려 둔다.
어른들이 기름에 튀긴 과줄 바탕에 엿을 발라 던져주면
아이들은 하얀 튀밥으로 꼭꼭 눌러 대나무 광주리에 담아 놓는다.

엿 고느라 장작불을 지폈으니, 구들장은 윗목까지 뜨끈뜨끈하다.
화로에 엿 그릇 올려놓고 조청을 데울 때 안마당엔 흰 눈이 내린다.
설음식 장만하던 농촌의 풍경이며 가족들은 이야기꽃을 피운다.
1년 내내 농사일에 지친 어른들이 잠시나마 쉬는 시간이기도 했다.

이렇게 만든 것이 당진표 산자다. 과줄이라고도 부른다.
얼마나 많이 해 두는지 먹어도 먹어도 정월대보름까지 간다.
넉넉한 시골 인심이라서 어느 집이든 바로 내놓는 것이 산자다.
아랫광 시렁에 올려놓은 과줄을 몰래 훔쳐 먹던 기억이 새롭다.

어머니는 엿 고아 과줄을 만들고 나면 다음은 설빔 장을 보신다.
옛날에는 오일장이었다. 틀모시장은 3, 8일, 당진장은 5, 10일이다.
설 대목장은 난전으로 굉장했다. 틀모시는 우시장도 서던 곳이다.
새 옷 한 벌 사주시면 횡재 만난 것이고 양말과 고무신을 받았다.

새해가 시작되는 설을 맞이하는 예절은 제법 깍듯하다.
준비하는 것이 어디 음식이나 설빔뿐이랴,
머리도 깎아야 설을 쇨 수 있는 자격으로 여겼으며,
가마솥에 물을 데워 부엌문 걸어 잠그고 목간도 해야 한다.

동네 방앗간은 피댓줄 돌아가는 소리로 온종일 시끄럽다.
서너 개 마을에 하나씩인 방앗간은 신작로 바로 옆에 있으며,
양철지붕이 대부분이고 벌겋게 녹이 슬어 있기도 했던,
누렁이 황소가 달구지에 볏가마니를 실어 날라 쌀 찧던 곳이다.

설 대목 며칠간 들리는 발동기 소리가 메아리처럼 정겹다.
물에 불린 흰쌀을 담은 소쿠리가 일렬로 줄지어 차례를 기다리고,
가루로 빻아지면 집으로 가져가서 떡시루 앉히고,
준비해 둔 고물로 켜를 만들어 가면서 가마솥에 장작불을 지핀다.

꾸역꾸역 나오는 뜨끈뜨끈한 가래떡을 50cm 크기로 잘라
찬물에 식혀서 광주리에 담고 흰 천으로 덮어 지게에 지고 온다.
윗목에 펼쳐놓아 적당히 솔면 손작두로 가래떡을 송송 썰어 둔다.
앞바다에서 딴 어린 굴로 끓인 굴떡국은 향토음식으로 일품요리다.

콩을 불려서 맷돌에 갈아 두부도 만들고, 다식도 박아내고,
전 부치랴, 두부 지지랴, 온 동네에 고소한 기름 냄새가 진동한다.
마당 넓은 집에서는 돼지 한 마리 잡아서 집마다 두세 근씩 사가고,
가마솥에 내장탕도 끓여 동네 어르신들께 한 그릇씩 대접해 드린다.

"몇 밤 남았지?" 그 얼마나 손꼽아 기다리던 설인가?
그리던 설날이 내일이다. 그러니까 오늘은 까치설날이다.
설날 먹을 음식과 받을 세뱃돈을 상상하면서 잠을 청한다.
잠이 들 무렵 쥐들은 천정에서 운동회를 하는지 달음박질친다.

"또 시작이네, 저 쥐쉐끼들!"

(2019.11.)

꽃상여를 볼 수 있을까?

우리 나이는 자식들이 가정을 꾸리고 부모님들이 돌아가실 때다.
부모님 연세가 대부분 90세 전후로 천수를 누리신 호상이라서
장례식장에서는 유가족들의 슬픔 속에서도 가벼운 농담이 오간다.
오늘도 문상 다녀왔다. 고향 친구 부모상이 이달 들어 두 번째다.

죽음을 이르는 말도 여러 가지이고 종교마다 다르다.
천주교는 선종, 기독교는 소천, 불교는 열반이나 입적이라고 한다.
통일교는 문선명 총재 장례식 때 성화(聖和)라는 표현을 썼다.
聖은 '하느님', 和는 '응답' 쯤으로 건방진 풀이를 해본다.

하여간 망자에 대한 조문 형식도 가지가지다.
이제는 거의 사라졌지만, 상주는 물론 문상객도 곡을 했으며,
국화 한 송이를 올리기도 하고, 향을 피우기도 하며,
영정에 재배나 합장, 또는 기도하는데, 이 또한 종교 예절이다.

신분에 따라 죽었다는 표현도 다르다.
노무현 대통령을 인정하지 않았던 사람들은
서거(逝去)가 아니라 사망 또는 자살이라고 주장했다.
임금이 죽으면 붕(崩), 대감은 거(去), 마당쇠는 졸(卒)이다.

상복을 입는 것도 복잡하다. 기혼자라야 두건을 썼고
망자와의 관계에 따라 상복의 색깔이나 옷감이 다르고,
상복을 입는 기간도 달랐는데 이는 촌수나 존비에 따른 법도다.
유교적 전통 예법에 집요했던 우리 조상들의 유산일 것이다.

'죽음'의 순간을 넘으면 바로 '주검'이 되는,
망자의 그 시신을 묻고 집에 돌아오기까지의 모든 일이 장례이다.
곰곰이 생각해 보면 우리 어릴 적 6, 70년대 장례는
싸움이 생길 정도로 매우 엄격하고 정형화된 며칠간의 일정이었다.

장례는 죽은 자를 저승길로 보내드리는 의식이기도 하지만,
죽은 자가 남긴 살아있는 후손을 위한 하나의 예절이기도 하다.
복잡했던 장례 절차는 비용도 많이 들고, 또 힘겹고 버거웠는데,
1973년 [가정의례준칙]이 제정, 시행되어 많이 간소화된다.

중년들은 음산하기까지 했던 어릴 적 장례의 추억을 가지고 있다.
나는 초상(初喪)났다고 하면 제일 먼저 떠오르는 것이 상엿집이다.
대개는 두레 조직으로 마을 단위마다 하나씩 있었는데,
이 상엿집을 지날 때는 머리카락이 서고 소름이 오싹 솟는다.

어른들 이야기로 아랫동네 누구 어르신이 몹쓸 병에 걸려서
곡기를 끊고 오늘내일한다는 말이 돌면 괜스레 심란해진다.
며칠 지나 우체부가 "부고요~" 외치며 놓고 가는 봉투 하나.
부고장은 부정한 것으로 여겨, 집이 아닌 돼지우리나 잿간에 둔다.

호기심으로 '시신'의 공포를 차츰 극복하며 상갓집 주위를 맴돈다.
상주들은 평상복을 벗고 누런 삼베옷에 두건을 쓰고 짚신을 신었다.
허리와 이마엔 볏짚으로 엮은 동아줄을 두르고 지팡이를 잡고는
'아이고~ 아이고~' 하며 부모를 잘 모시지 못한 불효자임을 알린다.

대문 옆에는 저승사자를 대접하는 흰 종자기의 '사잣밥'도 놓는다.
상식할 때 상주들이 슬피 울어야 저승길 편하다고 목청껏 울었다.
발인 전날 저녁에는 마당에서 꽃상여를 괴기 시작한다.
상여의 오색 종이꽃은 아름다움 속에 슬픔도 배어난다.

상여가 나가는 날에는 온 동네 사람들과의 송별식이자 구경거리로
망자가 탄 상여는 살던 집을 떠나 영면할 선산으로 향하는데,
상두꾼들의 장난으로 망자가 서러워서 못 가니 술 한 잔 더 올려라,
저승길 노잣돈 놓고 큰절 올리라는 실랑이로 슬픔을 줄이기도 한다.

선영이나 공동묘지로 향하는 길에서
요령잡이의 구슬픈 선창과 12명 상두꾼의 후렴은
가족의 슬픔을 감싸 안으며 망자의 한을 풀어주는 이별의 노래다.
"간다 간다 나는 간다. 어허이 어허이~~. 북망산으로 나는 간다."

북망산에 해당하는 영원히 잠들 산소에 도착하면,
산역으로 새벽부터 파 놓은 땅속에 묻힐 일만 남은 거다.
탈관하여 베옷 입은 시신을 내린 다음, 명정을 덮고 폐백을 드린다.
횡대를 덮고 상주가 취토하여 삽으로 세 번에 걸쳐 흙을 내린다.

상주들의 슬픔은 이때가 최고조이고,
평토를 하면서 산역꾼들은 구슬픈 노래 장단에 맞춰 흙을 다지고,
신주와 혼백은 모시고 갔던 길 그대로 되돌아 집으로 돌아온다.
"신주 모시듯 한다."고 탈상 때까지 궤연(几筵)에 정성으로 모신다.

그렇게 하여 꽃상여는 망자를 집에서부터 무덤까지 태워주고는
또 다른 망자를 태우기 위하여 분해되어 상엿집으로 되돌아간다.
태어날 때는 순서가 있지만, 죽을 때는 순서가 없다고 한다.
죽음은 인간에게 가장 두려운 존재로 모두가 웰다잉을 꿈꾼다.

요즘은 병원에서 돌아가시든 집에서 돌아가시든,
병원 장례식장이나 일반 장례식장으로 모신다.
장례지도사가 상차림부터 발인까지 모든 절차를 이끌어 주고,
염습까지 전문적으로 해주니 상주들이나 집사가 편하기 그지없다.

관혼상제는 누구나 거쳐야 하는 참 어려운 일이다.

성년이 되어 상투 틀고 갓 쓰는 관례는 이미 사라졌고,

며칠 걸리던 혼례 또한 예식장에서의 30분 행사로 대체되고,

제례도 사라지는 추세인데, 상례만은 절차가 조금 남아있는 편이다.

이참에 초등학교 동창 중에 먼저 간 친구들을 헤아려 보았다.

초등학교 3학년 때 어린 나이로 제일 먼저 떠난 친구부터

사고, 지병, 스스로 삶을 정리한 친구 등 120여 명 중 13명이다.

남겨지는 유가족이 젊고 어리다면 안타까움이 더 크다.

천수를 누리고 떠난다면 호상이요 유가족의 슬픔도 훨씬 덜하다.

9988234라고 99세까지 88하게 살다가 2, 3일 앓고 4(死)한다?

그러면 얼마나 좋을까? 자식들에게 치매나 병치레 부담도 주지 않고

죽는 날까지 건강하게 살다가 홀쩍 떠나는 것이 노인들의 소망이다.

죽어야만 건너가는 곳이 요단강인지,

레테의 강인지, 삼도천인지는 모르겠지만,

대개는 운구 버스나 리무진을 타고 떠난다.

2019년 전국의 화장률이 88%를 넘었다.

매장을 해야만 탈 수 있고,

적어도 12명의 상두꾼이 있어야만 탈 수 있는,

그 꽃상여를 타고 저승길에 오르는 것이

이 세상 마지막 소원인 사람도 있을까?

(2012.11씀. 2020.04. 일부 보충)

내 마음의 풍금

영화 [내 마음의 풍금]은 배우 전도연의 연기가 볼 만하다.
27살에 초등학생 역할을 풋풋하고도 능청스럽게 잘 소화했다.
늦깎이 초등 5학년생으로 21살 담임선생님을 짝사랑하는 역이다.
고학년 여자애들이 마음속 대상으로 총각선생님을 품었던 시기다.

이 영화에서 선생님이 풍금을 치는 장면은 세 번 나온다.
6, 70년대 초등생들에게는 아련한 옛 추억의 상징물이 풍금이다.
타현악기인 피아노는 너무 비쌌고 저렴한 풍금을 많이 썼는데,
페달을 밟아서 공기를 빨아들이면서 내는 관악기라고 한다.

2시간 넘게 이 영화를 감상하면서 옛 추억을 많이도 회상했다.
배경은 60년대 강원도 산골로 베이비붐 세대들의 학창 시절이다.
책보 멘 모습, 고무줄, 예방주사, 신체검사 등 정겨운 장면이 많다.
채변봉투에 개똥을 담아가는 장면은 완전히 나의 이야기이다.

그 당시에는 가정방문 주간도 있었다.
대접해 드릴 것이 없어 난감해하시던 우리네 부모님,
조개탄 난로 위에 양은 도시락을 얹어놓은 장면에,
화장실에는 다소 황당한 낙서도 등장한다. 그땐 그랬다.

장학사 떴다고 단체로 구구단 외우며 대청소하던 모습이나
온 동네잔치였던 파란 하늘에 만국기가 나부끼는 가을운동회,
공터에서 놀던 고무줄놀이에, 눈이 내리는 산골학교 풍경까지
어릴 적 우리들의 국민학교 추억을 빠짐없이 제대로 재현했다.

담임선생님의 풍금 반주에 학급 아이들이 신나게 부르던 노래는
동요 [꽃밭에서] 2절이다. 1절은 '아빠하고 나하고 만든 꽃밭에~'
지금도 나는 노래방에서 [과수원길]과 함께 이 노래를 가끔 부른다.
그 시절 풍금 반주에 맞춰 얼마나 정성껏 따라 부르던 노래였던가.

하늘이 내려주신 악기로 세상에서 풍금 소리가 제일 좋았고,
풍금에 대해서는 경외심이랄까 뭔가가 늘 가슴에 존재한다.
일요일 오전 교회 옆을 지날 때 예배 시간에 풍금 소리가 들렸다.
풍금으로 찬송가를 반주하면 십자가에 대한 경건함이 절로 생긴다.

음악 시간이 다가오면 졸던 눈은 금세 똘망똘망 빛난다.
남자애들 서너 명이 다른 반 교실에 가서 풍금을 가져왔다.
예나 지금이나 산수는 머리가 지끈지끈 쉽지 않은 과목이다.
지겨운 산수 시간을 마치고 기쁨으로 맞이하는 음악 시간 말이다.

풍금은 소리로는
은은하고 중량감이 있었지만,
무게로는 어린이 몇 명이
들고 다닐 정도로 가볍다.
선생님의 반주에 맞춰
한 소절씩 따라 부르다가
합창으로 완창하며 맛보는
그희열은 정말 짜릿하다.

피아노의 맑고 고운 소리와는 달리 여리고 부드럽고,
소리가 밀리는 듯한, 그래서 여유와 포근함이 느껴지는 그 소리.
버겁고도 각박한 세상에 술 한잔하면서 어린 시절을 회상할 때,
교실 한구석에 다소곳했던 풍금이 떠오른다. 풍금이 있는 교실!

골동품에 속하는 풍금이 교실에서 사라진 지도 꽤 오래다.
학교마다 음악실이 따로 있으며 피아노가 풍금을 대신한다.
이제는 [사라져가는 우리의 소리를 찾아서]에나 나올 법한 풍금은
시골 아이들에게는 그야말로 성스럽고도 신비로운 소리통이었다.

천방지축 날뛰던 개구쟁이들의 마음을 가장 잘 어루만져 준 악기,
선생님께서 페달을 밟으면서 [파란 마음 하얀 마음] 건반을 치시면,
먹이를 달라고 노란 입을 쩍쩍 벌리던 처마 밑 제비 새끼처럼
우리들은 반주에 맞춰 세상에서 가장 아름다운 동요여행을 떠난다.

(2019. 10.)

무슨 놀이가 있었는가?

아이들의 놀이문화는 세대마다 다르며 그 시대 사회 모습의 일부이기도 하다. 공터만 있으면 딱지치기, 비석치기, 고무줄놀이하면서 자란 우리와는 달리, 요즘 아이들은 스마트폰이나 게임기를 휴대하고 다니며, 피시방이나 노래방으로 간다. 지금 이 순간에도 게임을 놓지 못하는 아이들과 그 부모와의 다툼은 전쟁수준이다. 매일 두 시간씩 하겠다는 아이와 주말에만 두 시간 하라는 부모의 대립, 사실은 우리도 해지는 줄 모르고 놀았으니, 아마도 놀고 싶은 그 욕구는 마찬가지일 거다.

하지만, 컴퓨터게임은 성장 과정의 아이들 놀이로는 지극히 부적절하고 배울 것이 별로 없다는 것이다. 예전에는 놀이를 통해 질서 의식이나 양보 정신을 배우고 협동할 줄도 알았는데, 컴퓨터게임은 손가락 하나로 나 홀로 즐기는 화면 놀이에 불과하다. 그것도 가상의 공간에서 신체활동이 전혀 없는 유희(遊戲)로 말이다. 게임중독에 걸린 아이들에게 그 옛날 우리가 했던 놀이를 권하고 싶다.

그 시절은 TV는 당연히 없었고 라디오 한 대로도 충분히 행복하던 시대였다. 요즘 아이들은 하굣길에 집으로 돌아오는 게 아니라, 교문에서 바로 학원버스를 타야 하는 고달픈 인생이지만, 우리들은 점심시간은 물론 귀가할 때도 공터만 있으면 별별 놀이를 다 하고 놀았다. 농번기로 바쁠 때는 어른들 일손을 돕기도 했지만, 농한기인 겨울방학 때는 놀이세상이다.

부모님 꾸지람은 나중 일이니, 책 보따리 팽개치고
동무들과 신나게 놀았던 초등학교 그 시절의 추억들.
아이들이 모이면 마을 어귀는 순식간에 와자지껄하다.
이제는 놀이 규칙도 가물가물한데, 무슨 놀이가 있었는가?

오징어 가이생(가이생은 일본어로 開戰을 뜻함)은 옷도 찢어지고, 긁히고 피도 나고, 그야말로 사나이들의 육박전으로 충돌이 많고 부상이 속출해서 꺼렸지만, 해보면 성취감을 제대로 느끼는 놀이다. 깨금발로 오징어 목을 넘기만 하면 두 다리로 편하게 다닐 수 있는 권한이 생긴다. 오징어 안으로 들어가서 머리 쪽을 [찜]해야 끝나는데 좀처럼 승부가 나지 않았다.

자치기는 큰 자로 작은 자의 끝을 톡 쳐서 공중으로 띄워 때려서 멀리 보낸다. 그러고는 욕심껏 계산해서 오백 자, 팔백 자를 부르면 재기 힘들어서 "그래, 먹어라!" 하지만 지나친 욕심은 화를 부른다.

긴 바지랑대로 환산해서 쉽게 재는 지혜가 있었다. 우리는 이 놀이를 통해서 흥정의 기본을 배웠고, 또 골프의 기초를 닦았다.

구슬치기 놀이로는 홀짝 맞추기에, 새끼손가락을 걸고 작은 구멍에 넣기, 벽치기로 멀리 보내기, 어깨높이에서 떨어트려 상대방 구슬을 맞추면 먹는 게임에, 왕구슬로 원 안에 가둔 구슬들을 찍어 던져 밖으로 나가게 하여 먹는 놀이도 있었다. 딴 구슬을 빈 깡통에 담는 기분은 어른이 되어 만기가 다가오는 적금통장을 바라보는 기쁨과도 같다. 깐부가 되면 두세 사람이 한 깡통에 모았다.

말타기는 체중 실린 점프 공격으로 상대방을 주저앉히면 계속 타는데, 말들이 그 육중한 공격을 버텨내고 마부가 가위바위보를 해서 이기면 반대로 말을 탄다. 얼마나 낑낑대면서 버틴 말이었던가! 분풀이 공격에 짜릿한 희열을 느끼곤 했다. 망측한 이름으로도 불리었고 옆 동네에서는 여자애들도 말타기를 제법 즐겼다. 상대방을 괴롭혀야 내가 즐거운, 어찌 보면 좀 고약한 면도 있는 놀이다.

사방치기는 여자들이 많이 했고 성장기에 평형 감각을 키워준 놀이로, 깨금발과 두발로 "됐니? 됐니?"를 외치며 단숨에 꼭 대기까지 돌파한다. 7-8번 방에 도착해서 두 발로

핵 돌아서서 헐떡이며 숨을 고른다. '너 금 밟았어!' 이 말은 사방치기에서 제일 무서운 말로 사망선고나 다름없는 패배 선언이다. 그래서 사방치기를 많이 한 여자애들은 어른이 되어서도 넘지 말아야 할 선(?)을 잘 지킨다.

고무줄과 사방치기가 활동적이라면, 공기와 머리핀 따먹기는 매우 정적인 놀이다. 공기는 이성에 관심을 가질 5, 6학년 때에는 남녀 구분 없이 같이하기도 했다. 나는 최고 기술인 솥 걸기도 제법 잘했으며, 지금도 5개 공기놀이는 애들과 가끔 한다. 6학년 때는 여자 대표 선수와 한판 붙어서 아깝게 진 기억이 있다. 고도의 집중력이 필요한 놀이다. 공기놀이는 크게 두 가지로, 5개를 가지고 난이도를 점점 높여 가는 놀이와 많은 돌을 모아놓고 두 개 이상을 손등에 올려 흘리지 않고 채 먹는 놀이가 있었다.

핀 따먹기는 일정한 거리에서 작은 원 안으로 핀을 던져 넣어 따먹던 놀이인데, 책상 위에서는 손가락으로 튕겨서 원 안에 넣는 것으로 따 먹는 경기도 했다. 또는 핀을 던져서 그어놓은 선을 넘지 않고 바짝 붙이는 것으로 겨루기도 했다. 머리핀을 사용하는 여자애들이 하던 놀이이다. 핀을 따서 서랍에 모아두는 재미는 아줌마가 되어서는 서랍에 목돈마련 통장을 여러 개 챙겨두는 기분과 같단다.

고무줄놀이도 여자애들만의 전유물로, 빨랫줄 높이의 고난도 기술까지 있었다. 고무줄을 채려고 단체로 다리를 쭉 들어 올릴 때는 무희들의 캉캉 춤 못지않다. 1줄 고무줄은 모든 아이가 쉽게 즐기는 놀이이며 2줄 고무줄도 있었으니, 노래를 부르며 고무줄을 걸고 밟는 모습은 요즘 걸그룹 율동보다도 더 훌륭하다. 소아비만을 줄이기 위해서라도 이 놀이가 전국적으로 그리고 꾸준히 유행하면 좋겠다. 그러면 부수적으로는 한국 소녀들의 세계적인 걸그룹도 여러 팀 탄생할 것이다.

비석치기는 돌을 잘 골라야 한다. 납작하고 잘 세워져야 좋은 비석이다. 일정 거리를 두고 던져서 쓰러트리다가, 몸 어딘가에 붙이고 다가가서 상대방 비석을 넘어트려야 한다. 발등에서 시작해서 무릎 안쪽에 끼우고 가기, 어깨는 물론 머리에도 올려놓고 다가간다. 안 떨구고 상대 비석까지 다가가는 인내심과 명중시키는 기술이 승리의 관건이다.

어려서 땅따먹기를 열심히 했던 여자애들은 커서 모두 땅을 잘 사들이는 복부인(?)이 되었다. 마치 계약금-중도금-잔금이라는 세 번의 과정을 거쳐야 내 땅이 되는 것처럼 자기 땅에서 출발해서 송곳이나 칼 등으로 땅에 세 번을 꽂아 내 땅 안으로 돌아오는데, 안 꽂히거나 거리가 한 뼘이 넘으면 실격이다. 그래서 착실한 복부인들은 땅을 한 뼘 한 뼘 늘리는(?) 거다.

오재미는 오자미가 표준어인데, 이름을 콩주머니로 바꿔 부르면 좋겠다. 속에 동부, 팥, 종콩, 서리태 등을 넣었다. 알곡끼리 부딪치는 소리가 참 듣기 좋다. 혼자서는 두 개 또는 세 개로 저글링을 했고, 편을 갈라서 장대에 매단 바구니에 많이 넣기 게임이나, 운동회 때는 바구니 터트리기, 또 던져서 상대방 맞춰 잡기 등 다양하게 놀았다. 얼굴에 맞아도 멍들지 않고 부상도 없는 놀이다.

제기는 천이나 비닐 등을 길게 찢어서 숱으로 삼고, 머리에 동전이나 병뚜껑을 넣어 만든다. 혼자서는 외발 차기, 양발 차기, 차는 발을 땅에 딛지 않는 헐렁이 차기 등이 있고, 여러 사람이 돌려차는 게임도 있으며 오래 차거나 차는 개수로 승패를 삼기도 한다. 제기는 양반다리에 익숙한 우리들이 신세대보다 더 잘할 수 있는 놀이이기도 하다. 지구력과 집중력을 길러주고 하체 근육 강화에 더없이 좋은 놀이이며 실외는 물론 실내에서도 할 수 있다. 수능 출제위원으로 들어가면 시험 종료 시각까지 어쩔 수 없이 감옥살이하는데, 다른 과목 출제위원들과 시합으로서의 제기차기 놀이를 신나게 했던 기억도 새롭다.

딱지치기는 힘껏 내려쳐서 뒤집히면 먹는 게 일반적인데, 원 밖으로 내보내서 먹는 놀이도 있다. 하여 누구나 자기의 왕딱지는 소중히 간직했다. 공산품 딱지는 손바닥으로 딱지 옆을 내리쳐서 바람에 뒤집히면 먹는다. 하얀 와이샤스(셔츠) 곽에 가득 채워 놓으면 보는 것만으로도 배가 불렀다. 훗날 백만장자를 꿈꾸게 해주는 놀이다.

계절로 보면 농한기인 겨울철 놀이가 더 많았다. 특히 겨울철 놀이는 간단하게 만들어 놀던 것들이 많다. 바람개비는 수수깡과 못 하나만 있으면 쉽게 만든다. 날개에 크레용으로 색칠하면 바람에 돌아가면서 그럴듯한 형형색색의 원을 만들어 낸다. 대표적인 겨울철 놀이는 창공에 띄우는 방패연과 가오리연이다. 창호지와 대나무가 주재료인데, 방패연은 만들려면 노력을 좀 기울여야 했고, 가오리연은 달력 종이나 회푸대(灰負袋) 종이로 뚝딱 만들어 낸다. 연실은 나일론 실도 있었지만, 노끈을 최고로 쳤다. 바람에 하늘 높이 띄워 얼레를 감나무에 매달아 놓고 놀다가 저녁때 거뒀다.

팽이도 있었다. 밑동을 잘 다듬어 정수리에 못을 하나 박아 넣고 콘크리트 바닥에 박박 문질러서 못 머리가 둥글고 하얗게 되면 완성이다. 한겨울 얼음판에서 팽이채로 아랫도리를 촉촉 후려 패는 재미가 제법 쏠쏠하다. 얼음이 꺼져서 물에 빠지면 메기를 잡았다고 서로 놀렸다. 그러면 논둑에 쥐불을 피우고 젖은 양말을 말리다가 태워 먹고는 엄마한테 혼나기도 했다.

우리 어릴 적 놀이는 시간이나 장소에 구애받지 않는다.
몇 명이 모이든 상관없이 모두 어울려 할 수 있는 놀이다.
혼자서 게임을 하는 요즘 아이들은 말 그대로 [중독]이지만,
함께 놀아야 더욱 재미있고 신났던 옛날 놀이는 [동행]이다.

우리는 이런 놀이를 통해서 성장기 어린이에게 필요한 신체 발달 요소 강화운동은 물론 자연스럽게 인내심과 협동심을 배웠다. 또 편을 가를 때는 상대방과 어느 정도 균형이 잡혀야 더 재미있다는

사실을 알기에 양보와 타협을 잘도 했는데, 요즘 정치인들 서로 싸우는 모습은 애들만도 못하다. 저 친구들은 도대체 무슨 놀이를 하면서 어린 시절을 보냈는지 모르겠다.

또한 놀이를 통하여 자연스럽게 독불장군이 아닌 조화를 배웠다. 고무줄놀이도 그렇다. 둘이 할라치면, 한쪽은 기둥에 묶고 한 사람이 잡아주고 놀이할 사람이 더 생기면 맞잡고 한다. 많아지면 삼각으로, 더 많아지면 사각형으로… 늘어나는 사람들을 무리 없이 수용해 가며 단체의식은 물론 모둠 속에서의 개인의 역할을 익히지 않았는가! 더불어 사는 세상이 훨씬 아름답다는 것을 굳이 글로 배우지 않아도 놀이를 통해서 자연스럽게 체득하던 시절이다.

지금의 아이들은 상대를 죽여야 내가 사는 전쟁놀이 게임도 즐겨 한다. 그런 게임만 하던 아이들이 성장하여 저지르는 사고는 또 얼마나 끔찍한가? 우리가 다 함께 즐기던 놀이들을 요즘 아이들에게 가르쳐주고 싶다. 답답한 PC방과 노래방에서 탁 트인 운동장으로 불러 내야 한다. 놀이를 통하여 '혼자 가면 빨리 가지만, 같이 가면 멀리 간다.' 라는 동행의 참 의미도 배우면 좋겠다.

대한민국 모든 초등학교에 우리 어릴 적 놀이들을 필수과목으로 하면 어떨까? 그러면 끔찍한 사고도 발생하지 않을 것이고 헤어나기 힘든 중독도 없을 것이다. 우리 친구들은 초등학교 체육선생님으로 취직할 수 있어 좋고 말이다. 고운님을 고무줄놀이 체육선생님으로 초빙하자! 나는 놀이학교 경비아저씨 하련다.

(2019.12.)

변소, 이름을 바꾸고 집안에 들어오다

초등학교를 졸업할 때까지 끝내 이해할 수 없는 두 개의 궁금증이 있었다. 그중 하나는 여자애들 화장실 사용 문화다. 왜 여자애들은 일을 볼 때, 한 칸에 2명이 동시에 들어갈까? 또 다른 하나는 정말로 변소에 몽달귀신이나 처녀귀신이 살고 있느냐는 것이다.

쉬는 시간에 친분을 과시하듯 여자애들 두 명이 다정하게 손을 잡고 간다면 다른 이유가 없다. 틀림없이 함께 용변 보러 가는 것이다. 소변 주기가 같은 것일까? 아니면 동행해 주는 것일까? 이 뚱딴지같은 의문은 어른이 되고 나서야 자연스럽게 풀렸다.

내가 다녔던 시골의 초등학교에는 재래식 변소가 두 곳 있었다. 하나는 서쪽 출입문에서 들어가자마자 바로 있었고, 다른 하나는 동쪽 신작로 쪽 교사(校舍) 옆에 있었다. 동서로 하나씩 있었던 셈이다. 당시에는 대부분이 목조 건물이나 흙벽돌 집이었는데, 화장실은 많은 양의 용변을 모아두기 적합한 콘크리트로 지었다

나는 초등학교 69학번인데, 당시의 화장실은 남녀 구분이 없었다. 인식의 부족도 있었지만, 교실 증축도 못 해서 2부제 수업하던 시절이니 화장실 구분은 생각할 수도 없던 시절이다. 시골 작은 학교에 베이비붐 세대들 800명이 넘는 학생들이 다녔는데, 공용변소 2곳으로는 학생 대비 턱없이 부족한 시설이다.

초등학교는 예나 지금이나 40분 수업에 쉬는 시간이 10분이다. 수많은 학생이 한꺼번에 쏟아져 나오면 변소 2개로는 수용 불가다. 그러니까 남자애들은 일렬로 빽빽이 들어서서 옆사람의 고추를 훔쳐보며 소변을 봤고, 여자애들은 칸마다 2명이 동시에 들어가는 진풍경이 벌어질 수밖에 없었다.

그때는 무척 궁금했다. 어째서 두 사람이 동시에 한 칸으로 들어갈까? 혹 장난 잘 치는 사내놈들이 그렇게 만들었는지도 모른다. 문고리는 고장 나 버렸고, 누가 문을 확 열지도 모르기 때문에, 일을 보는 동안 다른 한 명이 열지 못하도록 안에서 잡고 있을 거라 여겼다. 아니면 그녀들은 몽달귀신의 공포에서 벗어나고자 했던 것은 아닐까? 둘이 들어가서 두려운 마음을 서로 의지해 가면서 말이다. 몽달귀신은 총각이 억울하게 죽어서 한을 품은 귀신이라는데, 여자애들만 덮치고 우리 남자애들은 상관없는 것인지도 궁금했다.

나의 상상은 이랬지만 문고리 고장이나 몽달귀신의 공포가 아니다. 시설은 부족하고 학생들은 많으니, 쉬는 시간이 10분인 그 짧은 시간에 두 명씩 동시에 들어가서 해결해야만 했다. 그런 줄도 모르고 억울하게 죽은 사람이 변소귀신이 되어 원한을 갚는다는, 누군가가 그럴듯하게 거짓말을 하면 순진했던 나는 그대로 믿었다. 참으로 무시무시했던 공포의 몽달귀신과 처녀귀신 얘기는 저세상 친구인 문O파의 옆집에 살던 이성O라는 애의 단골 메뉴다. 유곡리 누가 늦은 시간에 학교 변소에 갔다가 긁히고 피 나고 난리였다는 등, 그 황당한 거짓말을 들은 나는 어둠이 내린 저녁 이후로는 뒷간 출입이 무서웠다.

지린내와 함께 메탄가스 냄새가 코를 찔러 싫기도 했지만, 문 닫는 소리에 놀란 귀신이 누구 엉덩이를 할퀴었다는 뻥을 사실로 여겼기에, 대변이 떨어질 때 '텀벙!' 하는 소리에 몽달귀신이 해코지할까 두려워서 오싹오싹 소름이 돋고 때로는 식은땀을 흘렸다. 적어도 12살 때까지 그랬다. 그 여린 마음에 각인된 변소에 대한 그릇된 이미지는 무서움에 맞설 용기가 생길 때까지 지워지지 않았다. 삶에서 가장 행복한 시간은 배설의 순간이라는데, 그 행복에 젖어야 할 때 나는 두려움에 떨어야 했다. 총동창회 한마음 행사가 있어 1년에 한 번씩 초등학교를 방문하는데, 공포에 가까운 기억이 여전히 남아 있는지라, 이제는 사라진 그 변소가 자리했던 곳에 시선이 멈추기도 한다.

90년대에 중국을 다니면서 재래식 변소에서 일을 볼 때도 있었다. 나는 그래도 어릴 적 경험이 있지만, 아내와 어린 딸이 고생 좀 했다. 중국은 2008년 베이징올림픽을 거치면서 화장실 환경이 많이 개선되었다. 하지만 인도는 아직도 노천이 많다. 그래서 여자들은 밤에 일을 봐야 한단다. 어느 나라든 화장실 문화가 삶의 질이고 행복의 척도가 되고 있다.

2000년 여름 베이징에서 공부할 때 일어난 에피소드는 웃음이 절로 난다. 주말에 세 명이 교외 무령산(霧靈山)이라는 곳으로 등산 유람을 떠났다. 칸막이가 전혀 없는 반 노천 변소에서 볼일을 보고 있는데, 인천의 모 고등학교 선생님이 비디오카메라로 명장면을 찍는 것이 아닌가? 나는 비명에 가까운 외마디 소리를 질렀다. 재생하여 보니 "찍지 마!"라는 외침과 함께 나의 뽀얀(?) 엉덩이가 화면에 섹시하게 등장하는 게 아닌가. 얼굴이 안 나와서 그나마 다행이다. 칸막이가 없는 화장실을 학생들에게 보여주겠단다. 그 선생님은 중국문화 수업자료로 몇 년간 사용했고, 나는 그 엄청난 노출 쇼에도 출연료를 받지 못했다.

초등학교 변소 형태는 중학교 때는 물론 고등학교까지 이어진다. 80년대 대학생들이 농활을 나가서 애먹는 것 중의 하나가 용변 문제였다. 90년대 들어서는 먹고 살 만해져서 시골에도 오래된 집은 욕실을 새로 들이며 개선했다. 경제 여건이 향상되고 국민 의식이 높아짐에 따라 멀리해야 좋다는 속설에 푸대접받던 화장실도 서서히 탈바꿈한다.

우선 이름이 바뀌었다. 옛날에는 집 옆에 별도의 공간으로 지어져서 측간이라 했고 뒷간, 변소라 불렀는데 이제는 욕실이나 화장실이라 부른다. 중국어로는 세수간(洗手間. 손 씻는 곳) 또는 위생간

(衛生間, 건강에 유익한 곳)이라고 한다. 일본어도 '세수'나 '화장'하는 공간이고, 영어로는 '목욕'을 하거나 '휴식'을 취하는 공간이다(가정에서는 bathroom, 공공건물에서는 restroom). 절에 가면 '해우소(解憂所-근심을 푸는 곳)'라 표기한 것을 볼 수 있는데 적절한 표현이다.

뒤처리로 70년대 중반까지는 신문지도 고급이었는데, 지금은 롤 화장지를 쓰고 비데를 사용한다. 그 시절엔 가마솥이나 연탄불에 물을 데워야 목간을 할 수 있었는데, 지금의 화장실은 용변은 물론 언제라도 머리 감고 샤워를 할 수 있으니, 아이들한테는 몽달귀신의 공포가 아니라 콧노래를 부르는 행복한 공간이다.

식구 많은 집에서는 아침마다 눈치 보며 출입했던 뒷간.
채소밭에 요긴한 곰삭은 똥거름이 가득했던 발판 아래의 항아리,
그 냄새 진동했던 변소가 이름도 화장실로 바꾸고 집안에 들어와,
거실은 물론 부부침실에도 함께하는 즐거운 휴식의 공간이 됐다.

(2019.12.)

이(虱)와 서캐, 그리고 참빗

[이]를 잡아 보았는가? 이 잡는 재미를 아는가?

여자애들 머리카락에 하얗게 서렸던 서캐를 본 적이 있는가?

한겨울 두툼하게 입은 옷 속에서 맨살 위를 질주하는 이 때문에

간지러워 어깨를 들썩이고 몸을 꼬는 [이춤]을 춘 적이 있는가?

너나 할 것 없이 모두가 춥고 배고프던 5, 60년대 그 시절에,

늘 함께하던 친구가 있었으니, 바로 발이 여섯 개 달린 [이]였다.

이 친구가 알을 낳으면 그것을 [서캐]라 부르는데,

머릿니와 서캐가 가장 무서워했던 물건은 가정 상비품인 참빗이다.

가정집에 하나씩은 다 있었던 참빗

양지바른 곳에 하얀 달력 종이 한 장 펴놓고,
참빗으로 머릿결 따라 촘촘히, 천천히 빗어 내리면,
서너 마리의 머릿니가 서캐와 함께 백지 위로 떨어지고,
옆에서 기다리던 우리들은 잽싸게 엄지손톱으로 눌러 죽인다.

번식력이 대단하여 [이]투성이일 때는 아예 옷을 벗어서 삶는다.
그 시절은 누구나 제법 많은 [이]를 친구로 데리고 다녔다.
수업 중에 어떤 [이]는 옷 밖으로 나와서 활보하고 돌아다녀,
앞자리에 앉은 아이의 등판에 기어다니던 [이]를 바라보곤 했다.

나 역시 피를 빨아 먹고 자라는,
좁쌀같이 통통한 놈을 엄지손톱으로 꾹 누르면
압사당하는 소리에 희열을 느끼던 독특한 추억을 가지고 있다.
화롯불에 던져 넣으면 '툭' 하고 터지면서 살타는 냄새가 난다.

조사해 보니 사람 몸에 기생하는 [이]는 세 종류라고 한다.
그들도 나름대로 혈통은 중시해서 머리카락 속에서 살던 머릿니,
옷 솔기 속에 숨어 살던 몸니. 이놈 잡을 땐 정말 신난다.
그리고 거시기에 살면서 남자들을 꽤 울렸던 사면발니!

그놈의 사면발니는 사내나 여인네나 구분 없이
거기에 숲만 무성하면 잘 숨어 살던 놈이라는데,
헤프고 지저분한 여인(남정네)과 하룻밤 보내면
틀림없이 분양받았던 정말 귀찮은 존재였다고 한다.

참다 참다 털을 쫙 밀고 스프레이 모기약을 뿌려 박멸했다는 둥,
약사와 상담하여 무슨 약 한번 복용으로 깔끔하게 끝냈다는 둥,
누구는 젊었을 때 유곽에서 걸렸는데 배우자에게도 옮겨,
홀랑 벗고 서로 한 마리씩 잡아주었다는 둥 민망한 사연도 많다.

[이]는 거지들이 제일 많이 품고 다녔다.
이집 저집 돌아다니는 동냥 길에 잠시 쉴 때면,
양지바른 곳에 퍼질러 앉아서 허연 윗몸을 드러내고,
벗은 옷을 구석구석 뒤져서 [이]를 잡던 모습을 기억한다.

기록영화에 등장하는 DDT 살충제 살포 장면도 떠오른다.
이를 잡으려고 속옷이나 맨살에 하얗게 분무하던 모습 말이다.
지금은 발암 물질로 사용금지인데, 양계장에서 몰래 사용한다.
'살충제 달걀 소동'은 지금도 닭에게 [이]가 존재한다는 증거다.

하루에 열 개의 서캐를 낳는 그 번식력을 어찌 막으랴 싶었는데,
그런 [이]들이 박멸되기까지는 우리의 위생적인 생활도 있었지만,
아이로니컬하게도 연탄가스와 합성세제가 으뜸 공헌자라고 한다.
빨래할 때 쓰는 합성세제가 [이]에게는 독극물 수준이란다.

비유법으로 '이 잡듯'이나 '서캐 훑듯'이라는 표현을 쓰면,
[이]를 잡을 때처럼 곳곳을 샅샅이 뒤지고 촘촘히 훑는다는 말이다.
이놈들이 외출하여 등판을 활보할 때 피부로 느끼던 스멀거림,
또 참빗 살을 드르륵 긁어 서캐를 떨구던 그 아련한 추억이라…

(2012.11.)

조선 나이키 고무신

1950년 한국전쟁 이후로도 대략 30여 년간 국민 신발이었던 고무신은 열대 지방에서 생산되는 고무를 수입하여 공장에서 다량으로 찍어낸 것이다. 2006년 겨울 태국 남부에 자리한 푸켓 지방을 여행할 때, 이른 봄에 고로쇠 수액 뽑아내듯 고무나무에서 고무를 채취하는 과정을 보여주는 여행상품 덕에 자세히 관찰할 수 있었다. 1920년대 후반부터 생산되던 고무신은 화학제품이 대중화되기 전까지, 그러니까 70년대 중반까지 우리들의 몸을 거뜬히 들어주던 참 고마운 물건이다. 남녀노소 모두가 그 검정 고무신을 의지하며 가난의 굴레를 벗어나고자 버겁게 살던 시절에, 나는 [진양] 고무신을 주로 신었고, 나중에는 태화고무인지 [말표] 신발도 신었다.

초등학교 교실 복도의 신발장엔 주로 검정 고무신이고, 꿰매어 신던 신발도 많았다. 모두가 어려웠던 시절이지만 그래도 학급에 서너 명은 흰 고무신을 신었고, 끈으로 한 코 한 코 X자로 묶어가며 멋을 냈던 천으로 만든 운동화는 고학년 때 등장했는데, 양조장 집 아들이나 머슴을 두고 농사를 짓던 부농의 자식들만이 신던 신발이다.

땀이 나면 질벅거리고, 뛰다 보면 벗어지기도 하고, 겨울에는 발이 시려 고무신 바닥에 보온용으로 볏짚을 깔고 신기도 했다. 고무신은 천이나 가죽처럼 물에 젖을 일이 없으니 비 올 때 신으면 제격이다. 게다가 검정 고무신은 때도 잘 안 보여 대충 씻어서 신었고, 흰 고무신만큼은 때가 잘 타는데, 수세미나 볏짚으로 쓱쓱 문질러 헹구면 때가 쏙 빠진다. 그런 흰 고무신을 보면 마음도 개운하다.

뾰족한 물체, 특히 못에 걸리면 어김없이 찢어지는 고무신, 그러면 또 부모님께 조심성이 없다고 호된 꾸지람을 들었으며, 오일장 시절 닷새에 한 번씩 서는 장날을 손꼽아 기다려 새 신을 얻어 신는다. 헌 신은 엿장수에게 주고 울릉도 호박엿 한 토막과 바꿔 먹기도 했다. 새것이 찢어졌다면 천을 대고 질긴 노끈으로 꿰매어 신기도 하고, 뒤꿈치는 천으로 덧대어 신었지만, 많이 닳은 신발이야 어쩔 수 있겠는가? 물자가 귀하던 시절이니 버려진 고무신을 가위로 적당한 크기로 오려서 지우개로 삼기도 했다. 몽당연필에 침 발라 쓰다가, 잘못 쓰면 고무신 지우개로 박박 지웠던 추억이 있지 않은가? 실은 지워지는 것이 아니라 종이가 허물을 한 켜 벗는 것이다.

우리들은 이 고무신을 여러 용도로 가지고 놀았다. 고무신 하나를 활처럼 접어 다른 고무신에 끼워 넣고 모래를 가득 담아 '붕~부웅~' 하면서 선을 그려 만든 도로를 따라 트럭 운전을 했고, 개울가에서 미꾸라지, 붕어, 방개를 잡아서 담아 두기도 했으니 어항 대용

이기도 했다. 흰 고무신은 검정
고무신에 비해 고급이라서 가끔
도둑맞기도 했다. 지금은 산사에
서 스님들이 흰 고무신을 신고,
지리산 청학동 식구들이 신기도
하고, 감방의 죄수들이 모두 흰
고무신을 신는데, 나는 이 조선
나이키를 대학생 때도 신고 다녔

다. 프로스펙스, 나이키, 아식스, 아디다스 등 일류 메이커가 주름 잡
던 운동화 시대에도 오로지 고무신이었다.

어느날 친구 여동생이 장난으로 그 흰 고무신 양옆에다 나이키
문양을 그려 넣었다. 그러고는 깔깔 웃으면서 [조선 나이키]라고 이
름도 지어주었다. 로마신화에 등장하는 승리의 여신 니케(Nike)가
미국에서 '나이키'로 새롭게 태어나서, 스포츠 스타를 내세워 세계
의 수많은 젊은이를 유혹하고 있는 그 신발이다. 운동화나 구두를
신어야 할 때도 나는 돈이 없다는 핑계로 고집스레 고무신을 신고
다녔으니, 한동안 내 별명도 [조선 나이키]였다.

친구들끼리 싸울 때는 고무신을 벗어들고 빙빙 돌리다가 귀싸대
기를 올려치기도 했고, 코미디언 배삼룡이 검정 고무신을 신고 비실
이 춤을 추면 배꼽 빠지게 웃던 시절이다. 중학교에 진학하여 교복
을 입고 운동화를 신으면서 고무신은 일상에서 조금 멀어졌다. 시대
의 상징이었던 검정 고무신을 회상할 수 있는 마지막 세대가 50을

넘어 이제 회갑을 바라본다.

　1983년 대학 3학년 때로 기억하는데, 신설동에서 보문동으로 가던 길에 호객행위를 하던 술집 아가씨가 내 흰 고무신을 보더니 다짜고짜 가게 안으로 끌고 들어간다. 아가씨의 나이는 나보다 서너 살은 많은 듯 보였다. 공짜 술로 맥주 두 병을 주고는 신발을 벗겨 요리조리 바라보면서 회상에 잠기더니, 잠시 후 닭똥 같은 눈물을 뚝뚝 흘린다. 무슨 사연인지 말해주지는 않았으나, 아마도 고무신에 얽힌 가난했던 시절의 가슴 아픈 추억이 떠오른 듯 보였다. 오래된 과거를 회상하면서 눈물이 흐른다면 가슴에 맺힌 것이 얼마나 애틋할까? 그날 아가씨는 화장을 두 번이나 고치고 나서야 슬픈 마음을 겨우 추슬렀다.

　오래된 것들에 대한 애잔함이라는 말이 맞을 것 같다. 나에게는 아련한 추억인데 보문동 술집 아가씨에게는 아린 추억이 그 흰 고무신에 얽혀있다. 지금이야 단군 이래로 최고의 풍요를 누린다지만, 모두가 궁핍했던 그때 그 시절, 고무신은 보리밥, 등잔불과 함께 한 시대를 요약할 수 있는 추억의 3대 물건이 아니겠는가. 조선 나이키와 함께하던 시절에 '희망'이라는 이름으로 내일을 꿈꾸며 허리띠 졸라매고 살았다. 부족함에서 오는 갈증이 오히려 미래의 꿈을 키워주던 시절이다.

(2020.03.)

채변과 회충약

어느 봄날, 정말 허기진 봄날 종례 시간에
담임선생님은 채변봉투를 나누어 주며 외친다.
"얘들아! 내일 똥 받아와라."
1년에 두 번인 구충제 먹을 때가 된 것이다.

"반드시 본인의 변을 받아라, 알겠지?
비닐봉지 입구에 똥이 묻지 않게 해라,
여기저기 서너 군데 퍼서 밤알 크기만큼 담아라.
변이 새어 나오지 않도록 비닐봉지 입구를 등잔불로 지져라."

그 당시는 놀다가 배를 움켜쥐고 주저앉으면
우리네 할머니들은 '횟배 앓는다.'고 진단하셨다.
심사가 뒤틀린 회충이 배안에서 요동을 치면
우리는 어쩌지 못하고 그 자리에서 뒹굴었다.

변 검사 결과가 나온 날 선생님 왈,
"내일은 아침을 굶고 와야 한다. 꼭~ 이다!"
전교생이 대대적으로 구충제 먹는 날이다.
학급 당번은 물 때 낀 양은주전자에 물을 길어온다.

한 줄로 서서 선생님께서 나눠 주시는 약을 받아
씹어 먹으면서 고뿌(컵)를 들어 물 한 모금으로 입안을 가신다.
아침을 굶고 와서 허기도 졌는데 약이 얼마나 독한지
한여름 엿가락 늘어지듯 책상에 축 늘어진다.

요즘 애들이야 한 끼 굶어도 대수롭지 않겠지만 그때는 안 그랬다.
모두가 제대로 못 먹어서 얼굴에 마른버짐 피던 시절이 아니던가?
뱃속에서 회충이 '산토닌' 구충제와 사투를 벌이고 있을 때
세상이 온통 노랗게 보였다. 독한 약의 부작용이다.

사실 한 끼 밥을 거르는 것은 그런대로 참을 만하다.
약을 먹고 한 시간이 지나면 뱃속에 있던 회충무리들이
소금 세례 받은 양동이 속 미꾸라지처럼 요동을 쳐대니
어린 우리들은 배를 움켜쥐고 데굴데굴 구르는 게 어쩌면 당연했다.

그날은 오전 수업하고 바로 하교한다. 물론 숙제가 하나 얹어진다.
"내일 아침 똥 눌 때 회충이 몇 마리 나왔는지 세어와야 한다."
집으로 가는 길은 험난하다. 걸음을 뗄 때마다 하늘이 빙빙 돈다.
지름길인 좁은 논두렁으로 가로질러 갈 생각은 엄두도 못 낸다.

당시는 참으로 순진하여 선생님 말씀을 잘 들었다.
한데에다가 살짝 일을 보고는 막대기로 폴폴 헤치며
아직 살아서 꿈틀거리는 놈들을 모조리 세어낸다.
우동 면발처럼 하얀 놈들은 고통스럽게 몸을 비튼다.

회충이 변에 묻혀 나올 때의 느낌은 착한 말로 짜릿하다.
말하자면 순대 끝부분, 그러니까 똥꼬를 스치며 나오는,
회충과의 직접적인 피부접촉을 우리는 맨살로 느껴야 했다.
그 시절은 이런 소름 끼치는 일을 견디는 것도 그저 일상일 뿐이다.

다음 날 조회 시간에 용감하게 손을 들었던 기억.
"아홉 마리 손들어." " 일곱 명이구나." "열 마리는?" "네 명이네."
많은 게 자랑으로 징그러운 것도, 창피한 것도 몰랐던 시절이다.
모른다기보다는 솔직함과 순진함이 행동의 전부였던 시기였다.

나 말이지, 여기서 담담하게 고백할 게 하나 있다.
재래식 뒷간을 쓰던 때라서 똥 담으려면 한데다가 싸야 하는데,
전날 담아야지 아침에는 가곡리 쪽에서 오는 학생 수백 명이
우리집 앞으로 등교하니까 엉덩이 까고 똥 싸고 할 수가 없었다.

그래서 한번은 며칠 묵은 개똥을 담아갔다. 변 검사 결과가 나왔다.
담임선생님께서 의심의 눈초리로 훑어보시면서 한마디 하신다.
"너는 검사 결과가 깨끗하다." 능청스럽게 거짓말로 대답했다.
"예, 지난달에 회충약 사다가 우리집 식구들 모두 먹었슈~"

돌이켜 생각해 보면, 산토닌 몇 알 먹여놓고
마릿수 보고하라는 행정 발상이 참으로 웃기는 일이다.
어른들도 무지해서 뒷간에 오줌과 함께 곰삭은 똥을
채소밭에 마냥 뿌렸으니 회충 없는 사람이 어디 있었겠는가.

행정 발상 얘기가 나왔으니 말인데,
쥐꼬리를 잘라서 학교에 제출했던 진풍경도 빼놓을 수 없다.
찾아보니 1970년 1월에 제1차 쥐잡기 행사를
전국이 동시에 실시했으니 쥐가 정말 많았던 시절이다.

쥐약이 독극물이었으니 어찌 2차 피해가 없겠는가.
미처 수거하지 못한 죽은 쥐를 먹은 개는
하루 종일 짖다가 다음날 유명을 달리했다.
지금과 같이 천적인 고양이가 많았다면 어땠을까?

하여간, 중학교 때 먹은 회충약은 [산토닌]이 아니고 [필콤]이었다.
변 검사 없이 무상 공급했다. [필콤]은 굶지 않고 먹는 약이었다.
내 기억으로는 중학교 2학년 때까지 학교에서 단체로 먹었다.
물론 [한국기생충박멸협회]도 할 일 다 하고 박멸(?)되었다.

사실은 1986년 [한국건강관리협회]와 통합되었단다.
1970년 국민의 80% 이상이 감염되었던 기생충 천국에서
협회의 부단한 노력으로 1997년 감염률은 2%로 떨어진다.
기생충 걱정 안 하고 살 수 있게 해준 고마운 단체였다.

(2012.06.)

희나리와 아궁이, 그리고 어머니

80년대 중반에 가수 구창모가 부른 [희나리]라는 노래가 인기였다. 늦깎이 군복무를 하던 중인데, 곡명이 무슨 뜻인지 궁금했다. 지금처럼 스마트폰으로 바로 검색할 수 있는 시절이 아니다. 내 임무는 상급 부대와 예하 부대를 돌면서 문서를 전달하는 것이었는데, 대구 시내를 지나다가 잠시 코스를 이탈하여 서점에 들러 사전을 찾아보니 '덜 마른 장작'이라고 쓰여 있지 않은가? 지금도 정확한 해석은 안 되지만, 노랫말은 '채 마르지 않은 장작에 불을 붙이듯 서두른 사랑' 정도로 쓰인 것 같다. 어설픈 사랑으로 헤어졌지만, 그 사랑이 다시 돌아오기를 간절히 바라는 듯하다.

대구 일과를 마치고 시외버스를 타고 안동으로 가면서 차창 밖을 바라보니 흰 눈이 흩날린다. 마늘로 유명한 경북 의성을 지나는데, 산촌의 외딴집에서 저녁 준비하는 모양으로 굴뚝에서 하얀 연기가 피어오른다. 이 풍경을 바라보자니 머릿수건 고이 쓰시고 아궁이에 불 때며 저녁밥 지으시던 어머니가 생각난다. 군인 신분 아니던가, 나도 모르게 눈망울이 촉촉하여 나직이 [희나리]를 읊조리며 마음을 달랬던 기억이 있다.

그룹사운드 송골매에서 나와 솔로 데뷔곡으로 부른 [희나리]는 가사가 독특하다. 당시 대중가요 가사가 대부분 사랑이나 이별, 고향 등 통속적인 표현이 대부분인데, 이 노래는 가사가 상당히 시적이다. 부엌에서 우리 어머니들의 눈물을 빼던 것도 덜 마른 장작- 희나리였는데, 의미확대가 자연스럽다. 장작이 덜 말랐으니 탈 때 연기가 나고 그 자극으로 눈물을 흘린 것이다. 어설픈 사랑으로 이별의 눈물을 흘리는 것처럼 말이다.

전 세계에서 유일하게 한반도에서만 보인다는 구들장 난방방식. 지난여름에 백두산 아래 길림성 장백현의 압록강 변에서 북한의 회령시를 바라보니 6층짜리 아파트에서 하얀 연기가 피어오른다. 저녁밥을 짓는 모양인데, 땔감이 [희나리]였는지 흰 구름이 일 듯 연기가 꽤 푸짐하게 올랐다. 아파트에서 음식 조리용 불을 땐다는 것은 상상도 못 했는데 사실이란다. 우리도 80년대 초까지 일부 아파트에서는 연탄보일러 난방이 있었지만, 북녘의 아파트는 아궁이를 어떻게 만들었는지 자못 궁금하다. 난방을 위한 것이 아니고 음식 조리용 화덕일 지도 모르겠다.

나이 들수록 뜨끈뜨끈한 구들장에 등을 지지고 싶은 욕구가 커진다. 나에게는 '겨울 – 땔감 – 아궁이 – 아랫목 – 구들장'이 하나의 고리로 엮인 단어인 듯하다. 우리네 아버지들이 초겨울부터 하얀 입김을 내뿜으면서 땔감을 장만하던 때로, 입산금지 시절이라서 행여 단속반에 걸릴까, 지게는 저만치에 숨겨놓았었다.

겨울을 나려면 땔감 장만에 상당한 시간과 노동을 투입해야만 했던 그 시절, 보일러 난방 이전 세대는 모두가 아궁이에 대한 각별한 정이 있을 것이다. 겨울철에는 언 몸을 녹인다는 말을 많이 하는데, 바로 아궁이 앞에서 녹인다. 방한용 겨울옷이 요즘과 같이 좋지도 않고 날씨도 무척 추운데, 밖에서 하루 종일 연 날리고 썰매 타면서 꽁꽁 얼었던 몸을 녹이던 곳이 아궁이였다.

늦게 들어왔다는 꾸지람과 함께 차디찬 볼을 문질러 주시던 어머니의 따뜻한 손. 밥 짓던 어머니는 앞치마를 뒤집어 콧물을 닦아주면서 아궁이를 내어주신다. 그 앞에서 두 손을 비비며 지친 몸을 부뚜막까지도 뜨거운 그 열기에 맡기면 얼었던 몸이 풀리면서 피부로 느끼던 그 나른함은 엄마의 품속 같은 행복이다.

유난히도 배고픈 것을 못 참는 아들에게 아침에 긁어놓았던 누룽지를 내주신다. 허겁지겁 먹으면 체한다고 조곤조곤히 타이르시면서 동치미 사발도 내놓으신다. 내가 늘 먹거리를 찾기에 아들에게 줄 누룽지나 고구마를 항상 준비해 두셨을 거다. 그 사랑이 얼마나 깊었는지는 당신이 세상 떠나시고 나서야 뒤늦게 알았다.

들깨 갈아 넣은 뚝배기를 아궁이 불에 올려놓고 끓기를 기다리며, 김치 썰고 파김치에 깍두기도 담아 상에 올려놓으신다. 솔가리 재를 아궁이 앞에 얇게 펼쳐놓고 김을 구우면 솔잎 향이 은은하게 스며들었고, 된장찌개는 물론이고 석쇠에 생선을 담아 구워내기도 했다. 맛있는 반찬 서너 가지를 너끈히 만들던 곳이 바로 아궁이다. 저녁상을 내기 전에 머릿수건을 벗어 고이 개어 마루 한쪽에 두신다. 그제야 어머니의 고단하셨던 하루 일과는 대강 마무리되는 셈이다.

부엌은 어머니의 숨결이 고스란히 담겨있던 경건하고도 평온한 곳이다. 장작이나 솔가

리를 때던 아궁이 근처에 가면 그리도 훈훈하던 시절, 불 지펴 가마솥에 밥 해놓고 식구들이 돌아오길 기다리시던 우리네 어머니. 아궁이를 빌려 어린 시절을 조잘거리고 싶은 친구들이 어디 나 하나뿐이겠는가? 해가 기울어 서산으로 향할 때 아궁이 앞에 다소곳이 앉아서 불 지피시던 어머니! 고향이 그리워서 혹은 삶이 버거워서 당신께 가슴 따스한 위로를 받고 싶을 때, 제일 먼저 소환되는 곳이 아궁이다.

(2019.12.)

TV는 꿈을 싣고

1973년 가을 초등학교 5학년 때, 나는 얼굴도 붓고 의욕도 없는 무기력한 병에 걸렸다. 동네에 의원이라면 침통을 들고 다니시던 여자 동창 아버지가 계셨는데, 식체로 파악하고 어른도 맞기 어렵다는 중완(中脘) 침을 두 번이나 놓으셨다. 앞 동네에 사시는 먼 친척 아저씨는 육군 의무병 출신 돌팔이로 제법 의사 흉내를 내셨다.

그 어르신은 퉁퉁 부어오른 내 종아리를 만지더니 바로 신장염이라고 하신다. 병원에서도 신장염으로 진단했으니까, 중완(中脘)의 고통은 말짱 허사였다. 돌팔이 의사는 휴식이 필요하고 치료가 우선이라며 집에서 요양할 것을 부모님께 강력히 권해서, 나는 횡재(?)를 만나 학교를 2개월 남짓이나 쉬는 영광을 누렸다.

밤 따던 초가을부터 이엉으로 초가지붕을 단장하던 초겨울까지 학교를 쉬었는데, 할 일도 없고 함께 놀 친구도 없었으니 자연스레 라디오를 벗 삼았다. 듣는 것만으로도 보는 듯 선명하고 때로는 현장에 있는 듯 착각에 빠지기도 한다. 흑백 TV가 나오기 전까지는 나의 사랑을 가장 많이 받던 물건이 아니었나 싶다.

점심상을 물릴 때쯤 흘러나오던 5분 드라마 [김삿갓 북한 방랑기]는 기다려지는 프로그램으로, '눈물 젖은 두만강' 멜로디를 배경음악으로 남자 성우의 중저음 목소리가 근사하다. "어찌타 북녘땅은 핏빛으로 물들었나."에서 '어찌타'가 무슨 뜻인지 몰라서 한동안 고민했다. 그때 나는 야무지게도 '성우'를 꿈꾸며 구민의 목소리를 가장 닮고 싶어 했다.

문화방송에서 들려주던 [전설 따라 삼천리]도 나의 귀를 당긴다. 조상들의 삶의 지혜나 충효 사상을 내세우는데, 떨리는 목소리가 압권이다. 지금이야 대형 TV부터 작은 스마트폰까지 모든 것이 디지털 영상이지만, 그 당시 라디오는 효과음만으로도 나에게 영상 이상의 아름다운 세상을 열어주었다.

라디오는 누워있는 할머니 곁에도 있었고 논일이나 밭일하는 어른들 곁에도 항상 존재했던 물건이다. 일동제약 비오비타, 이명래고약, 화란 나르당의 천연향 칠성사이다, 삼립빵 등의 광고 멘트를 지금도 기억하고 있다. "산에 가야 범을 잡고 먹어봐야 맛을 알지"라는 무슨 라면도 생각난다. "열두 시에 만나요 부라보콘, 둘이서 만나요 부라보콘, 살짝꿍 데이트 해태부라보콘." TV에서도 청순한 이미지가 컨셉였던 광고, 청춘남녀의 해맑은 분위기에 혹했다. 그래서 나는 한동안 카피라이터(광고문안가)를 동경했다.

70년대 들어서서는 텔레비전 보급이 폭발적으로 증가하기 시작하였으니, 사실 라디오 전성시대는 서서히 저물어 가는 때이기도 했지만, 그건 도시 얘기이고 전기가 없었던 농촌이나 산촌은 여전히 라디오가 대세였다. 그러니 시골에서는 청년들이 늘 라디오를 휴대하고 일도 하고 마실도 다녔다. 마을 청년들에게는 인기 폭발인 대중가요도 배워야 하고 뉴스도 접해서 아는 체라도 해야 하는 것이 당시의 분위기였다.

스포츠에 관심이 많던 사람들은 이광재 아나운서의 방송 시작 멘트인 "고국에 계신 동포 여러분 안녕하십니까?"라는 말에 열광하면서도 토를 단다. 장충체육관에서 중계하면서도 '고국에 계신 동포 여러분'이라고 한다며 웃었는데, 어린 나로서는 그 말이 왜 웃음을 선사했는지 스스로 이해하기까지는 약간의 시간이 필요했다.

한번은 가까운 이웃 동네에서 조현병 환자의 존속살인이라는 끔찍한 일이 벌어졌는데, 소문을 들었을 때 거의 동시에 라디오 뉴스로도 전해져서 깜짝 놀랐다. 어린 나로서는 신속하고도 정확한 보도가 경외롭기 그지없었으며, 뉴스 진행자나 중계방송 아나운서가 되고 싶어서 자세를 바로잡고 국어책을 또박또박 읽기도 했다.

몸이 아팠던 나에게 그렇게도 많은 꿈을 꾸게 해주었던 라디오가 흑백 TV에게 자리를 양보하기까지는 그리 긴 시간이 걸리지는 않았다. 등잔불 커던 시절에는 부잣집이나 배터리로 전기를 공급하던 TV를 보유할 수 있었지만(1972년에는 온 동네 사람들이 부잣집으로 모여들어 함께 '여로'를 시청하기도 했다), 마을에 전기가 들어온 이후로 TV 구매는 가히 열풍이었다.

70년대에는 방영 시간도 오후 5시부터 밤 12시로, 시작과 끝은 애국가를 송출했다. 물론 80년대 전두환 정권에서는 컬러TV 시대와 함께 아침 방송도 했다. 지금이야 TV도 1가구 1대에서 1가구 두세 대에, 종일 방송과 수많은 채널, 심지어 개인이 제작하여 올리는 1인 방송까지 등장하여 그야말로 영상매체의 홍수 속에서 살아가지만, 70년대에는 방송 3사 뿐으로 TV를 신줏단지 모시듯 했다.

당시 학생들의 '가정환경조사서'에는 라디오 유무 항목이 어느덧 TV 유무로 바뀐다. 아마도 [금성 텔레비죤]이었을 것이다. 재산목록 1호쯤 되니 외양도 근사하다. 가구인 양 네 개의 다리는 물론, 양 옆으로 여닫는 형태로 브라운관을 보호했다. 안테나는 뒤란 나무에 높이 매달아 두었는데, 바람이 불면 여지없이 화면이 흔들렸다.

나는 고등학교 입시 준비 직전인 중학교 2학년까지 TV를 지극히 사랑했다. 코미디 프로그램 [웃으면 복이 와요]에 비실이 배삼룡은 보기만 해도 웃음이 절로 나오고, 막둥이 구봉서에 땅딸이 이기동, 남철/남성남의 왔다리 갔다리 춤 등등 남 웃기기를 좋아했던 나는 희극인을 꿈꾸며 그 직업도 충분히 가치가 있다고 여겼다.

영원한 젊은 오빠 송해와 이순주의 찰떡궁합 명콤비 활약을 부러워하고, 후라이보이 곽규석의 유창한 말솜씨와 찰리 채플린을 흠

내 내던 팬터마임을 흠모했다. 이때는 텔레비전 영상으로 대세가 넘어가면서 라디오에서 활약하던 만담의 대가 장소팔-백금녀, 김영훈-고춘자 콤비가 서서히 지는 시기이기도 하다. 나는 이런 쓸데없는 것들은 모두 기억하고 학교 공부는 잘하지 못한 찌질이 학생이었다.

그 시절에 전기는 왜 그리도 불안정한지 단전도 자주 발생해서, 그러면 불안하고 초조하여 마음을 다스릴 방법이 없다. 토요일 인기가요 순위를 봐야 하는데, 프로레슬링 중계를 봐야 하는데, 주말의 명화를 봐야 하는데… 당시에 나는 KBS, MBC, TBC 방송의 일주일 프로그램을 줄줄이 꿰뚫고 있었다.

하여간 얼마나 정신이 팔려 시청했는지 연속극은 지금도 그 내용을 생생하게 기억하고 있다. 도술 부리는 홍세미의 [별당아씨], 이정길과 고두심의 [귀로], 최불암의 [수사반장], 김세윤이 주인공으로 강화도령에서 철종이 되는 [임금님의 첫사랑] 등등. 극작가가 부러웠다. 얼마만큼 공부하면 저리도 아름다운 대사를 쉽게 쓸 수 있을까.

약한 팀만 불러놓고 우승하는 박정희대통령컵 축구대회도 놓칠 수 없었는데, 나는 개인적으로 프로복싱을 좋아했다. 주니어 미들급의 유제두, 밴텀급의 홍수환과 염동균이 기억에 남는다. 당시에는 뉴스, 연속극, 스포츠 중계, 가요 및 코미디 프로그램이 전부이고, 주말에는 외화를 수입하여 방영하는 정도였으며, 돈과 시간과 인력이 필요한 다큐멘터리 제작은 꿈도 못 꾸던 시절이다.

토요일 가요프로그램에서는 가수들의 노래가 흥을 돋웠다. 고향의 향수를 집요하게 파고들던 나훈아, 옷차림까지도 엘비스 프레슬리를 닮고자 했던 남진. 쎄씨봉의 송창식, 김세환, 윤형주나 정훈희, 하춘화, 엘레지의 여왕 이미자 등이 오랫동안 사랑을 받은 가수들이다. 당시 나는 사춘기 소년답게 둘 다섯의 '긴 머리 소녀'를 열심히 흥얼거렸다.

사실은 흑백 TV 시절 가장 기억에 남는 것은 프로레슬링이다. 이날은 소꼴도 베지 않고 TV 앞에서 마냥 기다린다. 지금 유튜브로 다시 보면 테크닉이나 구성이 참으로 엉성하고 유치한데, 그때는 경기 자체가 오락인 것을 모르고 조마조마한 마음으로 시청했다.

한국에서는 누가 뭐래도 첫손가락에 꼽는 선수로 박치기왕 김일! TV 앞에 앉은 온 국민이 한마음으로 하나 둘 셋! 을 외치면, 박치기 한방에 상대는 로프에 매달리거나 링 바닥에 나뒹굴었다. 반칙 공격을 당하며 고통스러운 표정을 짓다가 겨우 정신 차리고 상대방에게 필살기인 박치기를 거푸 서너 번 먹이니 얼마나 후련하고 시원하겠는가. 전남 고흥군이 고향인 김일은 일본으로 밀항하여 역도산에게서 레슬링을 배웠다. 연홍도라는 작은 섬에 가면 골목길에 제일 먼저 만나는 벽화가 김일

선수의 박치기 동작이다. 청년 김일은 레슬러가 되고 싶어 일본에 밀항했는데, 밀입국자로 체포되어 감옥살이하면서도 끝내 역도산의 제자가 되었다. 피나는 노력으로 마침내 대선수가 되었고, 흥행이 보장된 일본 시장을 접고 귀국하여 그 배고프던 시절에 한국의 모든 어린이에게 하나의 꿈으로 다가오신 분이다.

단조로운 농촌에서 자라던 아이들에게 주변에 닮고 싶은 사람이 얼마나 있겠는가? 보고 만나는 사람이 한정되어 있으니 존경하고 흠모할 만한 롤 모델이 많지 않았다. 그래서 공부 잘했던 친구들의 장래 희망은 대체로 교수가 아닌 선생님이었다. 교수라는 직업을 알고 있는 어린이가 많지 않았으니 말이다. 그나마도 아이들은 TV를 통해서 이런저런 사람들을 만났고 또 대처를 동경할 수 있었다.

나 역시 코흘리개 때는 부러운 시선으로 바라보았던 코로나 택시 기사가 생애 첫 번째 꿈이었고, 라디오 시절에는 성우를, TV 시대에는 희극인 혹은 극작가를 상상하고 있었다. 「어깨동무」라는 월간지와 교과서 이외에는 읽을 책도 변변치 않았던 어린 시절에, 시골 소년에게는 그나마도 라디오와 흑백 TV가 넓은 세상을 꿈꾸게 해준 참으로 고마운 물건이다.

(2021.04.)

II

간이역 농막에서

줄탁동시 (啐啄同時)

어미 닭이 노란 병아리들을 거느리고 봄볕이 내리쬐는 마당이나 텃밭을 돌며 먹이활동을 하는 모습은 시골에서 자란 사람들에게는 매년 봄에 흔하게 보던 정겨운 풍경이다. 닭이 흙을 파헤치면 병아리들이 다가와 그 예쁜 입으로 뭔가를 쪼아 먹는다. 물 한 모금 찍어 물고는 넘기려고 하늘을 바라보는 모습은 또 얼마나 앙증맞은가? 동요도 있었다.

♬나리나리 개나리 입에 따다 물고요, 병아리 떼 쫑쫑쫑 봄나들이 갑니다♬

재래닭 병아리는 부리까지도 노란 것이 정말 개나리꽃을 입에 문듯하다. 밤이 되면 기온이 내려가서 병아리들은 어미 닭의 날개를 파고들기도 하고 어미 닭 또한 십여 마리 병아리를 모두 품 안으로 들게 하여 체온을 유지해 준다. 병아리는 엄마의 극진한 보살핌 덕분에 한 달 후에는 꼬리털도 나고 제법 '닭티' 가 난다.

자기 새끼들을 지키는 거룩한 모성애도 자주 볼 수 있는데, 평소에는 개를 만나면 피하거나 도망가기 일쑤였던 어미 닭이, 병아리를 거느리고 다닐 때만큼은 피하지 않고 당당히 맞서서 자신을 크게 보이려고 목털까지도 세워가면서 일전을 불사하겠다는 듯 '그르럭!' 거리며 어린 병아리들을 지킨다. 그 모습에 개가 오히려 어리둥절하며 어찌할 바를 모른다.

그러던 어미 닭은 어느 날 돌변하여 중병아리가 된 새끼들을 냉정하게 팽개친다. '정을 뗀다.' 라는 말처럼 엄마라고 다가오면 매섭게 쪼기도 하며 새끼들을 떼 놓으려고 무척이나 쌀쌀맞게 군다. 그동안의 극진한 보살핌은 온데간데없이 남의 자식보다 더 매몰차게 대한다. 엄마의 갑작스러운 태도 변화에 놀란 병아리들도 한데 모여 한동안 웅성거리지만, 이후로는 점점 독립된 개체로 살아간다.

어미닭의 이런 행동은 그렇게 해야 닭으로 성장할 수 있다는 그들의 '본능' 임이 분명하다. 자식에게 모든 재산을 물려주려는 부모나, 하나라도 더 받으려는 자식들이고 보면, 우리 인간들이 배워야 할 부분이다. 본능에 충실한 닭들이 이성적으로 판단한다는 인간보다 훨씬 위대해 보이며, 인간보다 훨씬 깔끔하게 자식 관계를 정리한다는 사실이 무척이나 신선하다.

늘 자연의 섭리에 도전하고 파괴하는 인간의 욕심이랄까, 경제논리의 첫 번째 덕목인 비용절감과 대량생산이라는 명목으로, 계

(鷄)와 란(卵) 사이에 인공부화기를 들이밀어 '천연(天然)'을 깨고 있다. 부화기 앞에서 병아리를 받으려니 홀로 알을 깨고 나오려는 몸부림이 새로운 생명의 탄생으로는 숭고해 보이지만, 병아리가 안쓰럽기도 하고 불쌍하기도 하다.

어미 닭이 품은 알은 21일이 되면 병아리가 되어 세상 밖으로 나가겠다고 알 속에서 있는 힘을 다해 부리로 알껍데기를 쪼는데, 이를 줄(啐)이라 하고, 그 소리를 들은 어미 닭이 밖에서 마주 쪼아 새끼가 알을 깨는 것을 도와준다. 이를 탁(啄)이라고 한다. 병아리가 알을 깨고 나오는 과정에 '줄(啐)과 탁(啄)이 동시(同時)에 이루어진다.' 하여 이 아름다운 모습을 줄탁동시(啐啄同時)라고 표현한다.

부화기는 온 힘을 쏟는 병아리의 '줄(啐)'에 엄마 역할인 '탁(啄)'을 해줄 수 없다. 그래서인지 오골계 종류가 까다롭긴 하지만, 부화율이 60%에도 미치지 못했다. 알에는 작은 구멍이 뚫려 있는데 끝내 나오지 못하고 죽은 것도 있다. 엄마의 사랑(啄)을 받지 못하고 혼자서 몸부림치다가 세상에 나와 보지도 못하고 떠나니 안타깝다.

코로나19 이후로 아내에게 차를 내주고 산속으로 걸어서 출근

한다. 산속 농장에 비닐하우스가 몇 동 있는데, 한 곳에서 재래닭을 키우고 있다. 수탉이 우는 소리 "꼬끼오"나 암탉이 우는 "꼬꼬댁" 소리가 정겹게 들린다. 병아리도 있다. 어미 닭이 둥지에서 알을 품어 태어났으니 저 병아리들은 얼마나 행복한가. 삐약삐약 어미 닭을 뒤따르는 모습을 보자니 고향의 부화기 병아리가 불쌍하다. 병아리는 알을 깨고 나오면서 처음 듣는 소리를 엄마로 인식한단다. 나를 어미로 잘못 인식한 백봉오골계 한 마리는 모이를 줄 때 나를 보기만 하면 안길 듯 다가온다. 덕분에 동기들 가운데 최장수하고 있지만, 이 또한 부화기의 부작용이 아니겠는가.

어미 닭과 계란 사이에 인공부화기를 끼워 넣는 것이 영 마음에 걸린다. 내년에는 농장주인인 형과 상의하여 자연부화를 할 수 있도록 닭장을 새롭게 마련해야겠다. 제자들의 추천서를 쓸 때 '줄탁동시(啐啄同時)'라는 성어를 자주 인용하는데, 병아리와 어미 닭이 보여주는 그 성스러운 협동을 직접 보고 싶다.

(2020.06.)

고구마 통가리에 대한 향수

바야흐로 고구마 수확 철이다. 서리 내리기 전이다.
무성한 줄기를 걷어내고 호박고구마를 한 상자 캐왔다.
우리 어렸을 때는 물고구마를 참 많이도 먹었다.
밤고구마는 퍽퍽해서 동치미나 김치를 곁들여 먹어야 제격이다.

고구마 줄기를 밭에 심는 것은 늦봄이지만,
싹을 틔우는 것은 겨울이 물러가고 봄이 올 즈음이다.
왕겨 속에 고구마를 나란히 묻어 사랑방 윗목에다가 놓고는
이따금 물을 주면서 싹을 틔운다. 비닐하우스가 없던 시절 얘기다.

싹튼 고구마를 햇볕이 바로 드는 양지에 옮겨 심어 줄기를 키운다.
밤에는 거적으로 보온했는데, 보온과 물주는 일은 아이들의 몫이다.
6월 초에 줄기를 잘라 일정한 간격으로 두둑에 심는다.
드물게 심으면 고구마가 크고, 촘촘히 심으면 고구마가 작다.

한 차례 김을 매주면 덩굴이 잘 자라서 두둑과 이랑을 덮는다.
가을에는 고구마 줄기를 다듬어서 찬에 보태기도 한다.
볶음도 해 먹고 들깻가루 풀어서 국도 끓여 먹는다.
잎과 줄기는 겨울철 소여물에 썰어 넣었다. 버릴 게 없다.

덩굴이 무성할 때, 그러니까 초가을쯤이다.
고구마 밑이 잘 들었는지 확인코자 한 걸음쯤 캐본다.
아직은 가래떡 크기로 작지만, 쪄서 입에 쏘옥 넣으면 뿌듯하다.
군것질거리도 없고 온종일 두세 끼 밥이 전부였으니 꿀맛이다.

서리 내리기 전에 캔다. 겨울철 농촌 간식이던 고구마가 아니던가.
줄기를 뽑아 들면 고구마가 다발로 올라온다. 수확은 큰 기쁨이다.
원래 열대식물이니 추위에 약하다. 얼지 않아야 겨우내 먹는다.
선조들은 '통가리' 라는 보관 방법을 이용하여 방으로 끌어들였다.

사랑방 윗목에 수수깡을 원통형으로 엮어놓고 고구마를 담는다.
몇 가마니가 들어간다. 집안 식구들의 겨울 간식거리요,
밥에 넣어 귀한 쌀을 절약했고, 때론 점심 끼니로 때우기도 했다.
마실 온 이웃과 날로 깎아 먹기도 했으니 흔했던 사랑방 풍경이다.

그렇게 많이 먹어도 질리지 않는 것이 고구마다.
한겨울에 부모님 모시고 베이징 여행할 때도 사 먹었다.
영하 20도 추위 속 길거리 손수레에서 갓 구워낸 군고구마였으니,
기름진 중국음식으로 부글거리던 뱃속을 뜨끈하게 달랠 수 있었다.

긴긴 겨울밤에 날로도 먹고, 구워도 먹고, 쪄먹기도 했던,
지금이야 가래떡보다 조금 더 굵은 것을 최상품으로 치지만,
그 시절 고구마는 어쩜 그렇게도 컸던지 부엌칼로 쩍쩍 갈라서
가마솥에 물 조금 붓고 불을 때면 맨살이 검게 타면서 잘도 익었다.

배가 출출하면 온종일 부엌을 들랑거리며 날라다 먹는다.
소여물 끓이고 나면 통가리에서 쏠쏠한 것으로 서너 개 꺼내,
화력이 약한 아궁이 속 볏짚 재를 부지깽이로 꾹꾹 다져놓았다가
저녁 식사 후 재를 헤치면 군고구마가 되어 구수한 냄새를 풍긴다.

국민간식이던 고구마가 바닥을 드러낼 때쯤이면
매서웠던 겨울 추위도 봄바람에 밀려서 저만치 물러난다.
없는 집에서는 쌀이 귀하니 설 명절에 고구마엿을 고았다.
쌀이 풍족해지면서 고구마는 한동안 우리 곁을 떠나있었다.

나는 건강식으로 다시 돌아온 고구마로 점심을 해결하는데,
동료들이 이 시대의 진정한 참살이라고 상당히 부러워한다.
점심값이 없어 먹는 것이니 구황음식이라고 맞선다.
하지만 나의 주장은 설득력이 부족하고 그저 우길 뿐이다.

구황식품이 아니라는 이유는 마트에 가면 바로 알 수 있다.
고구마 10kg 한 상자가 쌀 10kg 한 포대보다 곱절로 비싸니,
쌀가마니로 장리(長利) 빚을 놓던 그 시절과는 분명 격세지감이다.
그때나 지금이나 계속 웰빙식을 하는 나는 얼마나 행복한가!

요즘 아이들은 배고픈 줄 모르고 주전부리를 입에 달고 살지만.
썰매 탈 때도 챙기고, 화롯불에 묻어두고 숙제 끝나면 먹기도 했던,
고구마로 가득 찬 사랑방의 통가리를 그저 바라보는 것만으로도
배부르고 행복했던 시절이 바로 어릴 적 고향의 동지섣달 정경이다.

(2019.09.)

들밥이 먹고 싶다!

해마다 봄이 되면 봄나물을 비롯하여 먹고 싶은 계절 음식이 자연스레 떠오른다. 특히 모내기 철이 다가오면 어릴 적에 들에서 먹던 밥 생각에 군침이 절로 돈다. 이른 봄 지천으로 널린 냉이는 국으로도 좋고 무침으로도 좋고 찌개로도 좋고, 다른 음식의 양념으로도 훌륭하다. 달래는 간장물 만들어서 밥 비벼 먹는데, 재래닭이 낳은 알을 풀어 넣은 뚝배기 계란찜을 듬뿍 넣어 양푼에 썩썩 비벼 놓으면 1년 중에 손에 꼽히는 특식이 된다. 이 모든 음식이 나에게는 달콤한 들밥의 추억으로 남아있다.

고향이 당진인 사람치고 뱅어포를 뜨는 실치를 안 먹어 본 사람은 없을 것이다. 실치는 작은 포구인 장고항이 주산지이다. 철쭉꽃 필 때가 가장 맛있다는 가무락조개를 캐러 갯벌에도 자주 갔다. 덤으로 파래를 뜯어서 달래와 무쳐 먹고, 소라도 따서 삶아 먹었는데, 논갈이와 모내기 날엔 집집이 봄 시금치 다듬어 넣고 끓인 실치국과 모시조개 4촌쯤 되는 가무락조개탕은 빠지지 않는 음식이다.

오늘 부모님 산소에 다녀오다 창밖을 보니 평택의 넓은 들에 모내기가 시작되었다. 농부들이 부지런히 움직이는 모습을 바라보자니 유년 시절 모내기 철에 논둑에서 먹던 들밥의 추억이 떠오른다. 매일 먹는 밥도 방보다는 마루, 마루보다는 마당에 멍석 깔고 먹으면 더 맛있는데, 논두렁에 빙 둘러앉아서 신록이나 황금 들판을 마주하고 어른들과 함께 먹던 들밥은 얼마나 맛있었겠는가.

집 앞에 펼쳐진 들 한가운데에 있었던 천 평 다섯 마지기. 거머리가 유난히 많아서 일꾼들이 달갑지 않아 했던 논이었는데, 지금은 2천5백 세대 아파트단지가 들어서서 흔적도 없이 사라졌다. 바로 그곳에서 먹던 들밥의 추억은 매년 봄가을로 철만 되면 새록새록 떠오른다. 얼마나 각인되어 있는지 봄에 들판을 바라보는 것만으로 대뇌에서는 군침이 돌게 하는 무의식적인 반응이 일어난다.

지난해에 큰애가 수험생이 되기 전에 다녀와야 한다며 가족여행으로 서유럽 갔을 때, 파리에 가면 누구나 한번은 먹어본다는 달팽이요리를 애들이 맛있다고 하면서도 그저 그렇게 먹기에 이놈들에게 식사에 대한 멋진 추억을 남겨주려고 궁리하다가 들밥을 생각해냈다. 도시에서 자랐으니 경치 좋은 곳으로 소풍 가서 친구들과 함께 먹던 김밥 추억도 없는 정서가 메마른 애들이다. 마침 다음날 베르사유궁전을 둘러보기로 하여 작심하고 배낭을 묵직하게 꾸렸다.

파리에서 5일 동안 머물면서 다락방이 딸린 스튜디오를 썼는데, 세탁기는 물론 주방도 있어서 직접 음식을 해 먹으니 편리했다. 시내 관광을 마치고 숙소로 돌아오는 길에 주변 마트에서 내일 먹을 장을 봤다. 밥을 해서 용기에 담고, 고기 굽고 고추장도 챙기고, 오이와 깻잎 반찬도 넣는다.

루이 14세의 과시욕에 밤마다 파티했다는, 그래서 프랑스혁명의 불씨가 되었다는 그 베르사유궁전은 정원이 하도 넓어서 자전거를 빌려 타고 여기저기 돌아다녀야 한다. 점심때가 되어 한적한 곳에 있는 벤치를 식탁 삼아서 배낭을 풀었다. 애들은 그날 정원에서 먹었던 베르사유궁전의 들밥을 평생 잊지 못할 것이다.

조미 김에 고기 한 점, 고추절임 한 조각, 그리고 깻잎 반쪽을 넣고, 밥 한술 떠서 손으로 꾹꾹 눌러 주면 완성, 내려놓기가 무섭게 먹어 치운다. 오이에 고추장을 듬뿍 찍어 한입 베어 물고는 아삭아삭 씹는다. 일하다가 들에서 먹는 밥이 들밥이면, 자전거 타다 정원에서 먹는 이밥 이름은 뭐지? 엊그제 먹었던 에스카르고(달팽이요리)나 푸아그라(거위 간 수프) 맛이 이에 비할까? 이 순간만큼은 루이 14세도 안 부럽다. 그가 누리던 정원에 앉아서 이렇게 꿀맛인 식사를 하고 있으니 말이다. 이게 바로 들밥이란다.

우리네 농촌의 들녘에는 이른 봄 쟁기질부터 늦가을 추수까지 늘 들밥이 있었다. 어머니는 정성껏 준비한 반찬과 밥으로 꽉 찬 대광주리를 머리에 이고, 나는 막걸리를 가득 담은 노란색 양은 주전자를 들고 뒤를 따른다. 광주리를 내려놓으시며 일꾼들을 부른다.
"저기유~, 언능 나오셔서 찬 드슈유~"

어머니는 숨 한번 고르고 나서 밥 푸고 국 뜨느라 정신없고, 일꾼들은 종아리에 붙은 거머리를 떼어내며 막걸리 한 사발로 갈증부터 달랜다. 시금치 넣고 끓인 가무락조개탕, 돼지비계 서너 점 썰어 넣은 김치찌개가 환상적인 맛이다. 지나가는 사람도 그냥 보내지 않는 인사말이 구수하다. 넉넉한 인심이 듬뿍 담겨있다.

"막걸리라도 한잔 허구 가슈~~"

그런데 이런 정겨운 들밥이 논둑에서 사라진 지도 오래다. 농촌에 품앗이가 없어졌고, 일꾼도 외국인이거나 일당벌이 외지 사람이다 보니 일하다가 때가 되면 읍내 중국집에 핸드폰으로 짜장면을 배달시켜 먹는단다. 광주리 새참은 이미 없어졌고, 빵이나 햄버거로 때운다니 무슨 맛이 있겠는가?

음식도 때와 장소를 철저히 가린다.
혼자보다는 여럿이 함께 먹어야 맛이고,
힘써 일하고 적당히 출출할 때 먹어야 꿀맛이고,
들처럼 경치 좋은 자연 속에서 먹어야 참맛이 아니던가.

들밥이 뇌리에 아름답게 각인된 이유는 들에 나간 김에 물고기를 잡던 추억과 엮여서 더욱 그렇다. 햇볕이 내려앉는 물속에는 어린아이 주먹만큼 커다란 우렁이도 있고, 동작 빠른 물방개도 있었다. 논물이 잦는 웅덩이에 바글바글한 송사리들을 어레미로 떠서 잡던 일이며 황금 들판에서 메뚜기를 잡던 기억들 모두 들밥과 연결된, 10살쯤의 곱디고운 추억이다.

할머니께서 마늘밭 매는 어머니에게 큰소리로 한 말씀 하신다.
"어멈아! 젖두리(표준어로는 곁두리) 내갈 때 아직 안 됐다니?"
논갈이에 지친 당신의 아들에게 새참으로 쉬게 하려는 배려다.
해설피에 들밥이 있다면 풀 뜯는 소의 워낭소리가 더욱 평화롭다.

(2014.05.)

묵은지와 봄나물

4계절이 뚜렷한 우리나라의 겨울 식단은 대체로 염장식품이 주를 이룬다. 거기에다가 무말랭이, 시래기, 산나물 등 건조하여 보관했던 식품들을 보탠다. 지금이야 시설재배로 겨울에도 마트에는 싱싱한 채소가 가득하니, 계절에 상관없이 원하는 야채나 과일을 1년 내내 언제든 사 먹을 수 있다.

묵은지는 목포, 해남 등지에서 통용되는 '묵은김치' 의 방언이다. 김장 김치보다 소금을 조금 더 넣어 오래 두어도 무르지 않게 하는 게 비법이란다. 땅에 묻어놓은 항아리에 빈틈없이 차곡차곡 넣어 1년 이상 보관했다가 꺼내먹는데, 아삭아삭 씹히는 것이 만능 조미료와도 같이 여러 음식에서 찰떡궁합을 과시한다.

홍어 삼합에 내놓는 김치가 바로 묵은지를 씻어서 썰어 놓은 것이고, 회를 싸서 먹으면 상추와는 다르게 회에 감칠맛을 더해주기도 한다. 생선요리에 넣으면 비린내를 잡아주고 돼지고기에 넣으면 육

류냄새를 없애준다. 흰 접시에 수북이 쌓인 묵은지를 바라보면, 걸쭉한 막걸리나 김이 모락모락 나는 쌀밥이 절로 먹고 싶어진다.

내가 집에서 즐겨 해 먹는 음식 중에는 묵은지(실은 김장김치임)를 이용한 것들이 많다. 돼지 등뼈를 사서 시래기 대신 양념을 털어낸 묵은지로 뼈를 덮고 통감자 넣어 푹 우려내면 깊은 국물 맛이 일품이다. 가끔은 담백한 고등어에 칼칼한 묵은지를 얹어서 조린 고등어묵은지찜도 해 먹고, 쌀쌀한 날씨에 뜨끈한 국물이 먹고 싶으면 묵은지닭도리탕을 끓여 소주를 곁들인다. 또 묵은지를 들기름 둘러 볶아서 두부와 먹는 그 환상적인 궁합은 애들도 좋아한다.

베이징에 사는 조선족 후배는 서울에 출장 오면 '돼지고기 묵은지탕'을 찾는다. 어찌나 좋아하는지 그걸 먹으려고 호텔을 잠실 쪽으로 정해달라고 부탁할 정도이다. 나 역시 묵은지 열성 팬이지만 우리 고향에는 해를 한 번 더 넘기는 김장김치는 많지 않다. 김장하고 남은 양념으로 게국지를 담가 한겨울에 끓여 먹거나, 무청으로 꺼먹지를 담가 이듬해 여름에 먹는데, 다른 지역에서는 찾아볼 수 없는 우리 고향만의 향토음식이다

꺼먹지는 수년 전 프란체스코 교황께서 솔뫼성지를 방문하셨을 때 밥상에 올라 유명세를 치렀던 음식이다. 우리 집도 꺼먹지를 마늘종과 같이 먹었고, 요즘은 우거지를 담아 곰삭기를 기다려 초여름부터 듬성듬성 곰팡이가 핀 배춧잎을 물에 헹구어 쌀뜨물을 받아 끓여 먹는다. 외국인이 이 광경을 본다면 아마도 배추를 썩혀서 쌀 씻

은 더러운 물로 끓여 먹는다고 흉볼 수도 있겠다.

하여간 긴 시간의 발효과정을 거치면서 조화롭게 숙성된 묵은지는 그 고유의 깊은 맛으로 조미료를 전혀 넣지 않아도 먹을수록 자꾸만 찾게 되는 중독성이 강한 음식이다. 그런데 20여 년 전에 우연히 눈에 쏙 들어오는 칼럼 기사 하나를 접했다. 필자가 누군지 생각나지는 않지만, 한의사 또는 궁중음식 연구가가 아닌가 싶다.

글의 내용은 대략 이렇다. 한국 사람들은 유독 봄철에 몸살을 많이 앓는데(외국인에게는 몸살이라는 병이나 병명이 없다는 얘기도 있다), 그 이유는 겨우내 소금에 절인 배추김치, 동치미, 장아찌, 젓갈 등 염장식품을 많이 먹어서, 체내에 독이 쌓이고 한계에 이르면 누구나 몸살이 날 수밖에 없고, 몸살을 앓으면서 쌓인 독을 몸 밖으로 배출한다는 것이다. 의학적 접근이나 생리적 해석, 데이터 분석 등에 근거한 글도 아니고 동양 의학적이면서도 두루뭉술한 서술이 오히려 설득력이 있었다. 매년 4월이면 어김없이 몸살이 찾아와 초주검이 되는 나에게는 눈에 번쩍 띄는 글로 반복해서 서너 번 읽으며 공감이나 동의하는 바가 많아 고개를 끄떡였다.

글의 논조는 봄나물을 충분히 섭취하면 신진대사가 활발해져서 체내의 노폐물과 독이 빠져나가 몸살이 나지 않는다는 것이다. 냉이와 달래가 이렇고 쑥과 미나리가 저렇고 봄동과 시금치도 그러하니, 제철 음식을 먹는 것이 건강의 열쇠로 봄에는 봄채소를 즐겨 먹어야 한다는 것이다. 한겨울 혹독한 추위를 이겨내고 올라온 싹은 많이 먹을수록 좋다는 주장이다. 기사를 읽고 나서 바로 식단에 변화를 도모했다. 묵은지를 이용한 음식을 좀 줄이고 열무김치도 일찍 담그는 등 의식적으로 봄볕에 광합성 작용을 한 푸른 채소나 봄나물을 많이 먹었다. 그 이후로는 신기하게도 지금까지 몸살로 앓아누운 적이 한 번도 없다.

몸살이 나지 않으니 봄철 음식에 더욱 애정을 쏟게 된다.
언 땅을 뚫고 나온 봄쑥은 쑥버무리나 도다리쑥국으로 취하고,
쪽파는 살짝 데쳐 한 입 거리로 돌돌 말아 초장에 찍어 먹고,
푸른 봄미나리는 고추장 찍어 날로 먹는데 그 맛이 상큼하다.

칼럼을 읽고 나서 식단에 변화를 주고 몸살을 다스린 이후로는 식약동원(食藥同源)이란 말을 전적으로 신뢰한다. 음식과 약은 근원이 같다는 뜻으로 바른 먹거리가 곧 보약이다. 여자들에게 좋은 쑥이나 남자들에게 좋은 원추리 등등, 봄나물이나 채소들은 먹으면 먹을수록 약이 되는 것 같다. 이제 봄나물 채취는 중요한 연례행사가 되었다. 고향에 내려가서 고채(苦菜), 즉 쓴 나물인 씀바귀, 고들빼기, 민들레 등을 어마어마하게 캐서 다듬고 데쳐서 냉동해 두고는 초여름까지 무쳐 먹는다.

지난 주말을 즐겁게 보냈다. 아내가 나물캐는 것을 무척 좋아한다. 코로나19로 돌아다니지 못하고 집안에 틀어박혀 생긴 답답함을 달래기에도 안성맞춤이다. 힘들면 눈치 볼 필요 없이 편히 쉴 수 있는 별장 부럽지 않은 농막도 있으니 얼마나 좋은가?

(2020.03.)

박, 그 꽃과 속살

Ⅰ. 박꽃

소년 시절에 여름 하늘 총총히 박힌 은하의 수많은 별을
그대로 두고 잠자리에 들기가 미안하여 마당을 서성일 때
초가지붕 위에는 그 별이 내려오기를 하염없이 기다리는
밤에 활짝 피는 하얀 박꽃이 있었다. 내가 좋아하는 꽃이다.

박꽃은 은은한 달밤에 초가지붕 위에서 더욱 희게 보였다.
나의 첫사랑이었던 그 소녀가 입은 흰 원피스를 보고는
자연스레 꽃잎이 별 모양처럼 생긴 하얀 박꽃을 떠올렸다.
그래서 나에게는 희다 못해 투명한 박꽃이 여전히 순결함이다.

박꽃은 저녁에 활짝 피었다가 아침 해가 뜨면 오므라든다.
꽃말이 기다림이라는데 소박한 자태를 아낌없이 보여주면서
벌이나 나비도 마다하고 밤마다 별이 내리기를 기다리다가
그리던 그 마음을 이른 새벽 맑은 이슬로 씻어내는 고운 꽃이다.

Ⅱ. 속살

중학교 동창 강 아무개와 나는 논산훈련소 동기이다. 비교적 늦은 나이에 입대해서 같은 내무반을 쓴지 어언 35년 만에, 재작년 5월 우리는 고향 농막에서 또다시 동침(?)하였다. 술잔을 기울이면서 늦도록 가족 얘기, 동창 얘기, 살아온 얘기, 살아갈 얘기를 나눴다.

다음 날 친구는 농막 주위에 자연 발아된 '박' 서너 포기를 캐서 화성공장 텃밭에 옮겨 심고는, 고라니의 접근을 막고자 그물도 치고 물도 주며 정성으로 키우니 제법 큰 박이 여러 통 열렸다. 따다 먹으라고 연락이 와서 수박보다 큰 놈 두통을 따 왔다. 부드러운 속살로 낙지박속전골을 해 먹으면서 고향의 맛을 느낀다. 회원이 둘 뿐인 '박사모'라고나 할까, 그와 나는 박을 참 좋아한다. 나는 매년 그에게 멸치액젓이나 능쟁이(칠게) 간장게장을 담가 주고, 그에게서는 사돈댁에서 보내온다는 무안 뻘낙지를 받기도 한다. 하지만 이런 '소확행'을 넘어 가장 큰 행복은 역시 박 나눔이다.

두 통이나 가져왔으니 나 혼자 먹기에는 양이 많아서 이웃과 나눔을 했다. 그런데 박속을 먹어본 사람이 의외로 적다. 부모님 말씀에, 옛날에는 구황식품으로 없어서 못 먹었다는데 말이다. 나만 별난 음식을 좋아하나? 이런 무공해 건강식품을 모르다니! 바로 윗집에도 맛이나 보시라고 몇 토막 드렸다. 실은 친정엄마 고향이 낙지박속탕 요리의 본고장인 서산이란다. 한 달 후 곱게 늙으신 할머니께서 직접 쑨 도토리묵을 가지고 내려오셔서 박속을 너무 맛있게 잘 먹었다며 몇 번이나 고맙다고 인사를 하신다.

내게 하얀 박꽃은 첫사랑의 추억을 소환하고, 둥근 박은 제비를 떠올리게 한다. 흥부전의 연상이 아니다. 박 덩굴로 지붕을 덮었던 그 처마에 매단 빨랫줄에 나란히 앉은 제비들, 깃털을 고르면서 쉬던 제비는 지붕 위에 박들과 함께 한가로운 모습을 연출한다. 또한 처마 밑에 깃든 제비의 자태는 가을날 고즈넉한 농촌의 저녁 풍경 중에 하나다. 어쩌다 섬마을이나 산촌에 가서 제비를 만나면 평화롭게 보였던 박넝쿨 우거진 초가 그 모습이 어김없이 떠오른다.

음력 삼월 삼짇날은 강남 갔던 제비가 돌아오는 날이고, 그때쯤 논에서 들려오는 개구리 울음소리는 교향악단 볼륨이다. 제비는 4월에 알을 낳고 품는데 대개는 다섯 마리다. 노란 입 쩍쩍 벌리면서 어미가 물고 온 먹이를 내 입에 넣어 달라고 아우성치는 모습이 눈에 선하다. 이쯤부터 어린 박은 떡잎을 떨구고 무럭무럭 자라기 시작한다. 도랑에 올챙이가 뒷다리를 쏙 내밀 때쯤, 박은 그 줄기를 지붕 위로 쑥쑥 올리고, 어느덧 개구리 모습으로 변할 때쯤 우아하게 꽃을 피운다. 제비가 첫 비행을 할 때 박은 첫 수확을 할 만큼 큼직하게 자라있다. 어릴 적 그 아름답던 추억도 세월의 흐름과 세상의 변화 속에 하나둘 지워지고 차츰 사라져 버리지만, 나는 지금도 고향 시장 난전에 나온 박을 보면 달빛 아래 흰 박꽃과 날렵한 제비가 그리워진다.

박은 그 꽃으로 눈이 호강하고 속살로 혀가 즐겁다. 박속전골은 박속을 듬성듬성 썰어 넣고, 새우젓 풀어 간을 맞추고, 마늘 다져 넣고, 약 오른 고추 송송 썰어 넣고, 박속이 반쯤 익을 때 산낙지를 몇 마리 넣는다. 낙지가 서서히 붉은 빛으로 익어가는 모습을 보면 저절로 군침이 돈다. 통통하고 쫄깃한 낙지다리 한 점을 입 안에 넣으면 그건 절대 쾌감이다. 시원한 국물에 박속 한 점은 소고기 등심과도 안 바꾼다.

이제는 택배의 발달로 향토음식이 그 고장만의 자랑거리가 아니다. 나 어렸을 때 즐겨 먹었던 서해안의 꽃게 간장게장이나 미군부대의 부산물이 주재료였던 의정부의 부대찌개, 수원의 명물 소갈비도 배달민족(?)의 후손답게 전국 어디서나 택배로 주문해서 먹을 수 있게 되었다. 태안반도 사람들이 즐겨 먹는 낙지박속탕도 전국구 음식으로 손색이 없다. 속살의 부드러움, 국물의 시원함, 낙지의 쫄깃한 식감은 모든 이에게 환영받을 것임에 틀림없다. 선결과제가 있다면 음식의 맛은 물론 제품의 표준화나 계량화 정도일 텐데 언젠가는 누군가에 의해 상품으로 개발될 거라고 믿는다. 나는 퇴직하면 고향에 내려가 밀짚모자 쓰고 박 농사나 지으면서 여름밤 박꽃 정취에 흠뻑 취해 보련다. 이슬비가 소록소록 내리면 함초롱하게 젖어들어 더욱 차분해 보이던, 그 차가우리만치 흰 꽃잎과 넝쿨마다 달린 둥근 박을 내 어찌 잊으랴.

(2021.08.)

소리쟁이와 이웃

지난 3월 말에 봄나물을 채취하여 다듬고 삶아서 냉장고에 넣었다.
그리고 일주일 후 다시 아내와 함께 고향에 내려가 하루를 보냈다.
읽을거리를 챙기지 못했으니, 시간이 남아돌아 또 나물을 했다.
수로 근처나 밭 언덕에 지천인 민들레와 소리쟁이를 욕심껏 캤다.

소리쟁이 역시 옛날에는 구황식품이었을 거다.
된장을 풀어서 국 끓여 먹는데 그 맛이 그냥 시큼하다.
도시 사람들이나 젊은이들은 먹는지도 모를 국거리 나물이다.
농막에서는 지하수 물을 펑펑 쓸 수 있으니 다듬고 씻어 왔다.

한번 끓여 먹을 만큼 담아 서너 집과 나눔을 했다.
이웃 간에 잔정이 없기로 아파트보다 더 한 곳이 있을까.
가족이 몇 명인지 어디로 출근하는지 도대체 알 길이 없고
승강기 안에서 마주치면 눈인사만 나누는 것이 고작이다.

내가 자란 시골집에는 앞에 마당이 있었고 뒤에 장독대가 있었다.
마당은 아이들 놀이터요, 이웃과 품앗이로 바심하던 장소였으며,
뒤란 장독대는 된장, 고추장, 간장을 나누는 인심 곳간이었다.
아파트에는 베란다와 다용도실이 있다? 거긴 소통 공간이 아니다.

아침에 일어나면 낙엽이 뒹구는 앞마당을 쓸었고,
엄마가 된장 떠오라면 이놈 저놈 장독 뚜껑을 들어 확인했다,
하지만 아파트에서는 빗자루 들 일이 없고, 장독대 심부름도 없다.
편리함은 마음껏 누리지만, 이웃과 함께했던 즐거움은 몽땅 잃었다.

시골마당과 아파트 베란다를 어찌 비교할 수 있겠는가?
놀이와 수확으로 이웃과 소공동체를 이끌었던 곳이 앞마당이다.
아파트에 장독대가 없다지만 옆집과의 인정마저 없어져야겠는가?
서로 왕래하면서 나눔도 하고 훈훈한 정이 오가면 얼마나 좋겠나.

나는 이 집에서 눌러앉아 살 생각으로 이웃과 트고 지내고 싶어서
입주하고부터 터줏대감처럼 옆집도 초대하고 아랫집도 불렀다.
상차림이래야 마트서 사 온 과일, 초밥, 생선회, 족발 등이고
벽을 공동으로 쓰는 옆집과 한잔하며 거리를 좁히는 게 목적이다.

예닐곱 집과는 음식도 나눠 먹을 만큼 친숙해졌다.
낯선 공간의 어색함을 줄여 가는 나만의 즐거움이다.
퇴근길에 곧잘 재래시장을 들러 찬거리를 사는데,
묶음에 2천 원인 곰보미역이라는 곰피를 욕심껏 집어 온다.

둔촌 시장에 다녀 왔습니다.
곰피가 벌써 끝물이라네요.
저는 끓는 물에 살짝 데쳐서
초장 찍어 먹었습니다.
작은 천원으로 반찬 하나더
만들어 먹으니 <천원의 행복>이
바로 이런 건가 봅니다.
15층 드림

농막에 가져 왔습니다.
제가 어렸을때 많이로 먹었던
소리쟁이 입니다. 눈죽·밭죽에
지천으로 올라오는 나물로
된장 풀어서 아욱국 끓이듯
하면 쉽니다. 그리고 데친 것은
고들빼기 입니다. 쓴맛을 먹는
겁니다. 즐거운 저녁시간!

문 앞에 걸어 놓으면 내가 다녀간 줄 알고 문자가 온다.
어릴 때 시골 이웃과는 울타리 너머로 소쿠리가 수시로 오갔다.
그때는 바다에서 잡은 생선이나 시루떡을 당연히 나눠 먹었는데,
요즘 아파트는 옆집이라도 타인이기에 노크하기가 무척 어렵다.

7층은 맞벌이로 출근길에 보는 종종걸음이 무척 안쓰럽다.
아내가 퇴근길에 부인 전화번호를 얻어왔다. 초등학생이 둘이란다.
우리 애들 어릴 때 생각이 왜 안 나겠는가? 초대 날짜를 잡았다.
마트에서 오랜만에 애들 먹거리를 고르는 것도 색다른 즐거움이다.

그 집 아이들에게 친근한 척 속삭이듯 말했다.
"엄마 아빠가 급한 일이 있어 집에 안 계실 때,
갑자기 학습 준비물 살 돈이 필요하면 아저씨한테 오너라."
의지할 이웃이라도 있으면 든든하겠다 싶어 일러두었다.

116

사실 7층은 이곳 아파트와는 아무런 연고도 없이
그냥 우연한 기회에 동료의 권유를 받고 장만한 집으로
옆 단지에 직장동료가 살고 있는 것이 위안이라고 한다.
아파트는 서로 마음의 담장을 허물어야 다가갈 수 있는 곳이다.

양치 중에 초인종이 울려 아내에게 나가 보라 했다.
7층 젊은 아주머니의 친숙한 목소리가 들린다.
잠시 후 아내는 기품이 있어 보이는 꽃다발을 들고 들어온다.
그분은 꽃으로 집안을 장식하는 취미와 여유가 있는 듯하다.

기념일도 아닌데 이웃에게서 꽃다발을 받으니 기분이 좋다.
거실에서 피기 시작한 호접란 하나를 옮겨 놓을까 하던 차에
베란다 깊숙이 잠자던 크리스털 꽃병을 식탁에 올렸다.
꽃다발이 참 우아하다. 색다른 행복을 누린다. 밥맛이 좋다.

(2020.04.)

원두막이 그립다

아침부터 가랑비가 내리다가 정오쯤에 그치더니
한낮에는 해도 안 나고 바람도 솔솔 불어 시원하다.
요 며칠은 5월 초순에 한여름 날씨라서 적잖이 당황스럽다.
몸이 더위를 받아들일 준비가 아직 덜 되었기 때문이다.

방 청소를 마치고 이마에 맺힌 구슬땀을 식히려니,
이제 녹음이 짙어지기 시작한 가로수의 나뭇가지 사이로
시원한 매미울음 소리가 들리는 듯 착각이 일기도 한다.
마트의 때 이른 수박을 보노라니 옛날 시골 원두막이 그립다.

우리 어려서는 밭에 원두를 심지 않았어도
땡볕 더위를 식힐 목적으로 부지런한 청년이 있는 집은
집 근처에 그늘이 있는 나무를 의지해서 피서용 원두막을 세웠다.
낮잠이 꿀맛이며 고단한 농사일을 놓고 잠시 쉬는 공간이다.

한여름 수박이나 참외가 익어가는 원두밭 옆에
망루처럼 지어 아이들의 장난기 가득한 '서리'에 대비하던 초소.
나 어릴 적엔 우리 집도 해마다 원두막을 지었는데,
20년 전에는 마당에 튼튼하게 지어 별채처럼 사용했다.

한나절 공사면 보기 좋은 원두막이 탄생한다.
기둥 네 개 세우고, 볏짚이나 밀짚으로 지붕 덮고,
마지막으로 밟고 올라갈 사다리를 놓으면 완성이다.
옆에 미루나무나 벚나무가 한그루 있으면 더욱 시원하게 보인다.

이렇게 완성된 원두막에, 모기장 하나 가져다 놓으면,
에어컨 시원하게 돌아가는 호텔도 부럽지 않다.
두 마디, 세 마디로 존재를 알리는 소쩍새 울음소리 들릴 때,
숲에서는 반딧불이가 은은한 빛으로 군무를 추며 유혹한다.

봄부터 애써 가꾼 수박이나 참외가 자식 같다고 하던가?
그런 것들을 지키는 것이 목적이기도 했던 원두막!

물론 원두막이 있다고 서리를 못 하는 것도 아니다.
콩서리, 복숭아 서리, 닭서리 등 서리에 대한 추억이 아련하다.

식구 많던 시절에 더위를 피해 원두막에서 자던 때가 그립다.
한여름 원두막에서 바둑판에 오목을 두던 생각도 나고,
중학교 때는 밤에 불쑥 찾아온 여자애들과 노닥거리던 일이며,
초등학교 신임 여선생님께 설익은 수박을 팔았던 기억도 남아있다.

대전에 사는 사촌들은 원두막에 대한 애정이 각별하다.
만나면 늘 원두막에서 잠자던 추억을 되새긴다.
이제는 완전히 사라진 뜸부기 얘기도 한다.
여름이면 일상의 공간이었던 원두막이 오늘따라 더욱 그립다.

올여름엔 앉은뱅이책상 하나 구해서
고향 원두막(별채)에서 부채 들고 삼국지나 읽어야겠다.

(2012.05.)

캣맘과 캣대디

우리 가족이 8년 동안 살았던 대규모 아파트단지가 재건축으로 집단이주를 하고 철거되었다. 건축한 지 40년 가까이 된 이 아파트에는 지하실을 주거지로 삼아 살아가는 길고양이가 유난히 많아서 먹을 것을 찾아 쓰레기봉투를 찢는 등 폐해도 많았다. 철거와 동시에 오갈 곳 없는 불쌍한 고양이들을 위해서, 누군가 앞산 등산로 모퉁이에 고양이 집 서너 채와 함께 급식소를 마련해준 것이 눈에 들어온다. 마음씨 고운 분들의 따스한 배려다. "엄마 이사할 때 저도 데리고 가실 거죠?"라는 문패가 내게는 뭉클한 울림이다.

엊그제 출근길에 둘러보니, 4년이 지난 지금도 급식소를 운영하는 듯, 놈들이 근처를 맴돌고 있다. 등산객도 없는 산길에 있으니 시비 붙자는 사람은 없겠으나, 접근하기가 그리 쉬운 곳은 아니다. 오늘은 출근길에 사료와 물을 배낭에 메고 등산하듯 올라오는 70세 전후의 부부를 만났다. 급식소 주변을 청소하고 사료를 챙겨주는 모습은 거룩해 보였지만, 한편으로는 조금 가엾어 보이기도 했다.

지난해 가을 당진 농막에 난데없이 고양이 한 마리가 나타났다. 때깔로 보나 행동으로 보나 기르던 고양이가 확실하다. 누군가 유기한 것이다. 농장주인인 형의 얘기로는 이틀 정도 지나니 부르는 소리에 조금씩 가까이 다가오더란다. 자신을 버린 옛 주인을 잊고 새로운 주인에게 의지하기까지 마음고생을 많이 했을 것이다.

그로부터 한 달 후에 또 한 마리가 나타났다. 이제 겨우 '새끼' 딱지를 뗀 놈인데, 컨테이너 바닥에 숨어 울음으로 자신의 존재를 알릴 뿐, 3일 동안 숨어 지내다가 구운 삼겹살 한 덩이 던져주니 몰래 물고 들어가 먹고는 숨은 채로 계속 보챈다. 한 점을 더 얻어먹고 나서 마음을 정했는지 삐쩍 마른 모습을 내비친다.

며칠 후에 컨테이너 밑에 밥그릇과 사료가 놓여 있는 것을 발견했다. 첫째가 정착한 것을 확인하고 다른 놈도 데려다 놓은 것으로 보인다. 졸지에 형은 캣대디가 되어 팔자에도 없는 고양이 두 마리를 돌보게 되었다며 조석으로 사료를 챙겨주느라 생고생이라고 투덜대더니 서서히 고양이들과 정을 붙여간다. 그렇게 캣대디가 되어가고 있다.

늦게 들어온 작은 놈은 발견 당시에는 삐쩍 말랐었는데, 공을 들이니 토실토실 살이 올라 보기 좋다. 큰 놈은 야성이 남아있어 밀폐

된 공간에 들어가면 바짝 긴장하기도 하고 가끔 쥐도 잘 잡는데, 작은애는 강아지보다도 더 사람을 따르고 애교가 넘쳐 '개양이'라고 부른다. 얼마나 말대꾸를 잘하는지 대화하면 한마디도 안 진다. 자기가 끝을 맺어야 얘기가 끝난다. 대학생인 조카딸이 신났다. 고양이용품을 사느라 저축해 둔 용돈 30만 원을 열흘 만에 다 썼단다.

몇 개월이 지나 성체가 되니 형은 뜻하지 않은 임신으로 식구가 늘지는 않을까 걱정이 태산이다. 2월 말에 내려가 보니, 두 마리는 마침 그날 지자체에서 무료로 해주는 중성화 수술을 받고 집에서 회복 중이다. 작은놈은 마취가 덜 풀렸는데도, 다가와서 자기 몸으로 내 다리를 밀치면서 아는 체하라고 조른다. 이전 주인은 도대체 무슨 사연으로 이렇게 애교 만점인 놈을 포기했는지 자못 궁금하다.

이제 우리 동네 캣맘 얘기도 해보자. 나는 저녁 식사 후에 운동기구가 있는 근린공원에 자주 가는데, 그곳에는 측은지심이 가득한, 자기가 없으면 고양이는 굶어 죽는다고 굳게 믿고 있는, 그래서 고양이에게 매일 한 끼는 꼭 챙겨주겠다고 스스로 약속했을 캣맘이 열성으로 활동하고 있다.

고양이들은 밤마다 엄마가 오시기를 애타게 기다리며 급식 장소인 벤치 주변을 맴돈다. 그 분에게 말을 걸었다. "안녕하세요? 야옹이에게 저녁밥 주시나 봅니다." 캣맘은 내 말을 제대로 듣지도 않고 "아, 네, 깨끗이 치우고 가겠습니다." 당황스러운 모습으로 경험에 의한 준비된 대답을 한다. 주민들과 갈등을 숱하게 겪었을 터이니 긴장하지 않을 수 없겠다. 서둘러 풀어 드렸다. "좋은 일 하십니다. 저 두 놈은 생김새가 비슷하네요." 그제야 마음을 놓으신다.

우군으로 파악하신 아주머니는 폭포수와도 같이 말을 쏟아낸다. 네 마리를 거두고 있는데, 모두 친자매라며, 엄마부터 족보를 줄줄 풀어 놓는다. 숨 좀 고르시라고 이야기 중간에 끼어들어 고향 농막에 고양이를 들인 얘기를 하면 "감사합니다!"를 연발하시는데, 본인의 지독한 고양이 사랑이지 나에게 감사할 일이 뭐 있겠는가?

밥그릇으로 햇반 용기를 쓰고 있었다. 놈들은 밥을 먹으면서도 나를 약간 경계한다. 4월에 태어난 두 마리가 9월생인 여동생을 정성으로 보살펴 추운 겨울을 무사히 넘겼는데, 어미는 어린것을 언니들에게 맡기고 어디로 갔는지 알 수가 없다며 한숨짓기도 한다. 길고양이 역시 영역이 있는데, 새끼에게 그 자리를 내주고 떠났다며 안 돌아올 것이라고 한다. 아주머니의 현재 고민은 하루빨리 엄마고양이를 찾아서 중성화 수술을 시키는 것이란다.

그날 이후로 나의 운동시간과 그분의 배식 시간이 서로 달라서 여러 날 엇갈리다가 며칠이 지난 오늘에야 캣맘과 다시 만났다. 이동네 살다가 이사해서 30분은 족히 걸어와야 한단다. 땀을 흘리셨다. 실은 건강이 안 좋은데, 그래도 이렇게 와서 밥 한 끼 챙겨주어야 마음이 편하단다.

주민과의 갈등도 여러 번 있었고, 그들의 주장도 충분히 이해한다고 했다. 그럴 때마다 죄 없는 고양이가 해코지당하지는 않을까 걱정이란다. 길고양이는 사람을 경계하는 마음이 강해서 가까이 접근하기도 쉽지 않은데, 안녕을 바라는 그 숭고한 마음에 보답이라도 하듯 캣맘에게는 자연스레 품에 안기기도 한다.

규모가 작은 이 근린공원에는 10여 마리가 도란도란하며 정답게 살고 있다. 캣맘이 단독으로 네 마리를 거두고 있고, 나머지는 공원 모퉁이 급식소에서 돌봄 하시는 몇몇 분들의 보살핌으로 식사한다. 캣맘은 혼자서 4년 넘게 배식하고 계시는데 공원 안에서도 계절에 따라 급식 장소를 바꾼단다. 고양이와 주고받을 말이 얼마나 많겠냐마는 주변 사람을 의식해서 대화도 작은 소리로 속삭이듯 한다.

캣맘이 이사했어도, 몸이 아파도 이 일을 그만두지 못하는 이유가 무엇인지 상상해 본다. 한 식구라 여기는 고양이들에게 마음속으로 지독하게 약속했을 것이다. '삶이 아무리 버겁더라도 건강이 허락하는 한, 나는 너희들과 함께하겠다. 하루에 한 번, 밥 한 끼 챙겨주는 것이 내가 할 일이다. 세상은 더불어 살아야 아름다우니까.'

(2021.03.)

III

세상을 돌아다니며

연홍도 이야기- 하나

집안에서 TV를 치운 지도 벌써 10년이 훌쩍 넘었다. 애들은 주말 예능 프로그램을 보지 못해서 친구들과 대화가 안 된다고 불평하고, 나 역시 꼭 보고 싶은 스포츠 중계방송이 있는 날이면 몹시 그리웠는데, 한 달이 지나니 식구들이 모두 적응하여 지금까지도 구매 필요성을 못 느낀다.

퇴근하면 뉴스를 검색하거나 유튜브로 음악을 들으며 가끔 책을 뒤적거리기도 하고, 옛날 영화를 복습하기도 하고, 다큐멘터리를 찾기도 하는데, 퇴직 후 귀농이나 귀어에 뜻을 두고 있으니 농어촌 프로그램 두세 개는 진지하게 본다. 나와 아내가 연홍도의 잉꼬부부를 만난 것도 즐겨보던 어촌 프로그램이 맺어준 인연이다.

그 프로그램에서 소개하는 어부 이야기는 연출된 느낌이 없이 잔잔한 감동을 준다. 가난해서 배우지 못한 남자와 평생 장애를 안고 살아야 할 여자가 결혼하고 생활하면서, 착한 탓에 가까운 사람에게 사기도 당하고 또 IMF 여파로 실직하고 낙향하지만, 섬마을 고향 사람들의 온정 덕분에 부창부수(夫唱婦隨)로 행복하게 살아간다는 드라마의 공식과도 같이 흔히 접하는 이야기이다.

연속해서 서너 번을 봐도 똑같은 감동으로 여운이 오래 남는다. 그분들께 편지를 쓰고자 자막을 참고로 부족한 부분을 채워가며 주소를 만들어 냈다. 50가구 70여 명이 사는 작은 섬이라니 번지수가 없어도 부부의 이름 여섯 자만 정확하게 쓰면 집배원이 알아서 배달할 것이라는 믿음으로 몇 자 써서 전화번호도 넣어 보냈다.

꽃을 좋아한다는 아내를 위해 화단을 일구는 장면을 보고는 선물로 화분이 좋겠다 싶어 꽃 수명이 비교적 긴 서양란을 보내기로 했다. 편지보다 꽃이 먼저 배달되리라는 나의 계산은 보기 좋게 틀렸다. 연홍도가 도서 지역이라서 꽃배달서비스가 전혀 되지 않는단다. 우체국 택배마저도 안 된다고 하여 낙심하고 있던 참에 묘책이 떠오른다. 그렇다. 두 분은 어부다. 그들이 이용하는 활어경매장은 섬이라도 연륙교가 있다. 인근 수협으로 전화하여 당돌하게도 TV에 출연했던 이 사람 알고 있느냐고 물었더니, 인연이 되려니까 따뜻한 말씨로 전화를 받으시면서 안다고 대답한다. 그러면 이름을 한번 빌리자고 부탁하니, 자기는 거리가 있다며 친절하게도 위판장에 딸린 지점 주소와 수령인을 안내해 준다.

크고 화려한 핑크 호접란에 리본은 [행복이 가득한 집]으로 하였다. 주문 넣은 다음 날에 편지를 받았다는 문자가 왔다. 반가워서 전화를 드렸다. 이정규님은 몇 마디 말하고는 귀가 안 들린다며 바로 아내를 바꿔 준다. 나중에 알았는데 안 들리는 것이 아니라 쑥스러워서 그랬다니 중늙은이가 소년처럼 수줍음도 많이 탄다.

조인애님의 목소리에서는 한마디 하기 위해 안간힘을 쓰는 모습이 안 봐도 그려진다. 뇌성마비인데 어쩌면 세상을 그리도 힘들게 살아가시나 싶어 가슴이 시리다. 두 분의 삶에 잔잔한 감동을 받았으며, 멀리 서울에서도 응원하겠다는 말과 함께 화분을 받으시라며 통화를 마쳤다. 한 박자 늦게 "네, 감사합니다."라는 힘겹고도 느린 답변이 수화기에 흐른다.

딸이 남쪽에서 공부하고 있다. 유급도 많다는데 굳건히 버티고 있어 대견하다. 방학도 없이 공부하기에 응원 겸 내려가서 그 동네에서 휴가를 보내기도 한다. 올여름 가족 휴가는 조선업계가 불황이라 경기가 안 좋다는 거제 쪽으로 굳혀가고 있는데, 잉꼬부부와 연락도 되고 전라남도가 지정한 [가고 싶은 섬]이라니 예정에 없던 연홍도가 끼어들어, 저울질하다가 급기야는 그쪽으로 기울어지고 만다.

두 번째 편지를 드렸다. 흔쾌히 허락하신다. 알려주시는 데로 연홍미술관 펜션을 예약했다. 내가 나이가 적으니 형님 내외로 모시겠다며 형수에게는 먹을 반찬을 넉넉하게 가져갈 것이니 신경 쓰지 마시고, 방송 촬영 때처럼 쏨뱅이 매운탕 한 냄비만 부탁한다고 당부하였다. 그리고는 열무김치도 담고 알타리에 오이지, 고추절임 등 건건이까지 바리바리 챙겼다.

내외분께 드릴 선물도 챙기고, 첫 방문이니 두루마리 화장지도 준비한다. 서울에서 억수로 쏟아지는 장대비를 뚫고 호법을 지나니 그제야 비가 그친다. 4시간을 달려 딸과 만나서 오랜만에 네 식구가 점심을 함께했다. 서양란을 사려고 시내에서 꽃집 5곳을 들렀어도 사지 못했다. 조인애님께 또 드리고 싶은데 말이다.

마음에서 우러나오는 욕구는 좀 무리해서라도 이루는 것이 좋을 듯하다. 꽃이 그랬다. 기름을 넣으면서 란을 키우는 화원을 물어 진입했던 고속도로를 다시 나와서 겨우 샀다. 화원 아주머니가 말하길 긴 장마에 꽃도 작황이 안 좋아 출하할 물건이 없단다. 핑크 호접란을 사느라 시간이 많이 지체되긴 했어도 그만한 값어치를 톡톡히 한 이유가 있다.

나중에 이정규님이 구수한 전라도 사투리로 이실직고한다. 활어 경매를 마치고 내외분이 함께 수협지점으로 꽃을 찾으러 가니, 여기에 두면 많은 고객이 오가며 감상할 수 있다는 직원의 사탕발림(?)에 기증했단다. 어찌 욕심이 없겠는가만은 내외분은 천사 그 자체다. 그러니 서양란을 사 가길 참 잘했다.

신양 선착장에 도착하여 전화를 드리니 잠시 후에 배가 미끄러지듯 건너온다. 조인애님은 배에서 내려 인사 나눌 생각은 뒤로하고 묵묵히 배로 짐을 옮기기만 한다. 자신의 외모를 드러내고 싶지 않은 모양이다. 어쩌면 평생을 그렇게 살았을 것이다. 마음이 아프다. 몇 마디 말을 섞고 시간이 좀 흐르고 나니 아내와 활발히 교류하는 모습을 볼 수 있었다.

한때는 150호 8백여 명이 살았고, 초등학교 분교도 있었는데 썰물 빠지듯 모두 대처로 떠나고, 이제는 노인네들 70여 분만 남아서 섬을 지키고 있으며, 학교는 문을 닫은 지 오래다. 폐교 건물에 미술관과 펜션을 들이고, 아이들이 뛰놀던 운동장에는 조각 작품이 전시되어 있다. 그 앞은 푸른 바닷물이 카펫과도 같이 금당도 바위섬까지 펼쳐져 있으니 그야말로 몽환경이다.

펜션 창문으로 보이는 풍경은 흡사 사진 작품과도 같고, 어느 작가의 말처럼 바다를 그대로 표구한 듯하다. 섬 골목마다 그려진 벽화는 물론, 버려진 통발이나 부표, 그물 등 폐어구를 활용해서 꾸민 작품들이 정겹다. 온 동네가 길마다 이야기를 담고 있으며, 물이 많이 빠지는 대사리 때는 바위에 붙어 자라는 미역을 따고 바지락도 캔단다. 1시간 남짓이면 일주하는 아담한 섬으로 등성이에 오르면 섬 전체가 눈에 들어오고 주변 섬들의 색다른 모습이 펼쳐진다.

저녁을 간단히 먹고 나니, 오늘 아침에 잡은 거라며 60cm쯤 되는 커다란 농어 한 마리를 안고 펜션으로 오신다. 회로 대접하려고 경매에 넘기지 않았단다. 값이 꽤 나갈 텐데 성의가 대단하시다. 연홍미술관 관장이라는 친구도 합석하여 내외분의 진솔한 삶을 찬양하듯 칭찬한다. 밤 10시쯤에 두 분은 쏟아질 듯한 은하의 별들을 남겨두고 댁으로 가셨다.

2002년 몽골초원에서의 여름밤 이후로 오랜만에 별이불을 덮고 보낸 밤이었다. 아침을 간단히 먹고 섬을 둘러본다. 내리쬐는 햇빛이 매우 강렬하다. 고기잡이배는 하얀 물거품을 밀어내며 지나가고, 정박한 배는 어장을 관리하느라 분주하다. 여객선에서 뒤돌아 오는 갈매기는 새우깡으로 포식한 듯 날갯짓이 만족스럽다.

카페에서 차 한잔하며 더위를 식히는 중에 전화가 왔다. "동상, 나가 시방 섬 구경 시켜줄 껑게, 빨리 뱃머리로 나오소!" 사투리는 언제 들어도 구수하다. 부부가 새벽 6시에 출항해서 그물을 올려 활어를 따서 위판을 마치고 서둘러 돌아오시는 길이다. 금당 8경을 둘러보고 낚시도 하기로 정하고 식당에서 형님 내외와 점심을 함께 하고 배에 오른다.

1톤 남짓한 작은 선외기이지만 네 식구 타기에는 충분하다. 시원스럽게 물살을 가른다. 절친한 대학 동창이 말하길, 평생 세계 여행만 한다는 독일인 친구가 남해 한려수도를 둘러보고는 세계에서 가장 아름답다고 극찬했다는데, 나 역시 여러 나라 섬 여행을 해봤지만, 우리 남해가 펼쳐 보이는 경관이 비교우위라는 생각이다.

소형 배의 장점을 살려 유람선보다 더 가까이 접근해서 보기도

하고, 배를 대고 상륙하여 사진도 찍고 포인트다 싶으면 낚싯대를 드리우고 강태공이 되기도 한다. 지중해의 어디쯤인 듯, 한낮의 따가운 햇볕은 약간 부담스럽기도 했다. 딸이 능성어를 낚았고 아들이 쏨뱅이를 낚았다. 인증샷에 동영상을 찍는다고 야단법석이다.

이정규님이 지나가는 문어잡이 배에 전화한다. "어이! 서울 동상이 왔는디 문어 좀 잡았는가?" 선장과 통화하면서 배를 붙이니 갑판 위에 살아 움직이는 문어가 쏟아진다. 돈도 받지 않는다. 어리둥절한 나를 보시더니 설명한다. "나가 나중에 꽃게 자부믄 이번 맹키로 주기도 한당께." 잡는 어종이 다르니 서로 나눠 먹기도 하는 모양으로 그 인심이 바다만큼이나 시원스럽다. 문어는 내리쬐는 태양에 달궈진 갑판에 빨판을 붙일 생각도 못 하고 화상 입을까 뜨거워서 연체동물 특유의 개다리춤을 춘다. 의도하지 않은 고문이다. 재빨리 뚜껑을 열고 어창에 던져 넣었다.

유람과 낚시 일정을 마치고 돌아와 선창에 배를 정박시키며, 어창을 열어 문어를 꺼내고 팔딱거리는 간자미도 몇 마리 건져주신다. 펜션으로 돌아와 문어는 삶고 간자미는 회를 쳐서 한잔한다. 안주가 싱싱하다. 서쪽 하늘에는 금당도를 넘어가는 저녁 해가 흰 구름에 붉은 노을을 그려주며 하룻밤 이별을 다독거린다. 저녁은 댁으로 초대받았다. 조인애님은 약속대로 쏨뱅이탕을 끓여 내놓으신다.

형수님이라고 불렀다. 다행히도 좋아하신다. 방송 촬영했던 바로 그 자리에 앉아서 저녁을 함께하면서 형님의 인생 역정을 듣는다. 연홍도가 고향이고 3형제 중 장남으로 집안이 빈곤하여 상급학교에 진학할 수 없었다. 참치잡이 원양어선을 타다가 쌍끌이 어선도 타고 선원 생활을 대략 20년 정도 했단다.

부산에서 지내던 중에 지인의 소개로 형수와 결혼했고, 딸이 4살 때 IMF를 만나 실직하고, 설상가상으로 동료 후배에게 사기도 당하고 어쩔 수 없이 고향으로 돌아와서 정착했다는데, 문제는 연홍분교가 몇 년 전에 이미 폐교되어 섬에는 딸이 공부할 학교가 없어졌다. 그래서 딸을 거금도(금산면)에 있는 금산초등학교에 보내 공부시킬 요량으로 도선을 자처하여 7년이나 했단다.

이후로 어선을 사서 고기잡이를 하는데, 아빠의 딸 사랑은 여기에서도 찾아볼 수 있다. 항구에 정박한 배들의 이름을 유심히 살펴보면 선주의 마음을 고스란히 읽을 수 있다. 선주는 자기의 추억이나 꿈, 가고 싶은 곳, 좋아하는 단어 등을 배 이름으로 쓰는데, 정규 형님은 자기 배를 딸 이름으로 하였으니 매일 세 식구가 함께 푸른 바다를 항해하는 셈이다.

잉꼬부부의 사랑 이야기는 20분 정도의 분량으로 2016년 이른 봄에 촬영했단다. 방송에서는 두 사람의 지고지순한 사랑을 금슬상화(琴瑟相和)로 그리고 있다. 도선을 할 때는 선장과 매표원으로, 그만두고 배를 사서 어업에 종사하는 지금도 두 사람은 선장과 선원으로 한 몸 인양 붙어 다닌다. 그래서 핸드폰도 하나로 족하단다.

"연홍도가 아름다운 이유는 삶 자체가 그림이 되는 아름다운 사람이 있기 때문입니다." 방송의 시작 부분에서 내레이터가 읊은 대사처럼 이들의 삶과 사랑은 한편의 동화와도 같다. 서로가 부족한 부분을 채워주고, 지치고 외로울 때 의지할 버팀목이 되어주기에, 거친 파도를 무릅쓰며 바다에 나가 그물을 내리고 거두며 험한 세상을 헤쳐 나갈 수 있다.

저녁 식사를 마치며, 내일 점심은 녹동항에서 외식하기로 약속하고 펜션으로 돌아왔다. 하늘의 별들은 볼 때마다 새롭고, 펼쳐진 바다 풍경도 시간마다 다른 모습으로 다가온다. 다음 날 아침에 펜션을 떠나려는데, 옆방에 투숙하신 여자분이 작별 인사를 건넨다. 11살 딸을 데리고 한 달에 두세 번 내려와서 쉬고 간다는데 이제는 주민들과도 친하단다.

섬이 아름답고 인심도 넉넉하니 왕복 10시간 길을 멀다 하지 않고 내려와서 놀다 간다. '서울댁'이라 불리는 그분 역시 정규 형님과도 알고 지내는데, 형이 서울댁에게 얼마나 자랑했는지 섬으로 건너올 때 그집 가족 모두가 선착장에 나와서 우리를 반겼던 분들이다. 형은 모든 사람을 거짓 없는 참된 마음으로 대하는 착하고 순한 사람이다.

형님 댁에 도착하니 냉동고를 열고 생선을 스티로폼에 주섬주섬 담으며 이른다. "요거이 민어인디, 한여름 보양식으로는 최고여! 안에 알도 뎄고 부레도 여었당께. 이건 농어여, 나가 동상 오면 줄라구 손질해 둔 거시여. 회로 썰어 묵으도 되." 군평선이는 튀겨먹고, 쏨뱅이는 매운탕하고, 간제미는 쪄먹고, 자세히도 알려주신다.

큰 스티로폼에 가득 담은 생선은 꽤 무겁다. 선착장으로 왔다. 도선원은 2만 원이나 되는 뱃삯도 받지 않는다. "나가 나중에 생선 으루다 갚는 당께." 섬마을이 만들어 낸 인심이다. 내외분을 모시고 녹동항으로 이동했다. 가끔 가신다는 식당에서 아내는 고기를 굽고 나는 궁금해하는 당신들의 은행 계좌의 용도를 설명해 드렸다.

매일 잡고 먹는 것이 생선이고 세 끼 식사가 생선 위주여서 그런지 갈비를 달게 드시니 모시길 잘했다. 언제나 누구나 그렇듯 헤어진다는 것이 어디 쉬운 일인가. 아내에게 봉투를 드리라고 눈짓했다. 형수는 극구 사양하다가 이내 졌다. 형수에게 서너 발 다가가서 뒤에서 꼭 안아드렸다. 팔을 풀며 또 와도 되냐는 인사로 어색함을 지우려 하는데 형수가 돌아서서 두 팔로 와락 내 목을 감는다.

오히려 내가 당황스러운 순간이다. 형수는 시리도록 정이 그리웠다는 사실을 알았다. 사람마다 마주치면 외면하는 데서 받은 마음의 상처가 얼마나 깊었을까? 그 견디기 힘들었던 속마음을 나에게 조금이라도 내려놓았는지 형수의 눈은 어느새 촉촉이 젖어 든다. 자신에게 결코 호의적이지 않은 세상을 당당하고도 꿋꿋하게 살아가는 조인애님을 힘차게 응원한다.

백주대로에서 남의 여자를 끌어안았으니 큰일이 났다. 그 남편과 내 아내가 보고 있는데 말이다. 속죄의 방법을 찾던 중에 아내로부터 뜻밖의 칭찬을 들었다. "안아드리길 정말 잘했어." 그로부터 6시간 후 집에 도착했다고 전화를 드렸다. 또 놀러 와라, 둘만 오면 딸 방을 써라, 하실 말씀도 많다.

다음날 전화가 왔다. "동상, 서울에 거시기, 아, 코로나가 심하다는 디 아무 일 없것제?" "아따, 아짐찬하요, 성님!(아이고, 고맙습니다. 형님!)" 세상을 참되고 착하고 아름답게, 가장 사람답게 사시는 내외분이다. 추울수록 붉게 핀다는 동백이 꽃망울을 터트릴 때쯤 다시 찾아뵙고 싶다. 미터기를 보니 1,000km 하고도 100km를 더 달린 기나긴 여정이다.

(2020.08. 가명을 썼음)

연홍도 이야기- 둘

코로나로 인한 일상의 변화가 어디 한둘이겠는가. 2년 가까이 지속되니 모두 지쳐가고 있다. 퇴근 후에 지인들과 혹은 직장동료들과 술 한잔하는 즐거움도 사라졌고, 방학이나 연휴가 생기면 여행을 꽤 즐겼는데, 꽁꽁 묶여 있으니 매우 답답하다. 지난해 2월 이후로 애경사에 참석한 것이 1년 8개월 동안 고작 3번이다.

이제 2차 접종까지 했으니 나대보자고 아내와 둘이 연홍도로 향했다. 여행이라는 것이 늘 그렇듯, 준비하는 즐거움으로 출발 전에 갖는 기대감이 더 좋은데, 편도 5시간 장거리의 2박 3일 일정이지만, 이번 여행은 돌아와서도 여러 날 뿌듯했으니, 떠나기 전의 설렘과 더불어 돌아온 후의 여운까지 그럭저럭 열흘 넘도록 행복하다.

저녁 8시가 넘어 신양 선착장에 도착하여 전화를 드리니, 내외분이 배를 몰고 건너오신다. 두 분 모두 머리를 단정하게 깎으셔서 예비 사위가 인사 왔다 갔냐고 물으니, 서울 동생 내외가 오니까 겸사해서 어제 녹동항에서 위판을 마치고 미용실에 다녀왔단다. 이제는 우리가 손님도 아닌데 나름 신경을 쓰셨다. 10년은 젊어 보인다고 칭찬해 드렸다.

짐을 풀고 나니, 안줏감으로 전어회를 한 접시 내놓으며, 한잔하면서 여독을 풀라고 하신다. "나가 동상 오면 같이 갈라꼬 전어 그물, 꽃게 그물 쳐 놨응께 내일 새벽에 같이 가제이." 언제 들어도 정겹고 구수한 전라도 사투리에 가끔 경상도 사투리도 섞여 나온다. 형수가 경상도 사람이기도 하고 형님이 부산에서 20년 생활하신 영향이란다. 일부러 그러기도 한다.

지난해 10월 방문 때는 파도가 '꼴랑꼴랑' 해서 이른 아침에는 바다에 나가지 못했는데, 이번에는 잔잔하여 새벽 6시 날이 밝으면서 가까운 어장으로 향했다. 유튜브에서만 보던, 어부들만의 특권이라는 선상 일출 맞이  가 바로 이거로구나! 나에게도 이런 행운이 찾아오다니! 푸른 바다 위에서 거금도를 넘어 붉게 떠오르는 태양을 맞이하니 참으로 장관이다. 하루의 시작이 벅차다.

바다는 어부를 빈손으로 돌려보내는 법이 없고, 어부는 바다가 내주는 만큼만 잡는다는 말은 어촌 프로그램 방송의 고정 멘트다. 욕심으로 될 일도 아니지 않는가? 형수는 용왕님이 내주시는 만큼만 받아온다고 한다. 그런데 꽃게와 전어는 물론 삼치, 노래미, 쥐치, 간자미 등 그물에 제법 많이 걸렸다. 집으로 돌아와 전어구이와 쏨뱅이 매운탕으로 늦은 아침을 했다. 당연히 꿀맛이다.

식사를 마치고 커피 한잔하면서 이런저런 이야기를 나눈다. 올해는 물고기가 흉년이란다. 자연의 이치대로 태풍이 지나가서 바닷물을 확 뒤집어 놔야 플랑크톤이 풍부해져서 어종이 다양하고 고기도 많아진다는데, 3년째 태풍이 없는 영향을 고스란히 받고 있단다. 요즘 갑오징어가 서너 마리씩 든다면서 새 그물을 꺼내서 앞바다 가까운 곳에 내렸다. 주말이라서 낚싯배가 여러 척 보이는데, 문어나 갑오징어를 낚으려는 꾼들은 사뭇 진지하다. 나 역시 어렸을 적 망둥이 낚시할 때 저런 표정이었을까 생각하니 입가에 미소가 번진다.

아내가 늙은 호박으로 태안반도식 꽃게탕을 끓여서 점심을 했다. 형님 내외가 우리를 친동생으로 여기고 잘 대해주니 연홍도가 고향인 듯 마음이 편하다. 백년 가까이 된 오래된 집이지만, 세 번째 방문이라 그런지 불편한 것 없이 마치 내 집처럼 익숙하다. 안방에서 넷이 같이 자고 아내가 주방도 스스럼없이 들락거리니 주인과 손님의 구분도 없어져서 편하다.

형님 내외는 평생을 바다와 함께하면서 바다가 주는 교훈 그대로 살아가고 있다. 피하고 기다릴 줄 아는 인내심은 경험으로 터득한 지혜다. 태풍이 일어났을 때는 그 넓은 바다도 바람이 원하는 만큼 파도를 쳐주고 나서 서서히 본래 모습으로 돌아와 잠잠해지듯,

기다리고 또 기다리며 욕심이나 미련을 갖지 않는다. 때가 있음을 알고 느긋히 기다리는 현명함을 갖추셨다.

빈 그물을 올리면서도 속상한 모습이 전혀 없다. "허허, 여기는 아니로세~" 물고기가 주렁주렁 올라와도 그냥 기쁜 모습 정도로 "나가 어복은 있응께로~" 글로 배운 지식보다 자연의 섭리를 몸으로 체득하신 지혜가 훨씬 위대하다. 욕심 없는 사람도 있는가? 하지만 부린들 소용없고 부려서도 안 됨을 이미 알고 계신다.

형님 얼굴의 순박함 속에는 늙은 어부의 경험을 오롯이 담고 있다. 눈가의 주름은 50년 가까운 선원 생활과 선장으로서의 연륜이다. 자연의 이치에 순응하며 바람이 세게 불면 배를 매어두고 지나가기를 기다리며, 삭망(朔望)으로 물살이 센 사리 때가 되면 그물을 거둬들이고 조금 때를 기다려 다시 내린다.

형님은 사람 목숨이 얼마나 질긴 거냐며 운명과도 같은 자신의 옛이야기를 들려주신다. 죽을 고비를 넘긴다는 것은 크게 두 가지로 볼 수 있다. 지금 당장 눈앞에서 벌어지고 있는 생사의 갈림길에서 죽을 고비를 넘기는 경우가 있고, 다른 하나는 죽을 상황을 미리 피하게 되는 경우인데, 형님은 후자의 경우다.

부산에서 쌍끌이어선 갑판장으로 일할 때, 100일 일정으로 출항을 앞두고 있었다. 배 안에는 운항에 필요한 연료뿐만 아니라 그동안 선원들이 먹을 부식도 실리는데, 출항 당일에 쥐 한 마리가 배에서 바다로 뛰어내려 육지를 향해 헤엄쳐 달아나는 모습을 보니, 승선할 마음이 싹 사라져서 중간 책임자의 위치에 있으면서도, 그 쥐가 그랬던 것처럼 도망치다시피 부두를 벗어났단다.

선장은 형님의 이유 없는 하선을 책망하며 제주도로 바로 뒤따라오라고 했다는데, 출항 다음 날 밤에 배는 암초를 들이받았고 바다는 승선한 12명 대부분을 삼켰단다. 또, 2003년 9월에는 태풍 매미가 지나가기 한 달 전에 섬 안에서 이사했는데, 살던 집이 매미의 폭우와 강풍으로 인해 산사태가 나면서 1명이 매몰되어 뉴스를 탔단다. 천우신조라는 표현이 적절하다.

"나가 늘어서 동상 만날라꼬 요렇게 살아 있당게! 이자 비견도로 가자구." 비견도는 금당도 옆에 있는 작은 섬으로, 이곳에 형님의 친구인 박선장님이 사신다. 마른 멸치와 참문어를 구매하면서 전화로 간단히 인사를 드렸고, 안부 문자를 주고받는 사이다. 섬에서 섬으로 가는 것이다. 잔잔한 바다를 15분 항해하여 아늑한 선착장으로 들어가니 제일 먼저 멸막(멸치를 삶는 시설)이 눈에 들어온다.

건조장이 학교 운동장만큼이나 넓어서 멸치가 풍어라도 거뜬히 말릴 것 같다. 반갑게 맞아주시는 박선장님 내외분을 뵙고 댁으로 올라가자니 감탄이 절로 나온다. 낭장망에, 통발에, 자망에, 미역양식까지 복합 영어(營漁)로 바쁘실 텐데 언제 짓고 가꾸었는지, 석축 조경 위에 지어진 집은 푸른 바다를 안마당으로 하여 과실수로 병풍을 두른 듯 수채화를 그리기에 딱 좋은 풍경이다.

잘 정돈된 집안은 바닷일로 지친 몸을 한 번 더 움직이신 사모님의 손길이며, 진열장의 각종 상패는 바쁜 시간 짬 내서 마을의 궂은 일을 하신 선장님의 봉사 징표다. 그런데 아내가 감동한 것은 따로 있다. [당신의 멋진 인생]이라⋯낭랑한 목소리로 나직이 읊조리며 굳은 듯 시비(詩碑) 앞에 그대로 서 있다.

선장님은 집을 지으시면서 시비(詩碑)를 통해 당신의 아내에게 다시 한번 사랑을 고백하였으니, 중년의 나이로 에둘러대어 당신과 결혼하기를 잘했음을, 다시 태어나도 다른 사람이 아닌 바로 당신과 결혼할 것을 맹세하는 듯하다. 40년 가까운 세월을 함께한 부부의 변함없는 사랑은 나에게도 과제 하나를 부여한 셈이다.

하룻밤 묵기로 작정하고 들어갔는데 공교롭게도 섬에서 코로나 확진자가 발생했다. 식사 한 끼, 술 한 잔도 나누지 못하고 아쉬운 마음 접어가며 연홍도로 돌아와야 한다. 선장님은 낭장망 어부 체험을 하고 싶다는 지난겨울에 쓴 내 편지글을 여전히 기억하시고, 물 때가 이른 것을 아시면서도 나를 위해서 낭장망 그물을 하나 매어두셨는데 말이다.

코로나는 무섭지 않았지만, 죽을 고비를 잘 넘기는 정규형님의 비결이라 여기고 가자고 독촉하는 형님을 따라 돌아가려는데, 사모님께서 상자에 마른 새우, 문어, 갯장어, 갑오징어 등 귀한 생선을 가득 챙겨주신다. 세상의 모든 물건은 사람들의 마음(人心)이라는 벨트를 타고 여기저기 돌고 돈다지만, 손님이 많은 집 같은데 사모님

손이 저리도 크니 집안에 뭐 남아나는 게 없을 것 같다.

선장님은 겨울에는 한가하니 연홍도 거치지 말고 녹동에서 비견도로 직접 들어오라신다. 선착장까지 내려오셔서 떠나는 배를 바라보시며 손을 흔드신다. 그분의 배웅은 그랬다. 섬 너머에 붉은 노을이 지면서 푸르던 바닷물은 온 세상에 내리는 땅거미를 말없이 받아들이기 시작한다. "어여 집에 들어가서 저녁 묵고, 그물 보러 가장께, 나가 느낌이 있당께로."

보통사람들은 평생 한 번 하기도 어려운 어부 체험을 새벽은 물론 밤에도 한다. 낮에 빈 그물 하나를 올려서 조금은 허탈했는데, 밤에 갑오징어 그물을 올릴 때는 제법 쏠쏠하다. "동상이 왔는디 나가 갑오징어 잡아 줄겅께 안주로 술 한 잔 혀."로 시작한 양망 작업이다. 안줏거리로 잡는다는 것이 50마리가 넘는 풍어다. 먹물로 갑판이 온통 검게 변한다.

나는 바다 가까이에서 자라서 이런 풍어 경험이 있지만, 난생처음인 아내는 신이 나서 떠든다. 먹물을 쏘아대는 모습을 보며 "벌써 쐈어!" "또 쐈어!" "세 번이나 쐈어!" 새겨들으면 묘한 말이다. 그물에 걸린 갑오징어를 따면서 낚시의 손맛과도 같은 찌릿한 촉감을 느낀다. 하지만 형님은 잔잔한 미소를 머금은 얼굴로 자작곡인 어부가를 중저음으로 부를 뿐이다.

어창에 넣어두고 내일 위판해도 되는데 굳이 전부 담아 집으로 오서서 냉동해 둔다. 셋째 날 아침에는 해무가 짙게 깔려서 앞을 분간하기 어려워서 해가 뜨기를 기다렸다. 9시쯤 출항하여 많은 양은 아니지만 줄돔도 올라오고 장대, 서대, 쥐치, 간자미, 쏨뱅이 등 골고루 잡힌다. 갑판에서 손질하여 바로 급랭시키니 선도가 이보다 좋을 수 없다. 형수가 생선 고르는 법을 가르쳐주신다. 시장에서는 아가미가 붉은 생선을 사란다.

점심 식사 후에 우리에게 줄 생선을 챙기시는데 입이 쩍 벌어졌다. 양망하면서 괜찮은 생선이 올라오면 "느그들은 좋겠다. 서울 구경을 다 하구." 하시더니 그물을 네 번 봤는데, 매번 차곡차곡 냉동하며 쌓아두었다가 그걸 다 털어 담으신다. 그러고도 모자라 다른 냉동고를 열어서 값나가는 생선들을 주섬주섬 담으신다. 큰 상자 네 개가 순식간에 생선으로 가득 찬다.

"군평선이인디 묵어 봤제? 꾸워 묵으면 맛있어, 이거이 뽀꾸뽀꾸 운다 허서 보구치여." "갯장어는 푹 과서 뼈 추리고 시래기 옇고 끓어 묵어, 보양식이구마. 요거슨 줄돔여." "어제 잡은 갑오징언디 우리 어려서는 생채기 나서 피가 나무 오징어 등뼈를 가루 내서 발랐구마." "짐이 많응께 내 배로 가자구." 하며 무거운 짐을 손수 옮겨 주신다. 정이 철철 넘쳐흐른다.

어부라는 직업은 알고 보면 활어를 따는 즐거움만 있는 것이 아니다. 그물을 뜨고 보수하는 것도 고된 일이다. 나이 70이 코앞인데 중노동에 가까운 바닷일이 어찌 고달프지 않겠는가. 갑자기 돌풍을 만나면 눈 깜짝할 사이에 생사의 갈림길에 서기도 한단다. 그래서 어부는 욕심 없이 내주는 만큼만 받고, 때를 기다리는 것이 바다에 대한 예의이며 어부로서의 삶의 기본 자세란다.

연홍도를 출발한 지 세 시간이 넘어서 공주를 지나고 있는데 전화가 왔다. "동상, 지금 인삼 한 뿌리 묵고 있는디 자네 형수가 사 오라 하고 돈도 안 줬다고 난리여." "네, 형님! 앞으로도 드시고 싶은 거 있으면 편히 말씀하세요. 녹동에서는 수삼 구하기가 쉽지 않잖아요." "비쌀 건디? 좌우당간 나가 동상 덕분으루다 매년 몸보신 지대루 허는 구마. 바쁘도 안전운전 혀!"

욕심이나 억지를 부리지 않고 그저 자연의 흐름에 맡기는 형님의 인생살이가 부럽다. 그렇다. '순응'에서 얻을 수 있는 최고의 선물은 마음의 평온이다. 밤 10시 가까워서야 집에 들어왔다. 연홍도 내외는 지금 뭐 하실까? [형님, 저 집에 도착했습니다. 늦은 시간이라서 문자 드립니다. 안녕히 주무세요!]

(2021. 10.)

채석강의 추억

두 아이가 동시에 대학을 졸업하고 3월부터 나란히 출근하게 되었다. 그러니 네 식구가 함께 신나게 누리던 방학 동안의 달콤한 여행은 이번 겨울이 마지막이 된 셈이다. 가족여행만큼은 축복받은 셈으로 방학 때마다 국내외로 많이도 돌아다녔다. 앞으로는 코로나가 종식되어도 애들과 휴가를 맞춰 잡아야 며칠 일정이라도 겨우 생길 듯하니, 등에 업고 다닐 때가 부모 마음대로지 각자 자기 생활이 생겨서 앞으로는 가족여행이 그리 쉽지 않을 것 같다.

작은 아이 자격시험 종료 시각에 맞춰 고사장에서 오후 3시에 출발했다. 전주 한옥마을 한번 들러보자고 의견을 낸 지도 꽤 오래되었는데, 다음 경유지가 마땅치 않아 머뭇거리다가 군산에 사는 처제도 만나보고 변산반도의 내소사, 채석강을 묶어서 산책하듯 2박 하기로 여정을 잡았다.

짧은 겨울 해가 지고 어둠이 짙어지면서 전주 시내에 들어선다. 도시 전체가 평온하다. 집을 나서면 늘 식구끼리 부대끼려고 호텔이라도 네 명이 함께 쓰는 방으로 들곤 한다. 짐을 풀고 맛집을 검색한다. 이곳에서는 막걸리마을, 전집, 콩나물국밥, 비빔밥 중 하나다. 유명한 전집이 호텔 근처에 있어 번호표를 받고 대기하다가 각종 전과 막걸리로 조금 늦은 저녁을 했다.

한옥마을 야경이 근사하다기에 거나한 기분으로 여기저기 기웃거린다. 내게는 박꽃 활짝 핀 초가지붕이 더 친근하지만, 청사초롱이 걸려있는 기와집도 정겹다. 화려함도 물리치고 찬란함도 꺾는다는 한옥의 우아함이 색다른 풍경을 연출한다. 전동성당은 그 역사와 함께 건축양식과 웅장함으로 유명한데, 아쉽게도 수리 중이다.

누가 뭐래도 대사습놀이의 본고장 전주가 우리나라를 대표하는 예향(藝鄕)이다. 한옥마을, 판소리, 향교 등 전통의 멋과 콩나물국밥과 각종 전(煎), 비빔밥 같은 음식의 맛이 어우러진 도시가 아닌가. 호남을 대표하는 제1의 도시 빛고을 광주가 저항과 민주화 등 역동적인 도시라면, 전라북도 도청소재지인 제2의 도시 온고을 전주는 전통예술의 차분한 도시라 할 것이다.

어젯밤에 한잔했으니, 속도 풀 겸 그 유명한 '왱이콩나물국밥'으로 아침을 하는데, 경상도에서 공부하는 딸도 체인점으로 기숙사 앞에 문을 연 '현대옥콩나물국밥'을 즐긴다고 한다. 도시마다 간판에 '전주'라는 말이 들어간 식당이 얼마나 많은가. 확실히 맛의 고장이다. 모주(母酒)를 해장술로 곁들이지 못한 아쉬움은 서너 병 사오는 것으로 달랜다.

왱이국밥은 현대옥, 삼백집과 더불어 전주의 3대 콩나물국밥이란다. 서민 음식이기도 하며 얼큰함은 물론 먹을수록 당기는 시원한 국물이 일품이다. 일상에서도 퇴근길에 아내가 피곤한 기색이면 콩나물국밥으로 저녁을 해결한다. 여행객마다 아침밥을 편하게 먹기에는 전주가 제일이라고 하는데 맞는 말이다.

아들이 7080세대들을 위한 프로그램으로는 [전주난장]이 좋을 것 같다며 앞장선다. 등잔불이 뭔지, 조개탄 난로가 어떻게 생겼는지도 모르고, 석유풍로를 본 적도 없는 애다. 자라면서 휴대전화를 통신수단의 기본으로 삼았으니, 편지를 기다리는 설렘도 모르고 각종 오락에 노출된 환경에서 성장한 아이다. 자기들한테는 이곳이 고리타분한 박물관이나 다름이 없겠지만, 엄마·아빠에게 옛 추억을 회상해 보시라는 배려다.

관람료를 내고 입구에 들어서니 차비를 받던 '버스 안내양' 인형이 우리를 맞이한다. 대학교 1학년 때 오후 2시쯤 하교하는 나에게 시내버스 안내양이 물었던 말이 떠오른다. 일주일에 수업이 몇 시간이냐기에 19시간이라고 대답하니, 자기 하루 일하는 시간이란다. 미안한 마음에 쉬는 날 미팅 한번 하자고 제안하니까, 안내양은 정말 고맙지만, 그 시간에 잠자고 싶다며 사양한다. 차장이라 불리던 안내양은 1984년까지 출퇴근 때 지옥 같은 정원 초과 버스의 수동문을 닫으면서 "오라이~~"를 외치며 오빠나 남동생의 학비를 보냈다.

딸이 3월부터 당직을 포함해서 36시간 연속 근무는 물론 주당 100시간을 기본으로 일해야 한다고 투덜대기에 버스 안내양 이야기를 들려주며 다독인다. 그 당시에는 야근할 수 있는 직장을 선호했다. 내 몸이 부서지고 망가지더라도 가족을 위해서라면 야근이라도 해서 수입을 올려야 했다. 지금이야 '복지'가 우선이지만, 그때는 '생존'을 위한 노동으로 열악한 근로환경은 80년대까지 계속되었다.

첫 전시장은 교실로, 복도에는 신발장이 있고, 교실 안에는 2인용 책상, 풍금, 양은도시락을 올려놓은 난로, 크레용으로 그린 그림에, 불조심이나 산아제한, 반공 방첩 등 각종 표어가 시선을 끈다. 이곳은 10채의 가옥을 전시 공간으로 확보하여 반세기도 더 지난 생활 물품들을 펼쳐 놓은 곳이다. 통로 기둥에 모형 쥐가 여러 마리 전시되어 있는데, 옥상의 닭장 속에서는 사료를 훔쳐 먹다가 우리에게 들키고 쥐구멍으로 달아나는 진짜 쥐를 보고 넷이 한바탕 웃기도 했다.

난장 여행은 관람객이 자란 환경이나 나이에 따라, 또는 분야별 전시물에 따라 느끼는 재미가 달라진다. 방앗간 피대 돌아가는 소리로 요란하던 정미소 모습, 물지게 지고 가서 우물물 길던 풍경, 재를 담아내고 알곡을 나르던 삼태기, 해 질 무렵 멍석 깔고 식구들이 저녁 먹던 모습, 어떻게 생활했을까 싶은 단칸방 안에는 옷 궤짝, 앉은뱅이책상, 등잔, 다듬이 등이 놓여 있다.

　　관람객들은 저마다의 추억에 젖기도 하고, 일행과는 앞다퉈 자기 경험을 이야기한다. 20대 중반인 우리 애들도 전자오락실이나 만화방에 이르러서는 회상할 추억이 있나 보다. 나에게는 장면 하나하나가 모두 소중해서 휴대전화로 100장도 넘게 찍었다. 출구에서 무료로 나누어주는 군고구마와 팝콘에 따끈한 보리차 한잔으로 관람은 마무리된다. 알뜰했던 추억여행은 화살표 안내를 따라 2시간 가까이 지나서야 마쳤다. 7080세대들이 어린 시절의 30여 년 추억을 회상하기에 매우 적합한 곳이다.

　　셋째 동서에게 연락하여 점심이나 같이 하자고 약속 장소를 정하며 군산으로 출발한다. 서울 큰형님이 오셨다고 본사 회장님이 내려오시면 모신다는 350년 된 한옥에서 한방오리를 대접한다. 6명이 새만금방조제를 거쳐 선유도에 도착, 해변을 돌아보고 나서 커피 한잔으로 추위에 언 몸을 녹인다.

　　섬의 경치가 너무나 아름다워서 신선이 놀았다고 하여 선유도(仙遊島)라 불린다. 지금은 연륙교로 연결되었지만, 예전에는 군산에서 배를 타고 드나들던 외딴섬이었다. 고1 때 월간지에 실린 낙조의 아름다움을 극찬한 여행 작가의 글을 읽고는 여태껏 동경하던 곳이다. 바다가 품고 있는 섬들은 궂은 날씨로 인해서 선명한 모습은 덜 하지만 차분해 보인다. 흐린 탓에 석양이 있겠는가 싶어 낙조를 포기하고 채석강에 있는 리조텔로 향한다.

애들은 어렸을 때라 기억이 없거나 가물거리겠지만, 채석강은 가족여행으로도 두 번이나 왔던 곳이다. 한번은 아내의 성당 모임 친구들과 가족 단위로 고창 청보리밭을 들러 내변산에서 묵었고, 또 한 번은 독거노인을 모시고 지리산을 다녀오면서도 채석강에서 1박 했는데 벌써 20년 가까이 지난 추억이다.

다음 사진은 벌써 40년이 지났다. 82년도 대학교 2학년 여름 MT 때 모습으로 감회가 새롭다. 당시에는 어울려 다니는 남자 무리들이 모두가 병역을 마치려면 10년 정도는 걸렸다. 대체로 2학년 마치고 입대하는데, 입영 전이라서 일곱 명이 한 장에 찍힌 유일한 사진이다. 여자 셋도 함께했으며 해수욕장에서 좀 떨어진 다락방이 딸린 농가주택에서 민박했었다.

옛 추억을 회상할 때 가슴 아픈 사연 없이 모든 것이 흐뭇하고 달콤하다면 얼마나 좋을까. 성공한 삶으로 되는 것도 아니고, 추억을 함께하던 모든 사람이 무탈할 때 가능하다. 사진 속의 한 명은 30년  전 아들 하나 남겨두고 교통사고로 유명(幽冥)을 달리했다. 가해자는 지금 대한민국 사람이라면 모르는 사람이 없을 정도로 유명한 사업가로 승승장구하고 있다. 남겨진 외아들은 할머니와 외롭게 자라면서 한때는 방황도 했지만, 이제는 건장한 30대로 공학계열 박사과정을 밟고 있다.

산 사람은 어떻게든 살고 죽은 사람만 억울하다는 말이 이런 경우일까 싶지만, 나중에 그 친구 누나에게 들은 얘기로는 가해자로서 최소한의 도리는 지키고자 했단다. 까맣게 잊고 지내던 어느 날 TV를 시청하는데, 남동생이 중환자실에서 생사를 넘나들 때, 누나 옆에서 눈물만 뚝뚝 흐리던 모습이 번뜩 스쳐서 확인해 보니 저 사람이 바로 그 사람이었다고 한다.

다음날 동서 내외는 새벽에 군산으로 돌아갔고, 우리 넷은 채석강에서 산책을 즐겼다. 40년 전 바로 이 자리에서 여름밤 하늘의 별을 함께 바라보았던 아련함이며, 어마어마한 양의 바지락죽 한 그릇을 다 비우고 맹꽁이배를 두드리며 함포고복(含哺鼓腹)을 노래했던 일이며, 선물로 사둔 복분자술 여섯 병을 독거할머니와 밤새도록 다 마셔버린 추억도 있는 곳이다.

해변의 추억을 뒤로 하고 짧은 산행이라도 하자며 내소사로 향한다. 마냥 걷고 싶은 전나무 숲길을 지나 경내로 들어서면 큰 느티나무와 마주친다. 그 천년 느티나무 한 그루가 사찰 전체를 품고 있는 듯 아늑하고 포근하다. 쇠못 한 개 쓰지 않았다는 대웅전은 바로 뒤 바위산의 웅장한 풍경(風景)과 조화를 이룬다.

아내가 이 동네 젓갈이 유명하다고 혼잣말로 되뇐다. 장인이 명란젓을 즐기시니 사 가고 싶은 모양이다. 추억의 바지락죽도 먹어 볼 겸 곰소항으로 핸들을 돌렸다. 애들이 생각보다 죽을 잘 먹는다. 이제 집으로 출발, 도착까지는 4시간 가까이 걸린다. 차안에서 나는 초년생 사회생활 자세는 물론, 재테크 잘해서 결혼자금 마련하라는 둥, 가볍게 만나지 말고 결혼을 전제로 교제하라는 둥, 자식들 귀에 는 들리지도 않을 얘기만 늘어놓는다.

애들은 야간근무와 당직에 정해진 휴일이 없을 테니 다 같이 외식 한번 하기도 쉽지 않겠다. 지금까지는 두 아이를 키우고 뒷바라지하면서 크고 작은 즐거움을 누렸지만, 앞으로는 애들이 직장과 사회에 적응하고 결혼하여 살아가는 모습을 뒤에서 바라볼 것이다. 가족은 우리말로 피붙이, 살붙이란다. 함께 생활하면서 지지고 볶고, 아웅다웅, 알뜰살뜰, 복닥복닥, 칼로 물 베기, 알콩달콩…… 산다는 게 다 그런가 보다.

(2022.01.)

하동 녹차, 광양 매화

서울의 봄을 기대했던 1980년, 신군부가 등장하면서 정국(政局)은 싸늘하기가 이루 말할 수 없었다. 이런 상황을 정치인 김종필은 '춘래불사춘(春來不似春)'이라고 표현했다. 원전(原典)은 중국의 4대 미녀 중 한 명인 왕소군에 얽힌 한시(漢詩)의 한 구절이다. 절기로 춘분이 코앞인데, 정작 이 땅에 찾아온 봄은 아직도 봄 같지 않다.

胡地無花草(호지무화초) 오랑캐 땅에 꽃이 피지 않으니
春來不似春(춘래불사춘) 봄은 왔는데도 봄 같지 않구나.

당나라 시인 동방규가 흉노에게 시집간 왕소군의 한 많은 인생을 이렇게 읊었다. 화창한 봄날인데도 코로나19로 인해서 나들이를 못 하니 그야말로 춘래불사춘이다. 이놈이 얼마나 대단한지 광양의 매화꽃 축제도 삼켜버려 행사가 취소되었으니, 전국 각지에서 찾아오는 상춘객(賞春客) 백만 명도 가볍게 물리친 무시무시한 괴물이다. 이 땅의 산천은 산과 들에 꽃을 피우고 싹을 틔워서 곳곳마다 봄을 알리는데, 어찌나 뒤숭숭한지 화초(花草)로 색동옷을 입고 있는 강산을 즐길 수가 없다.

딸내미는 코로나19로 병원 실습이 연기되어 집에 왔다가, 실습 재개 소식과 함께 승용차로만 이동하라는 지도교수의 엄명을 어길 수 없다며, 그 옛날 한양까지 천 리 길이라는 아득히 먼 곳까지 데려다 달란다. 하루에 왕복은 무리라는 핑계로 내친김에 남도의 봄소식을 음미하기로 했다. 통영 바다로 가서 도다리쑥국을 맛보려다가 비슷한 거리에 있는 광양으로 방향을 돌린 것은 입보다는 눈으로 봄을 맞이하고 싶어 매화를 찾아간 것이다. 섬진강 따라 내려가는 길에 매료된 적이 있어 다시 오고 싶었던 곳이다.

광양 섬진강은 바다를 만나기 직전으로 강폭이 넓어 넉넉해 보이고 물도 깊어 푸르고, 벽수(璧水) 옆엔 하얀 모래사장이 드넓게 깔려있으며, 유속이 완만하여 강물에 노니는 물새들도 여유로워 보인다. 매화단지는 백운산이 빼어나서 산세로도 멋진 자태인데, 10만 그루가 나지막한 구릉에 만개하여 펼쳐져 있다. 발아래로는 임실에서 발원하여 오백 리 길 내려오는 섬진강이 굽어 흐르니, 저쯤 어딘가에 목동만이 알고 있는 술 익는 마을이 있을 것만 같다.

꽃은 가까이에서 감상하는 것도 좋지만, 멀리서 군락을 바라보는 재미도 그에 못지않다. 저 매화나무들은 지난해 봄 이맘때는 지금의 저 모습으로 꽃을 피웠을 것이고, 초여름에는 가지마다 푸르른 잎 속에 탐스러운 매실을 주렁주렁 달고 있었을 것이고, 늦가을에는 낙엽마저 떨어내고 앙상한 가지로 초겨울 찬바람을 맞았을 것이다.

그렇다. 혹독한 추위를 뚫고 나온 매화는 객창에 외롭게 한그루만 피어도 시선을 사로잡는데, 저렇게 군락을 이루고도 현란하지 않고 은은한 자태를 뽐내니 가히 난초, 국화, 대나무와 함께 사군자의 반열에 오를만한 기품이다.

작가 김훈은 동백(冬柏)꽃은 삶을 다할 때 송이채 떨구고, 봄꽃인 매화는 바람에 날려 꽃잎 하나하나로 흩어진다고 읊었다. 동백꽃은 추한 모습을 보이지 않고 절정에서 장렬히 죽음을 맞이하고, 매화는 꽃잎을 한 장씩 스치는 봄바람에 맡기며 눈보라 날리듯 사라진다. 저 수많은 꽃잎이 눈꽃으로 질 때는 또 다른 장관을 연출할 것이다. 매화보다 조금 늦게 피는 벚꽃이 지는 광경을 직접 목격한 적이 있다. 예전에 살던 아파트는 40년 가까이 된 벚꽃단지로도 유명했는데, 꽃잎들이 바람에 지며 화설(花雪)로 쏟아지는 광경에 감전된 듯 그 자리에 굳어 탄복한 적이 있다.

강바람에 꽃이 질 때, 다시 와서 그 흩날리는 꽃보라를 보고 싶은 욕심을 재우며, 구례의 산수유 마을을 둘러보고 싶은 마음을 다독이면서 쌍계사로 향한다. 물론 이번에도 시간이 짧아서 박경리님의 [토지] 무대인 평사리 최참판댁을 들리지 못했다. 갈 곳이 있어 서울 고운님께 전화하여 차밭 가꾸는 친구분 찾아내라고 독촉한다.

고요한 산사에서 다구(茶具)를 사이에 두고 노스님과 마주 앉아, 또는 차밭을 일구는 나이 지긋한 주인장을 만나 다도(茶道)를 익히고, 이런저런 가르침을 받으며 차 한 잔 음미해 보는 것이 나의 오랜 로망이니, 지난해 여름 고운님 카톡에서 본 삼태다원 김신호님을 망설임 없이 찾아가는 것이다.

관우가 환생했나 싶을 정도로 미염공(美髥公)인 주인장이 반겨주신다. 수인사를 마치고 다실로 들어갔다. 벽에 걸린 [茶禪一味(다선일미)]가 눈에 들어온다. 차(茶)를 음미한다는 것은 참선(參禪)하는 것과 본지(本旨)가 같다고 하였으니, 자신을 정돈하고 엄숙한 마음으로 좌정하고 조용히 차가 우러나기를 기다린다.

평생 차(茶)만을 공부하신 주인장의 외길 인생이 부럽기도 하고 존경스럽다. 물 끓여 잔을 씻고 또 데우고 알맞은 온도에 차를 우리느라 바쁜 손놀림인데도, 대화의 높이를 맞추려고 차 생활 얼마나 했느냐, 어떤 차를 마셔봤느냐며 묻는다. 우전(雨前) 녹차 한잔을 음미하자니 본격적으로 이야기보따리를 풀어 놓으신다.

차의 효능부터 인체의 어디에 어떤 작용을 하는지도 상세하게 설명해 주신다. 차(茶) 생활이 있는 집안은 부부간은 물론 자녀와의 대화가 그렇게 원만할 수가 없단다. 부탄에 두 번이나 가서 우리 차를 전수했다는 대단한 자부심도 가지고 계신다. 늦게 자리한 안주인

역시 인상이 참 좋다. 녹차 덕분인지 고운 피부를 지니셨다.

첫 잔을 마시니 마음이 편안해지고 두 번째 잔을 마시니 머리가 맑아지는데, 열 잔 정도 마시니 내 영혼까지도 따뜻해지는 느낌이다. 녹차의 맛은 그랬다. 나의 섬진강은 재첩, 벚굴, 참게, 은어, 화개장터, 쌍계사, 벚꽃 길, 매화 축제 등 그 이미지가 수없이 많은데 삼태다원 덕분에 이제는 그 으뜸에 하동 녹차를 두게 되었다.

바람개비보다도 더 빠르게 돌아가는 서울 생활에 익숙한 몸이라서 석양 무렵에 들어선 섬진강의 고즈넉한 풍경이 오히려 두렵기까지 했는데, 녹차를 음미하면서 이제는 삶의 속도를 이곳처럼 늦춰야겠다고 마음을 바꾸니 쌍계사 계곡 물소리는 물론 왕대나무에 속삭이듯 스치는 바람 소리도 귀에 들린다.

섬진강 따라 오르내리며 매화만 바라봐도 보람인데, 일정에 없던 다도를 즐겼으니 참으로 뜻깊은 하루를 보낸 것이다. 내 욕심만 차려서 아내는 어떨까 궁금했는데 더 좋아해서 다행이다. 시간을 넘겨 자리를 일어서는데 고운님의 명령을 받았다며 홍차를 챙겨주신다.

앞으로는 일상이 아무리 바빠도
매실나무가 꽃 피우는 소리도 듣고
산수유 그 작은 꽃이 토하는 향기도 마셔야겠다.
'차(車)가 있는 삶' 보다 '차(茶)가 있는 삶' 으로 말이다.

(2020.03.)

IV

사람냄새를 맡다

건배사

보통 건배사는 잔을 모두 채우고 우두머리가 잔소리 좀 하고 나서
제일 흔하게 하는 소리가 "어쩌고 저쩌고를 위하여" 하면,
옆 테이블에 손님이 있어도 개의치 않고 힘차게 "위하여"를 외친다.

그런데 어느 주류 회사가 건배사를 공모한 결과,
연말 송년 모임에 가장 인기가 많은 건배사로
'너나 잘해!(너와 나의 잘 나가는 새해를 위하여)'가 꼽혔다고 한다.

대개 한 글자씩만 따서 단어나 짧은 문장을 만드는 형식인데,
대학생 때는 나만 빼고 친구들이 초저녁에 [나체팅]을 했다.
'나이트 체리 블라썸 미팅'(밤 벚꽃놀이 미팅)을 말한다.

여의도 윤중로나 어린이 대공원 같은 곳에서
벚꽃 만발한 봄날 밤에 청춘남녀가 미팅하는 것을 이르는데,
[나체팅]이라는 말에 흥분만 했지, 바로 알아듣지 못한 것이다.

진달래는 엉큼한 축약어로도 쓰이는데, 상사가 '진달래?' 하니까
부하 여직원은 1초의 망설임도 없이 바로 '택시!' 로 응수했단다.
뜻인즉 "진짜 달라면 줄래?" "택도 없다 시발 놈아!" 라는 대화란다.

중학교 모임 술자리 끝자락에 [마돈나!]하고 외치자고 하기에
풍만한 그녀를 상상하면서 마시라는 뜻이냐고 물으니
"마시고 돈 내고 나가자" 라니 나의 부족함이 또 드러나는 순간이다.

주류 회사가 조사한 건배사도 한 글자씩만 딴 재미있는 말이다.

오바마 (오직 바라는 대로 마음먹은 대로 이뤄지길!)

변사또 (변함없는 사랑으로 또 만나자.)

통통통 (의사소통, 운수대통, 만사형통!)

파란만장 (파란색 1만장이면 1억 원이 된다.)

해당화 (해가 갈수록 당당하고 화려하게.)

재미있어서 인터넷 검색을 했다.

오마이갓(오늘은 마시더라도 이해해 주세요. 하느님(God)!)

사우디(사나이 우정 디질 때까지!)

마취제(마시고 **취**하는 게 **제**일이다.)

상한가(**상**심하지 말고 **한**숨 쉬지 말고 **가**슴을 폅시다.)

모바일(**모**든 일이 **바**라는 대로 **일**어나라. 얍!)

신대방(**신**년에는 **대**박 나고 **방**긋 웃자!)

미사일(**미**래를 위하여, **사**랑을 위하여, **일**을 위하여 다 같이 "발사")

오징어(**오**래도록 **징**그럽게 **어**울리자!)

당나귀(**당**신과 **나**의 **귀**한 만남을 축복합니다.)

마당발(**마**주 앉은 **당**신의 **발**전을 위하여~)

고사리(**고**생하셨습니다. **사**랑합니다. **이**해합니다!)

아우성(**아**름다운 **우**리의 **성**공을 위하여!)

우아미(**우**아하고 **아**름다운 우리의 **미**래를 위해!)

풀풀풀(여자는 뷰티**풀**, 남자는 파워**풀**, 우리 모두 원더**풀**~~)

스마일(**스**쳐도 웃고, **마**주쳐도 웃고, **일**부러라도 웃자.)

여기 / 저기(**여**러분의 **기**쁨이 **저**의 **기**쁨.)

이멤버 / 리멤버 (**이** 팀을! 기억하자!)

건배사 말고도 연말이면 등장하는 사자성어가 있다.
해마다 교수신문에서는 한해를 요약할 수 있는 사자성어를
투표로 정하고 있는데 그 함축의 의미가 매우 크다.
2019년은 무슨 사자성어가 등장할지 자못 궁금하다.

2016년을 표현하는 사자성어로는 '군주민수(君舟民水)' 가 뽑혔다 '.
'君舟民水' 는 - 임금은 배, 백성은 물
강물(백성)이 분노하면 배(임금)를 뒤엎을 수 있다는 뜻으로
박근혜 탄핵 촛불이 온통 광화문을 덮었던 해였다.

2017년은 '파사현정(破邪顯正)' - 사도를 깨트리고 정도를 나타냄.
문대통령이 취임했으며 시대적 과업에 힘을 실어주는 말이다.
2018년은 '임중도원(任重道遠)' - 짐은 무겁고 갈 길은 멀다
'적폐 청산' 이 힘겨웠고 '갑질' 이란 말도 난무했던 1년이었다.

아래 세 개 중에서 하나를 고르는 해는 언제 오려나.
'태평성세(太平聖歲)' - 태평하여 백성들이 편안히 지내는 시대
'함포고복(含哺鼓腹)' - 실컷 먹고 배를 두드림-임금 이름도 모르고.
'소이부답(笑而不答)' - (물으면) 그저 웃고 대답하지 않지요.

2020년 한해는 모두가 '오바마' 가 되고 '변사또' 가 되면 좋겠다.
'파란만장' 으로 저축하고, 나이에 맞게 '해당화' 로 새해를 맞이하자.
나는 올해 '당나귀' 도 있었다. 내년에 우리 모두 '신대방' 가자!
뭐라고? '너 나 잘 해!' 라고? 알았어, 너도 '너 나 잘 해!'

(2019. 12.)

꽃 이야기 1

15년 정도 선배이신 김선생님은 인품이 훌륭하시어 따르는 후배가 많다. 술도 점잖게 드시는데, 어느 날 다소 충격적인 말씀을 하신다. 당신 아내의 결혼반지 다이아몬드는 진품이 아니고 모조품이란다. 결혼할 때 가진 돈이 없어서 생긴 일인데 아내는 아직도 그 사실을 모르고 있단다. 미안한 마음에 은혼식 때 더 큰 진품을 해주면서도 사실을 고백하지 않았단다. 그러면서 사모님의 사랑을 넘치게 받는 이유는 반지가 아니라 꽃이라고 말씀하신다. 꽃 싫어하는 여자 봤냐며 오늘같이 거나하게 취한 날도 꽃을 챙긴다고 한다. 그러면서 꽃집을 찾아 두 다발을 사시더니 한 다발은 선뜻 내게 주신다.

"아내에게 사랑받고 싶으면 이렇게 해!"

결혼 3년 차나 되었을까 싶은데 그때까지도 나는 아내에게 꽃을 사준 적이 없다. 딸을 재우면서 같이 잠들었던 아내가 꽃을 받더니 상당히 기뻐한다. 졸린 모습으로도 행복한 표정을 지을 수 있다는 것을 처음 보았다. 하지만 그것으로 끝, 우둔한 나는 꽃다발의 위력을 까맣게 잊고 살았다. 돌이켜보면 총각 때 사귀던 여자들에게도 꽃 선물을 한 적이 없다. 그러니 내세울 만한 것 하나도 없는 나에게 무슨 매력을 느꼈겠나. 여자의 마음을 얻지 못한 것은 당연하지 싶다. 모든 길이 로마로 통하듯 모든 여자의 마음은 꽃으로 통한다고 알려주셨으니, 앞으로는 적극 활용해야겠다. 그녀들에게 참 부끄럽다. 시간을 되돌리고 싶다.

하지만, 중국 손님이 오면 매번 호텔 방에 만개한 붉은색이나 황금색의 호접란을 넣어드린다. 그들 역시 꽃 선물이 일상화되지 않아서 그런지 효과가 상상을 뛰어넘는다. 누구든 출국할 때 현지인 전화번호 하나만 알아도 든든할 터인데, [有朋自遠方來, 不亦樂乎?(벗이 있어 멀리에서 온다면 또한 즐겁지 아니한가?)] 라는 리본이 달린 난을 받으니 기쁘지 않겠는가. 중국에 가면 7만 원 그 이상의 효과로 끼니마다 산해진미의 음식 대접을 받는다. 몇몇 지역에서는 한국의 홍형(洪哥)과 사귀고 싶은 사람이 많다는 우스갯소리도 들린다. 한 번은 70세 노부부가 서울을 방문하셔서 호텔방에 호접란을 넣어드렸는데, 저녁식사를 하면서 부인이 남자에게서 처음 받아보는 꽃이라고 흥분하셔서, 베이징의 모 대학 부총장을 지내신 그녀의 남편과 함께 박장대소를 한 적도 있다. 꽃의 위력은 대단하다.

밴드나 단톡방에 오늘 누구의 생일이라고 문자가 뜨면 사진으로라도 꽃다발을 전하고 진수성찬 생일상을 올린다. 참으로 편리한 세상이다. 부모님 산소에는 조화(造花)가 2개월 정도 지나면 퇴색되어서 가끔 바꿔드린다. 하물며 지금 사랑하는 사람들에게 꽃 선물에 인색해서 되겠냐고 생각을 바꿨다. 오늘 새벽에는 내일이 생일인 아내에게 애들 이름으로 직장에 서양란을 보냈다. 지난해에도 애들 이름으로 보냈더니 즐거워하는 모습이 여러 날 지속된다. 벌써 다 커서 효도 받는 기분이라며 기쁨을 감추지 못했는데, 생각이 깊어 남편에게서 받은 것을 알고도 모르는 체하는 것 같기도 하다.

꽃은 '꽃미남', '꽃중년'과 같이 사람을 화려하게 변신시켜 주기도 하고, '공직자의 꽃은 국장'이라는 말처럼 절정의 순간도 '꽃'에 기대어 표현한다. 꽃 꿈은 풀이도 예뻐서 혼인, 승진, 재물, 임신, 합격, 성공 등으로 해석한다. 해몽 또한 아름다우니, 나도 김선생님처럼 꽃 선물을 자주 하여 주위 사람들을 기쁘게 해줄 것이다. "꽃 받으면 웃음꽃 핀다. 왜? 꽃은 마음이니까. 말로는 다 할 수 없는 마음, 그래서 우리는 마음을 전한다." 꽃 배달 서비스 업체인 [꽃집청년들] 카피라이터가 마음에 와닿는다. 꽃 한 송이도 건네지 못했던 미안한 사람들에게 지금이라도 꽃을 전하고 싶다.

(2021.07.)

171

도검장 이은철을 말하다.

보통 사람들은 친척이나 친구 중 누가 좋은 자리를 차지하고 있을 때, 삼촌이 어느 단체의 장이요 친구가 어디 지청의 검사라는 식으로, 주변에 한껏 으스대면 사람들은 부럽다는 시선으로 바라봐 주니, 이는 그저 소시민들의 일상적인 언어습관이며 어쩌면 인지상정이라 할 것이다.

얼마 전에 여의도 누가 구설에 올라서 중학교 동창이고 지역구 의원이라고 했더니, 우리가 늘 하던 대로 탄성을 지르며 부러운 듯 나를 바라보는 과장된 몸짓을 취한다. 그는 선량(選良)으로서의 그이고, 나는 봉(鳳)황이 아닌 그저 평범한 새인 범조(凡鳥)로서의 나일 뿐이다.(鳳=凡+鳥) 내가 진정으로 내세우고 싶은 사람은 따로 있다. 그가 친척 형이라는 사실이 무척 자랑스럽고 뿌듯하다.

형은 명예는 물론 돈이나 권력으로부터 철저히 배제된 사람이고, 아니 본인이 그런 길에는 일평생 관심조차도 두지 않으니, 배제된 사람이 아니라 초월한 사람이라고 보는 것이 합당한 인물평이다.

신의 경지에 오른 장인(匠人)으로 성격은 당연히 옹고집 그 이상이다. 나보다 5살 위이고 큰외삼촌의 장남이니 내외종 간으로 외사촌 형이다. 어려서부터 교과서 공부는 뒷전이고 온종일 뭔가를 만들고 그리기만 했다. 그림에 타고난 소질이 있어 20대 중반까지 화가 지망생이었으나, 가세가 기울어 물감 사기도 버거웠으니 제도권 교육은 고등학교로 끝났다.

형에게는 세 분의 고모가 계시는데, 나의 어머니가 큰고모로 제일 편하다고 했다. 내가 중3 때는 우리 집에 와서 1개월씩 묵으면서 성구미포구도 화폭에 담았다. 펜촉에 검정색 잉크를 묻혀 스케치북에 복복 긁어가면서 예수를 그리는데, 명암을 보는지 사진에 집중하다가 펜 놀림을 반복하니 예수님이 강림하신다. 정말 신기했다.

그림만 그리던 형은 우연히 『계간 미술』 잡지에 소개된 도검의 역사를 새로운 운명으로 만나는 듯 가슴 두근거리며 읽고는, 지금의 도검 제작 기술이 모두 서양 것이라는 안타까운 사실에 복원 욕구가 생겨, 아파트 옥상에서 로(爐)를 만들어 쇠를 녹이다가 입주민들에게 혼쭐나기도 했단다. 귀신에 홀리지 않고서야 가능한 얘기인가? 예술가나 장인(匠人)들에게는 정상적인 사고로는 이해하기 쉽지 않은 결심이나 추진력이 있다. 결국 형은 전통 도검 복원에 평생의 뜻을 두고 최적의 장소를 따져 경기도 여주시로 이사한다.

고정된 수입이 없으니, 막노동이라도 해야 입에 풀칠할 수 있지만, 그의 머릿속은 온통 철광석 채취나 쇳물 뽑을 로(爐)를 지을 생각뿐이다. 쌀은 물론 라면도 없어 이틀 정도 굶는 것은 일주일을 살아가는 공식이지만, 작업이나 연구에 필요한 물건을 손에 넣어야 할 때는 물불을 가리지 않고 덤벼든다.

90년대에도 한 달 생활비가 15만 원이었다니 그 고생은 미루어 짐작할 수 있다. 적어도 80년대 이후로 이 땅에서는 누구든 끼니 걱정은 하지 않고 살지 않았는가. 주말에 바람도 쐴 겸 드라이브 삼아 여주에 가보면 정말 '없이 산다.'는 말을 실감한다. 하지만 형은 주린 배를 움켜잡고서도 도검 복원의 집념을 놓은 적이 없다.

형의 얘기로는 서양의 제철 방식이 국내에 들어오고 또 일제 치하에서 고려시대부터 전해 내려오는 전통 도검 제작 방식은 완벽하게 단절되었단다. 일본은 우리 조상의 기술을 받아들여 천년 넘게 전통을 지키고 있으며 자기들이 세계 제일이라고 으스대는데, 이 땅에서는 흔적도 없이 사라졌으니, 복원이 막막하다며 울먹일 때도 있다. 농기구나 부엌칼을 만드는 장터 대장간이 보유한 기술 수준으로는 도검 제작이 불가능하단다.

나는 그 어마어마한 일이 형 혼자 힘으로 가능하겠냐고 되묻기도 했지만, 형의 집념은 그가 살아 숨 쉬는 동안 그 누구도 꺾을 수 없음을 안다. 설득이나 흥정이 아예 불가능하다. 이것이 바로 그 사람이 존재하는 이유다. 작업하다가 엄지손가락 인대가 완전히 끊어졌을 때, 손가락이 축 늘어지는 상처로 통증이 극심할 텐데 대수롭지 않은 듯, 그러나 불안에 떨면서 의사에게 "계속 작업할 수 있느냐?" 가 첫 질문이었다고 한다.

'와신상담' 이라는 사자성어를 만들어 낸 중국 월왕 구천의 능묘에서 출토된 청동검은 2,500년이라는 긴 세월이 지났어도 지금까지도 날이 시퍼렇게 서 있었다고 부러워한다. 불순물을 제거하고, 탄소량을 균일하게 하고, 공기와의 접촉을 차단해야 한다며, 단조 기술을 하나둘 깨우치면서 기뻐하는 형의 모습은, 그 평범한 삶의 공식을 내려놓고 왜 고행의 길을 자처하는지 이해할 수 없는 안타까움을 넘어, 오히려 처절한 아름다움으로 보인다. 성냥갑만 한 쇠토막 하나를 얻기 위해 1,500도가 넘는 로(爐) 옆에서 달궈진 쇳덩이를 망치로 셀 수 없이 두드리고 접어서 또 달궈 두드리기를 반복한다. 그렇게 수만 번의 망치질로 탄생하는 검은 검신(劍身)에 문양도 생겨 하나의 예술품이 된다. 접철과 두드림, 가열과 냉각을 반복하며 반년의 고된 작업 과정을 거쳐야 겨우 검 한 자루가 탄생한다.

형의 삶이 그토록 아름다운 것은
오로지 그만이 부릴 수 있는 고집으로,
용광로보다도 더 뜨겁게 타오르는 열정으로,
그 외롭고 고단한 길을 묵묵히 걷고 있다는 것이다.

형은 나 같은 사람은 감히 꿈도 못 꿀 그 인고의 세월을 버텨냈다. 세월의 마술이랄까 한없이 인내하던 고통이 이제는 보석처럼 반짝거린다. 일신의 안락을 멀리하고 다시 오지 않을 긴 세월 동안 쏟아부은 땀의 결실이 값지다. 황소고집은 그 사람 앞에서 명함도 못

내민다. 쇠보다 단단한 그의 전통검 사랑은 지고지순하다.

형의 나이 65세, 늙어가는 것을 한탄하는 것은 자신의 늙음이 아니라, 평생을 바쳐 복원한 전통 도검 제작 방식을 이어받을 도제(徒弟)가 없다는 것이다. 배워보겠다고 찾아오는 젊은이가 몇 사람 있었지만, 계절을 못 버티고 떠난다. 탓하기보다는 배우러 온 사람이 떠나지 않게 하는 방법을 진지하게 고민해야 할 것이다.

지자체마다 서로 형을 모셔 가려고 달콤한 조건을 제시하는데, 단체장의 치적으로 끝나면 절대 안 된다. 연구와 함께 제자를 길러 낼 환경을 조성해 줘야 한다. 판소리, 탈춤, 옹기, 궁중요리, 은장도, 부채, 옥공예, 굿하는 만신 등 각자의 분야에서 독보적인 장인들은 대부분 무형문화재이다. 그의 전통 도검 복원 기술은 이미 학술적으로도 증명되어 부족함이 없다. 그 어떤 도움도 받지 못하고 오로지 형 개인의 열정으로 복원한 우리 고유의 방식이다. 국가가 형을 무형문화재로 지정하고 도제도 붙여 그 전통을 이어가게 하면 좋겠다.

우리 속담에 '사촌이 땅을 사면 배가 아프다.' 라는 말이 있는데, 형편이나 살아가는 처지가 비슷하다면 질투로 배가 아플 수도 있겠다. 하지만, 그의 인생은 우리네들과는 사뭇 다른, 검의 혼에 씌워진 불가사의한 삶이다. 그 숭고한 삶에 무슨 질투를 느낄 수 있겠는가. 형은 마땅히 작위(爵位)를 받아야 할 사람이다.

다음은 근년에 한 · 일 간 학술토론에서 제작 방식이 '단철이다,

 주물이다'로 논란이 일었던 칠지도(七支刀)의 모형이다. 백제가 왜왕에게 하사했다는 기록이 있는데, 형은 일본이 주장하는 주물이 절대 아니라며 단철 방식임을 증명해 보겠다고 나무로 모형을 만들어 놓고 고민을 시작했다. 칠지도의 제작연대는 369년(근초고왕 24년)으로 알려졌는데, 단철 방식으로의 복원에 성공한다면, 형의 이름 세 글자는 검신(劍身)에 새겨야 할 검신(劍神)이 될 것이다.

1,000년 전 세계 최강인 몽골군과 맞섰던 고려인과 그들의 검! 그 검속에는 선조들의 기상과 혼과 첨단의 기술이 함께 녹아들어 있다. 형이 그걸 복원해 냈다. 자신들이 세계 최고라고 자부하는 일본의 도검 관련 장인들이 가장 두려워하는 사람이 바로 형이다. 형은 철광석을 채취하여 쇳물을 뽑고 수만 번을 달구고 두드려 강철로 다듬고 검신(劍身)에 글을 새기고 도금하는 그 숱한 공정을 오르지 혼자서, 오직 맨손 하나로만 검을 만들어 내는 세계 유일의 장인이다. 쇠와 불과 함께 걸어온 40년 외길 인생, 고려검을 완벽하게 복원한 그가- 아직도 이 나라는 보배를 알아보지 못하고 대접을 해주지 않는, 독립영화 수십 편을 찍어도 될 만큼 고난의 역정을 간직한, 해외에서 더 주목하고 있는- 도검장 이은철이다.

(2021.09.)

뮤지컬 [여명의 눈동자]

한중수교 다음 해인 1993년 여름에 중국을 처음 방문했다. 인천에서 여객선을 타고 천진으로 들어가서 가까운 베이징은 물론 안중근의사의 흔적을 찾아 하얼빈도 둘러보고, 민족의 영산이라는 백두산 등정도 했던 유의미한 일정이었다. 이후로 백두산을 10여 차례나 올랐으니 나는 천지(天池) 복은 타고난 셈이다.

그해 여행에서 두만강을 사이에 두고 북한과 마주하는 중국의 조선족 마을인 '투먼시'에서도 1박 했다. 평생 한 마리 잡기도 쉽지 않다는 호랑이를 세 마리나 잡았다는 유명한 김포수댁에서 1박 하며, 그분과 일제강점기 때 이국땅에서 받았던 설움이나 동포들의 삶의 애환 등 여러 이야기를 밤새워 나눈 기억도 뚜렷하고, 중국 여행이 처음이라서 그런지 오래도록 회상할 만한 추억이나 장면들이 꽤 많았던 여정이었다. 특히 두만강 변에서 본 증기기관차는 드라마 [여명의 눈동자]와 똑같은 장면으로 절대 잊을 수 없다.

기적소리에 돌아보니 하얀 수증기를 꾸역꾸역 뿜어내며 기차가

느릿느릿 역사(驛舍)로 들어온다. 아이스하키 국가대표인 젊은 친구가 비명에 가까운 소리로 외친다. "와! 여명의 눈동자다!" 드라마에서 첫 회 처음부터 인상적으로 방영됐던 육중한 기관차 모습 그대로다. 수많은 농민이 일제강점기 때 놈들의 악랄한 수탈을 견디지 못하고 정든 고향을 버리고 어린 자식들 앞세우고 간도로 떠날 때 타던 기차였으며, 독립투사들이 만주를 오갈 때 이용하던 바로 그 기차다. 드라마는 여옥(채시라분)이 정신대로 끌려가면서 열차 안에서 일본군 수송대장에게 짓밟히는 장면으로 시작한다. 두만강 건너 북녘땅에서는 그때까지도 전기가 아닌 석탄을 때는 그 증기기관차를 운송수단으로 쓰고 있었다.

중국 여행을 하면서 [여명의 눈동자]를 떠올렸던 장면은 여러 곳이다. 쫓기던 여옥이 목숨 걸고 강물에 투신하는데 그곳은 유명한 리강(漓江)이고, 굶주린 최대치(최재성분)가 뱀을 잡아먹고, 또 구사일생으로 팔로군에 합류하는 장면을 촬영한 곳도 바로 계림산수갑천하(桂林山水甲天下)라고 하였듯이 경치가 천하에 으뜸이라는 계림이란다. 나는 2000년 겨울에 그곳에서 여러 날 묵었다.

이후로도 드라마에 등장하는 독립운동가 여옥의 아버지에 얽힌 이야기를 전개하며 촬영했던 상하이와 마루타의 731부대, 쿤밍, 소저우 등 꽤 많은 장소를 다녔다. 물론 드라마 방영 이후에 다닌 여행이다. 나 역시 58.4%라는 역대급 시청률을 기록한 이 수목드라마에 흠뻑 빠졌었다. 그런데 30년 가까이 지나서 다시 감상할 수 있는 행운을 얻었다. 그것도 뮤지컬로 말이다.

세종문화회관 소극장인 체임버홀은 독주회 관람 등으로 가끔 가는데, 대극장은 정말 오랜만이다. 1998년 악극 [불효자는 웁니다]에 부모님을 모시고 관람했으니 20년도 훌쩍 넘는다. 포토 존에는 분위기를 띄우려고 철조망도 설치해 놓았다. 대치와 여옥의 격렬한 철조망 키스는 대치가 극한의 굶주림 속에 뱀을 잡아먹는 장면, 눈 내린 지리산에서 여옥과 대치의 죽어가는 모습과 함께 극 중 3대 명장면이다.

뮤지컬에서는 시간적 공간적 제약이 따르니 주요 사건 위주로 재구성했다. 여옥이 대치에게 약을 전해 주려고 산에 오르다가 총탄을 맞아 쓰러지는 장면으로 막을 올리고, 그 장면은 다시 140분 후 대단원의 막이 내려지는 순간에도 재연된다. 대치의 품에 안겨 "그저 함께 있고 싶었을 뿐인데, 그게 어째서 그렇게 어려웠을까요."

드라마에서도 여옥은 힘겹게 말한다. "왜… 떠났어요? 같이… 있었으면… 좋았을 것을…" 사랑하는 대치의 품에서 눈감을 수 있어 행복하다는 표정도 담았던 채시라의 명품연기 장면이 떠오른다. 드라마와 뮤지컬 사이에 여옥의 마지막 대사는 약간의 차이가 있지만, 한 남자를 사랑한 여옥의 소박한 꿈인 동시에, 이념의 소용돌이였던 시대의 아픔을 토로한 항변이기도 하다.

드라마는 일제 막바지인 1943년부터 시작해서 지리산에서의 빨치산 토벌로 마무리되는 격동의 시대 10년간을 읊은 대서사시로 시대의 질곡을 여옥의 일생으로 응축시킨 작품이다. 배우들의 가창력

과 연기에 감동하면서도 민족의 아픔인 만큼 울림 또한 크다. 코로나19 때문인지 만석은 아니었지만, 막을 내릴 때는 관객 모두가 기립하여 박수를 보낸다. 집으로 돌아오자마자 감동의 여운이 가시기 전에 드라마의 마지막 장면을 유튜브로 다시 봤다. 대치가 죽어가면서 하림(박상원분)에게 던지는 말이 가슴을 아리게 한다.

"난 여옥이에게 해준 게 하나도 없어."
"난 열심히 살았어. 다시 산다 해도 그렇게밖엔 할 수 없을 거야."
"여옥이 생각만 하면 언제나 여기가 아팠어. 자네가 와줘서 고마워."
"여옥이 아직 내 곁에 있지?" "그래, 그만 쉬고 싶어"

뒤이어 하림의 독백으로 36부작은 막을 내린다. "그해 겨울 지리산 골짜기에, 내가 사랑했던 여인과 내가 결코 미워할 수 없었던 친구를 묻었다. 그들은 가고 나는 남았다. 남은 자에겐 남겨진 이유가 있을 것이다. 그건 아마도 희망이라고 이름 지을 수 있지 않을까… 희망을 포기하지 않는 사람은 이 무정한 세월을 이겨나갈 수 있으므로."

희망이라…… 하제(내일)?

(2020.02.)

봄소식 결혼소식

지난겨울은 막걸리 빚는 재미에 푹 빠져 세월 가는 줄 모르고 정신없이 보냈다. 여전히 황금비율과 적정온도를 찾아 헤매고 있지만, 몇몇 지인들로부터 맛이 들었다는 칭찬도 듣는다. 이 시간에도 술은 거실 한 모퉁이 두 항아리에서 보글보글 익어가고 있다. 독 하나에는 스승님의 가르침대로 새롭게 청감주에 도전하고 있다.

토요일 정오쯤에 나에게서 막걸리를 자주 얻어 마시는 여자동창과 통화했다. 자기는 손녀딸 돌잔치에 간다며 쌀쌀하던 날씨가 많이 풀렸다고 자전거 타기를 권한다. 그렇지 않아도 뒷산 산책을 준비하고 있던 참으로 창밖을 보니 나뭇가지도 잠잠하다. 지난주에는 영하의 날씨에 바람까지 사납게 불어 귀가 시려서 혼났는데, 오늘은 운동하기에 딱 좋은 날씨다.

산에 오르니 나뿐만 아니라 등산객들의 옷차림이 한결 가벼워 보인다. 봄이 오나 보다. 강물을 타고 올라오는 바람이 얼굴을 스치는데, 차갑지만 감촉은 무척 부드럽다. 봄은 이렇게 오고 있다. 나무들이 가지에 수분을 공급하느라 열심히 물을 빨아올릴 텐데, 그 소리가 들리는 듯하다. 계절의 변화는 어김없어서 줄기마다 움 틔울 준비를 하고 있다. 이제 봄이다.

서울둘레길은 고인이 된 박원순 시장이 2014년 재임 시에 완성한 등산로로, 가족이나 친구 또는 연인끼리 도란도란 정담을 나누면서 산책하기 알맞은 뒷산의 숲길이다. 157km 완주를 목표로 주말마다 전철을 이용하여 둘레길을 찾는 사람도 많다. 지인 한 분은 이미 완주 하였는데, 새로이 계절별 완주를 목표로 건강도 다지겠다고 한다. 돌다 보면 둘레길 주변의 맛집은 덤이란다.

아내와 이런저런 얘기를 하면서 고덕산 정상에 이르렀다. 둘레길 중에서도 조망이 좋다는 곳으로 폭 넓은 한강물은 물론 워커힐부터 아차산에, 멀리 남양주 천마산까지 한눈에 볼 수 있는 곳이다. 포천-세종 간 고속도로의 한강 다리는 사장교로 건설 중인데, 조형미가 그럴듯하다. 아마도 이 동네 랜드마크가 될 가능성이 높다.

그런데 이곳에서 정작 나의 시선을 끌어당기는 것은 소나무 연리근(連理根)이다. '연리지'라는 말은 예식장 이름으로도 쓰이고, 혼수품 전시회 명칭으로도 쓰이며. 온라인 커뮤니티에서 여러 사람이 즐겨 사용하는 닉네임이기도 한 [사랑나무]인데, 가지 대신 뿌리가 서로 붙어 있는 '연리근'은 '연리지'만큼 친숙한 단어는 아니다.

전라남도 해남군에 있는 천년고찰 대흥사 경내에는 500년이나 된 거대한 느티나무 연리근이 있으며, 베이징 자금성의 황실 정원이라는 어화원에 이르면 여러 그루의 연리지를 볼 수 있다. 국내에서는 대체로 소나무 연리지가 많은데, 충청남도 보령의 외연도는 동백나무 연리지로 유명하다. 주로 바람이 불어 가지끼리 비벼지다가 자연스레 부름켜가 서로 붙어서 생긴다고 한다.

　　'연리(連理)'는 후한(後漢) 사람 채옹에게서 유래한 말로 원래는 지극한 효성을 일컬었다는데, 당나라 시인 백거이의 [장한가(長恨歌)]라는 시를 거치면서 남녀 사이의 사랑을 가리킨다. 시에서는 당현종과 양귀비의 애절하고 아름다운 사랑이야기를 그리면서 비익조(比翼鳥)의 대구(對句)로 쓰고 있다. 비익조는 날개가 한쪽뿐이라서 암컷과 수컷이 결합하여야 비로소 날 수 있는 전설상의 새이다.

在天願作比翼鳥(재천원작비익조) 하늘에서는 비익조가 되길 원하며,
在地願爲連理枝(재지원위연리지) 땅에서는 연리지가 되길 원하노라.

　　각각인 두 그루의 나무가 가지로 붙어 있으면 지(枝)이고 뿌리로 붙어 있으면 근(根)이지만, 결(理)이 맺어지는(連) 것은 같다. 남녀 간의 돈독한 사랑을 말할 때 쓰는 상사수(想思樹)로 지금은 '둘이 만나 하나 되는' 부부의 연을 말하는 경우가 대부분이다. 요즘 동창들 자녀 결혼 청첩장을 많이 받고 있다. 기쁜 일이다. 꾸리는 가정마다 연리지 사랑이 넘쳐나길 바란다.

〔2022. 02.〕

술 이야기

Ⅰ)

집에서 가까운 곳에 가끔 들려서 몇 마디 이야기를 나누거나, 바쁘신 모양이면 먼발치에서 운동하면서 바라보는 것으로 대신하는, 한번쯤은 설레는 마음으로 공연 관람을 같이하고 싶은 빵집 여사장님이 계신다. 가맹점이 아닌 우리 밀 수제빵을 만드시면서 전국의 유익한 효모는 몽땅 수집하여 밀가루 반죽에 쓴다.

여사장님 덕분에 전통적으로 해 먹는 음식들의 비밀(주로 발효에 관계된)도 알게 되고, 먹거리와 관련하여 알고 있던 지식이나 인식을 새롭게 하는 경우도 종종 있다. GMO가 이래서 문제고, 이제는 농사도 유기농을 넘어 자연농으로 가야 한다고 설명하시는데, 덕분에 '참살이' 랄까 먹고 마시는 음식에 대하여 우일신(又日新)하는 계기가 되곤 한다.

지난봄에는 가게에 들리니 지인이 놓고 갔다며 삼양주(三釀酒)

를 두 병이나 내주신다. 말씀을 듣는 것만으로도 많은 것을 배우는데 이런 횡재까지 만나다니. 집으로 들어오자마자 아내에게 술병을 건네며 상 차리라고 재촉했다. 식탁에 앉아 술잔을 기울이면서 옛 추억에 잠기니 이날따라 술맛이 참 좋다.

내가 나를 기억하는 가장 어릴 적 추억은 서너 살 때 동네 청년들과 함께 천자문을 따라 읽던 일이다. 1960년대 중반쯤이니 콩나물 교실과 2부제 수업으로라도 공교육이 자리를 잡아갈 시기지만, 집안이 빈곤하여 중학교에 진학하지 못한, 배움에 목말라하던 동네 청년들을 위해 조부님께서 서당을 다시 열었으니, 지리산 청학동을 제외하면 전국에서 거의 마지막인 몇 안 되던 글방이 아닌가 싶다.

어릴 적에는 누구나 가지고 있는 총명함으로 귀여움을 독차지했던 나는, 무슨 뜻인지도 모르면서 명심보감을 동네 청년보다 잘 외웠으니 얼마나 기특했을까. 조부님께서는 손자를 한껏 추키시며 새참으로 나온 밀주(密酒)를 매번 몇 모금 따라 주신다. 당신께서 드실 술이 아쉬우니 어머니께서는 어쩔 수 없이 내가 마실 양을 주전자에 더 담아내셨다. 지금도 선명하게 기억하고 있어 나는 다섯 살 때부터 술을 마셨다고 으스대지만, 믿는 사람은 없다.

당시 농촌에서는 집안 어른의 생신이나 명절에는 몰래 누룩으로 술을 담갔다. 그래서 그 술을 밀주(密酒)라고 한다. 지금의 파출소 격인 지서(支署)에서 밀주 단속 순찰도 했는데, 이를 동네말로 '술 조사' 나온다고 했다. 하지만 우리 집은 1974년 조부님이 작고하실 때까지 줄기차게 술을 담갔다. 경찰은 알면서 모르는 척, 부모님은 단속에 대한 예의로 술독을 대나무 숲에 숨기며 서로를 존중했다.

청년들은 서당에 들어와도 농사일이 바쁘니 1년 남짓 배우고 명심보감을 끝으로 졸업한다. 동네에서는 음력 7월 7석 날에 농사와 더위에 지친 몸을 달래고자 술과 함께 농악을 즐기는데, 그날 나는 서당동기생인 마을 청년들이 따라 주는 막걸리를 마시고 어린 나이에 대취(大醉)하고 말았다. 취해서 집으로 가는데 땅이 벌떡 일어나서 나에게로 무섭게 덤벼든다. 넘어진 것이다.

평지가 울퉁불퉁하게 보이고 나의 발걸음과는 엇박자라서 나무를 끌어안고 정신을 가다듬었다. 저만치에 콩밭 매시는 어머니의 머릿수건이 보여 거기로 가서 엄마 품에 안기고 싶었다. 발걸음을 내딛는데 그만 천 길 낭떠러지로 굴러떨어졌다. 실은 30cm도 안 되는 도랑이다. 엄마에게 다가간다고 엉금엉금 서너 걸음 기어가다가 그만 쉬고 싶었다. 잠이 든 것이다.

술 취한 어린애가 해거름이 되어도 보이지 않으니, 집안에 난리가 났다. 서당동기생끼리 오붓하게 한잔씩 하자며 나에게 술을 권했던 마을 청년들도 좌불안석이다. 2살 위 둘째 형이 발견했다. 콩밭에서 세상모르고 자고 있더란다. 그날 나는 작은 국그릇에 절반쯤 따라 주는 막걸리를 여덟 잔이나 마셨다. 아홉 살쯤 과음의 첫 기억이다.

아내에게 이 이야기를 들려주며 앞으로는 소주나 맥주를 멀리하고 직접 술을 빚어 마시겠노라고, 막걸리 장인(匠人)이 되어 술 좋아하시는 장인(丈人)에게도 드리겠다고 큰소리쳤다. 술 담그는 것은 어릴 적 익숙한 풍경으로 어머니 몰래 고두밥을 훔쳐 먹기도 하고, 고두밥과 누룩이 섞여 있는 항아리에 물을 붓고 나서 치대는 일이나 처음 2~3일 동안 술독을 젓는 일은 내 몫이었다.

힘든 일도 아니고, 잘 익으면 주변에 나누어주는 기쁨은 또 얼마나 크겠는가? 다음날 마른 멸치 두 봉지를 들고 빵집에 가서 하나는 삼양주 명인께 드리는 답례품이라며, 나름 진지한 표정으로 술 빚으시는 그분을 스승으로 모시고 배우고 싶다고 했다. 여사장님은 가소로움을 약간 보태서 한바탕 호탕하게 웃으시더니 연락해 보겠노라고 하신다. 그러고는 각자가 바빠서 한동안 잊고 지냈다. 지난달 김장할 때 마시려고 누룩 막걸리를 주문하다가 번뜩 생각이 난다. 또 우물쭈물 허송세월하면 안 되겠다 싶어 한걸음에 달려가 재촉했다. 이제 농한기라서 농막 갈 일도 없어 내가 스승님 일정에 맞추겠다고 하니 바로 날을 받아주신다. 어제 스승님을 처음 뵈었다. 자전거 타고 한강 다리를 가볍게 넘나드시는 여자분이다. 스승님은 내가 어린 도제(徒弟)가 아니라서 실망하셨겠지만, 나는 기쁘기 그지없다. 생태경관보전지역에 관심이 많고, 텃밭을 가꾸시는 취미는 나와 공통점이다. 유리창 밖으로 함박눈이 펑펑 내리는 동안, 아내와 함께 진지한 태도로 1시간 넘게 강의를 들었다.

중요한 내용은 받아 적었다. 술 담그면서 종종 여쭙겠다는 핑계로 전화번호도 받았다. 미루어지던 일을 하고 나면 속이 그렇게 시원할 수 없다. 어제가 그랬다. 의기양양하게 집으로 돌아와서 저녁에 누룩부터 주문하니 택배는 다음 날인 오늘 낮에 배송된다. 어머니가 쓰시던 술 담기 적당한 작은 항아리 하나를 유품으로 보관하고 있는데 조금 전에 깨끗이 씻어두었다.

어머니께서는 늘 약쑥을 태워 항아리를 소독하며 정성으로 술을 빚으셨다. 삼발이 위에 체를 얹어놓고 술 거르시던 모습은 지금도 눈에 선하다. 이참에 집 안 청소도 깨끗이 하고 종종 환기도 시켜 뒷산의 맑은 공기를 끌어와야겠다. 주말에는 쌀을 불려서 고두밥도 찌고 누룩도 다지고 생수도 사서 비벼 넣을 것이다. 보글보글 술 익는 소리를 들으며, 두목(杜牧)의 〈청명(淸明)〉을 다시 감상하면 얼마나 좋을까.

清明時節雨紛紛　시절은 청명이라 빗방울 분분히 떨어지니
路上行人欲斷魂　길 위에 나그네는 혼이 끊길 듯 마음이 아프다.
借問酒家何處在　주막이 어디에 있느냐 물으니
牧童遙指杏花村　목동은 멀리 살구꽃 핀 마을 행화촌 가리키네.

중국을 왕래하면서 백주(白酒-고량주)를 모아둔 주고(酒庫)를 열어보니 술 익는 마을 행화촌(杏花村) 고량주가 세 병이나 진열되어 있다. 이제 나는 그분을 스승으로 모시고 잘 배워 명장(名匠)으로 거듭나서 막걸리 익는 마을은 우리 동네 고덕동(高德洞)이 되도록 해야겠다. 몹시 발칙한 생각이다. (2021.12.)

Ⅱ)

　　'막걸리'의 어원을 찾아보았다. 기록으로는 일제강점기 때 처음 등장한 말로 나이가 100살 정도이니, 조선시대 사극에서 "주모, 여기 막걸리 한 잔 주시오."라고 하면 잘못된 대사이다. 그때는 '탁주', '탁배기'라 불렀다. 형태를 분석하면 [막+걸리]이다. 막'은 '방금-막' 또는 '아무렇게나, 함부로-마구→막', 혹은 그물 '망網'이 변한 것으로 보기도 하는데, '걸리'는 모두 '거르다'라는 말로 풀이하고 있다.

　　막걸리 사발에 손가락을 넣고 휘휘 저어 쭈욱 들이키고는 안주를 대신하여 옷소매로 입을 쓰윽 씻던 옆집 아저씨, 부역할 때 동원된 마을 사람들에게 막걸  리 한 말을 내시고 어깨에 힘주시던 동네 이장님, 들판에서 일하시던 아버지께 배추겉절이와 함께 노란 막걸리 주전자를 내가시던 우리네 어머니, 장꾼들의 일상인 장국밥에 막걸리 한 사발, 이처럼 막걸리가 만드는 풍경은 참으로 소박하다.

막걸리가 이제는 탁주와 함께 통용되는 단어가 되었지만, 별칭이 어디 한둘이겠는가. 6, 70년대 선술집의 엉성한 간판에 '왕대포', 또는 '대폿술'로 표현되던 시절도 있었고, 80년대 초까지도 싸구려 화장에 아랫배가 소복한 아주머니의 술 시중과 함께 젓가락으로 상다리를 두드리며 막걸리를 마시던 '니나노 집'도 있었다. 이렇듯 막걸리는 소주와 함께 농민들이나 서민들의 술로, 고급인 양주나 와인의 상대적인 술이다.

산수유 은은하게 피는 이른 봄, 소와 함께 허연 숨을 몰아쉬며 비탈밭을 갈던 농부가, 아낙이 머리에 이고 온 광주리 속 찬을 들기 전에 목부터 시원하게 축이던 것이 막걸리다. 7080세대들은 대부분 어릴 적에 술 받아오라는 심부름을 하면서 막걸리를 몰래 마셔본 경험들이 있다. 동창 모임에서는 여자애들도 막걸리에 취했던 추억들을 주저리주저리 잘도 끄집어낸다.

그런 추억에 손수 빚어 마시고 싶었지만, 아파트 공동생활에 냄새로 민폐 끼칠까 주저했다. 삼양주의 달인 우리 스승님도 아파트에 사시는데, 가족이 약간 불편할 정도의 술 냄새란다. 용기를 내어 이번 성탄절 휴일에 나는 단양주(單釀酒) 누룩 막걸리에 도전하기로 했다. 어머니께서 빚던 방식이 단양주였고, 또 술 익는 시간이 짧게는 5일에서 길게는 20일로 바로바로 음미할 수 있는 장점이 있다.

단양주 빚기가 성공한다면 본격적으로 삼양주에 도전해 볼 심산이다. 자라면서 늘 보았던 일인데도 직접 해보려니 설렘과 흥분이 가슴 가득하다. 금요일 퇴근길에 콧노래를 부르면서 미니 저울과 고향 쌀 '청풍명월'을 한 포대 사서, 쌀(1.6kg)을 맑은 물이 나올 때까지 열여섯 번이나 씻어서는 정수기 물에 담가놓는다.

토요일 아침에 일찍 일어나서 목욕재계하고(실은 일상 습관임) 쌀을 또 한 번 헹구어 받쳐놓았다. 찜통에 삼베를 깔고 쌀을 얹어 1시간 남짓 찌고 뜸을 들인다. 고두밥이 제대로 되었다. 밥을 광목천에 얇게 펴 널고 식기를 기다리며 저울로 누룩을 비율에 맞게 덜어놓았다. 누룩 : 쌀 : 물의 비율이 1 : 4 : 9 정도라니, 누룩은 400g이 적당한 양이다.

잡균의 접근을 막고자 두 번에 걸쳐 깨끗이 씻어 말린 항아리는 불을 쬐어 소독하고, 천은 살짝 삶아서 말리고, 주걱 등 여타 그릇은 끓는 물을 붓는 것으로 멸균한다. 손에는 뜨거운 물을 부을 수 없으니, 비누로 두어 번 씻고 일회용 비닐장갑을 쓴다. 있는 정성을 다하는 것이 치성(致誠)이라 했던가, 술 빚는 과정이 곧 치성이다.

누룩과 고두밥과 물을 비율대로 해서 항아리에 담고 골고루 섞이도록 치댄다. 온도는 24도. 삼베로 덮고 10시간 후에 열어보니 치댈 때보다 고두밥이 물을 많이 빨아들였다. 하루가 지난 일요일 아침에는 물이 조금 생겼고 상큼하고 향긋한 냄새가 코에 닿는다. 오후 10시경에는 작은 기포가 올라오기 시작한다. 술에 가까운 달콤한 향내에 전율했다.

항아리라서 안이 보이지도 않고, 그저 무슨 변화 과정을 거치나

보다 추측만 해볼 뿐이다. 누룩에 있는 효소들이 전분을 분해해서 포도당 물을 만드는 당화(糖化) 반응이 있었을 테고, 본격적으로 효모라는 곰팡이가 포도당을 먹고는 알코올과 탄산을 배출한다. 그래서 보글보글하는 건데, 나는 이런 생물학이나 화학적 지식영역에는 관심이 없고 그저 코로 감지되는 술 향기에 흥분한다.

월요일 아침 일어나자마자 출근 준비를 늦추고 주걱을 소독하여 두루두루 젓는다. 항아리 벽에 기포가 많이 올라온 흔적이 보인다. 달콤한 술 향기에 침을 꿀꺽 삼켰다. 술독은 24도에서 이틀을 지냈다. 효모가 활동하기에 가장 좋은 온도일 것이다. 퇴근하면 막걸리 익는 마을로 돌아가서 22도 정도 되는 곳으로 옮겨야겠다.

저 술 항아리를 베개 삼아서 술 익는 소리를 들어가며 잠을 청하면 얼마나 좋을까. 주량이 적어 많이 마시지는 못하지만, 술을 사랑하고 좋아하는 마음만은 주성(酒聖) 못지않다. 토요일 오후에 아내가 나에게 "자기야, 커피 한 잔 타 줄까?" 라고 묻는 것도 좋지만, "누룩 막걸리 한 사발 걸러 드릴까요?" 라고 하면 더욱 좋겠다. 술독을 두 개는 더 준비해야겠다. (2021.12.)

Ⅲ)
복권을 사서 지갑에 넣어두고 추첨하는 토요일을 기다리는 마음, 학창 시절 영화 〈로미오와 줄리엣〉에 주인공으로 등장하는 올리비아 허시의 액자 사진을 바라보며 데이트를 상상하던 마음, 총각 선생님에게 처음으로 두근거림을 느꼈던 15세 섬마을 소녀의 설레는 마음! 성탄절에 막걸리를 빚어 신축년 마지막 날에 술을 거르는 일주일 동안의 심정이 바로 이런 마음이다.

술 담가본 경험이 없으니, 성공을 보장하지 못하면서도 주위에 자랑하는 재미가 쏠쏠하다. 아침저녁으로 물 끓여 주걱을 소독해서 술독을 휘휘 저을 때는 콧노래가 절로 나오고, 해변에서 소라껍데기를 주워서 귀에 대고 바닷소리를 듣던 것처럼 술독에 귀를 붙이니 보글보글 술이 익어가는 소리가 들린다. 기포가 탄산이니 소리를 마시는 내 귀가 시원하다. 항아리 속 효모들의 향연을 눈으로 직접 보고 싶은 마음에 투명한 유리병을 찾아 또 빚어 넣었다.

실내 온도가 24도라서 느낌상 술 익는 속도가 빠른 듯했다. 4일째 되는 날은 막걸리 냄새가 제법이라서 한 컵 떠서 시음해 보았다. 떫다고나 할까 아직 제맛에 이르지 못하고 약간 뿌드드하면서 텁텁한 맛이 난다. 익어가는 술을 살짝살짝 엿보는 설렘과 흐뭇함으로 며칠은 더 기다려야 할 것이다.

사흘이 더 지나 일주일째 되는 날 한 컵 떠서 아내에게 주면서 시음해 보라 했다. 호기심 가득 찬 얼굴이더니 눈썹사이로 시다는 표정을 리얼하게 짓는다. 신맛을 잡기가 쉽지 않은 단양주(單釀酒)의 단점이 여실히 드러나는 순간이다. 그래서 고수는 손이 많이 가고 인내심도 필요한 삼양주(三釀酒)를 고집하나 보다.

그래도 산패(酸敗)되지 않은 것이 얼마나 다행이냐고 위로하면서 거를 준비를 했다. 이날을 목 빼고 애타게 기다렸는데, 신맛이 좀 있기로서니 즐거움을 거둘 수 있겠는가. 거름 천을 삶고, 끓는 물로 깔때기와 체를 소독하고, 술 담을 빈 통도 씻었다. 조리대에 있는 물기를 닦아내고 그동안 신줏단지 모시듯 했던 술독을 올려놓았다.

커다란 양말을 문밖에 걸어 놓고 산타할아버지의 선물을 기다리는 아이의 마음과도 같이, 가을운동회 전날 내일은 비가 오지 않기를 바라던 소년의 마음과도 같이 기다린 일주일이다. 술을 뜨기 전에 한 잔 쭈욱 마셔보니 약간의 신맛을 제외하면 그런대로 성공작이다. 야호!! 먼저 용수로 쓸 거름체를 살며시 밀어 넣고 청주에 가까운 윗술을 컵으로 떠냈다. 2리터를 떴다.

더 잘 익었더라면 이것이 맑은 술, 청주(淸酒)가 되는데 약간은 아쉽다. 나머지는 추름추름 사발로 퍼서 체에 담아 흔들며 탁주(濁酒)로 내렸다. 이것은 모래미 막걸리다. 숟가락으로 위아래로 뒤집어 내리고 지게미는 광목천에 담아 물을 붓고는 휘휘 저어서 짠다. 2리터 2병과 750ml 2병이다. 술병을 바라보니 스스로 대견하고, 마실 생각에 군침이 돈다.

주당들은 "진정한 술꾼은 사불구(四不拘)를 한다."라고 외치며 술자리를 만들어 댄다. 얽매여 구애받지 않는 네 가지가 남녀불구, 노소불구, 원근불구, 청탁불구라고 하는데, 여자 남자, 늙은이 젊은이 가릴 것 없고, 멀어도 좋고, 청주든 탁주든 상관없다? 나는 여기에 달든 시든 즐겨 마시자는 '감산(甘酸)불구'를 추가해서 이번 신맛을 살짝 감추고 덮어야겠다.

막걸리 맛을 제대로 내기 위해 이리저리 궁리하면서 회갑인 임인년 새해를 맞이한다. 나이가 들어가는지 취미도 술맛도 친구도 옛것을 찾게 되나 보다. 그릇을 씻고 항아리를 닦으니 9년 전에 돌아가신 어머니 생각이 난다. 어머니는 조부님께 단 하루도 거르지 않고 지극정성으로 밀주(密酒)를 올리신 소문난 효부였다. 이번 설에는 부모님 산소에 직접 내린 막걸리로 한잔 올려야겠다. (2022.01.01.)

Ⅳ)

올해는 와인을 대신하여 직접 막걸리를 빚어 송구영신주(送舊迎新酒)로 삼았다. 시집온 새댁이 처음 지어주는 밥이 설익었어도 싱그러운 맛이듯, 막걸리 맛이 그랬다. 냉장고에서 하루 동안 저온으로 숙성시키니 신맛이 누그러져서 훨씬 부드럽다. 양껏 마셔도 다음 날이 깨끗하기에 겁도 없이 그 술을 3일 만에 다 마셨다.

적은 양도 아니어서 시중 막걸리로 치자면 13병이 넘는데, 아내가 조금 거들긴 했지만, 3번에 걸쳐 다 마신 것이다. 아내는 술 익는 과정이 너무나 신비롭다고 감탄하면서 그 어느 술보다 훨씬 향기롭다고 칭찬하니 계속 빚으라는 얘기다. 하고 싶은 일을 제대로 배운다는 것이 얼마나 큰 기쁨이며 보람이겠는가? 여기저기 찾아보고 스승님께 여쭤보기도 하여 실패 없이 두 항아리를 걸렀다.

쌀을 씻고 불리는 것은 전날의 일이고, 고두밥을 쪄서 항아리에 비벼 넣고 그릇 정리하는 과정만도 반나절은 족히 투자해야 하지만, 좋아서 하는 일이니 그 수고로움은 오히려 즐거움이고 기대감으로 충만하다. 재택근무라서 지루할 수도 있는 시간인데, 머슴 새참 기다리듯 술 익기를 기다린다. 술 항아리를 비우고 씻으면서 다른 한편으로는 쌀을 불려 담그기를 반복한다.

술을 빚을 때면 함께 마시고 싶은 사람이나 한 병 주고 싶은 사람이 하나둘 떠오른다. 이자는 내가 신세를 졌으니 갚아야 하고, 저 자는 동창이니 추억을 안주로 삼을 것이고, 그와는 1년에 한두 번 허리띠 풀고 흠뻑 마시니 두어 병 챙겨 그의 집으로 찾아갈 것이고, 저와는 가끔 한시(漢詩) 이야기도 했으니 술 익는 소리를 함께 듣자며 내 집으로 청할 것이다.

적당히 기분이 올라 막걸리 예찬을 찾아보니 곳곳에서 5덕(五德)을 인용하고 있었다. 취하되 인사불성일 만큼 취하지 않음이 1덕이요, 새참에 마시면 요기되는 것이 2덕이며, 힘 빠졌을 때 기운 돋우는 것이 3덕이요, 안 되던 일도 마시고 넌지시 웃으면 되는 것이 4덕이고, 더불어 마시면 응어리가 풀리는 것이 5덕이란다. 더할 나위 없이 딱 맞는 예찬이다. 강화도령 원범은 왕(철종)이 되어서도 궁 안의 금준미주보다 막걸리를 찾아 마셨다고 한다.

술이 익기도 전에 주위에 자랑을 좀 했는데 이것이 양조(釀造) 바람을 일으켰다. 자칭 말술이라는 남자 동창 두 명이 바로 뒤따라 쌀 한 말씩 빚어 넣었다며 으스댔고, 여자 동창 한 명과 후배의 부인은 남편이 좋아하니 실력을 발휘해 보겠다고 도전했는데, 그들 역시 어릴 적 술 추억은 물론 '지에밥'이나 '용수' 등 막걸리 관련 단어를 자연스럽게 구사한다.

그들의 공통점은 집안에서 막걸리를 빚었고, 또한 어린 나이에 막걸리로 술을 배웠다는 것이다. 여자 동창은 초등학교 때 취해서 뒤란에서 대(大)자로 뻗었다고 실토하기도 했다. 술 담그기가 여기저기 열풍이니 각자가 빚은 막걸리를 가지고 한자리에 모여 품평회를 곁들이며 으뜸 술로 명장(名匠)을 뽑고 잔을 돌리며 권주가(勸酒歌)로 이백의 장진주(將進酒)를 한 줄씩 읊조리는 것도 좋겠다.

술자리에 노래가 없으면 무슨 재미가 있겠는가? 그래서 취하면 노래방으로 몰려간다. 그런데 술 마시며 부르는 노래도 좋지만, 술 마시고자 읊는 시(詩) 또한 기분 좋을 것 같다. 술과 함께 한자리에 모여 술은 섞어서, 사람은 섞여서 주거니 받거니 마시면 얼마나 좋을까. 생활하면서 느끼는 팽팽한 긴장은 이완시키고 즐거운 일이 있다면 그 기분을 한껏 부풀리는 것이 술이다.

조선시대 문인 이정보의 시조 한 수가 잘 어울린다.

꽃 피면 달 생각하고 달 밝으면 술 생각하고
꽃 피자 달 밝자 술 얻으면 벗 생각하네.
언제면 꽃 아래 벗 데리고 달 즐기며 오래 취하리오.

꽃이 있고, 달이 있고, 벗이 있고, 술이 있다?

그럼 됐지, 가야금이나 거문고가 없으면 어떠랴!

이번에 걸은 막걸리는 물을 적게 타서 대략 13도 정도는 되는 듯하다. 사발로 단숨에 들이켜야 하는데 목에 걸리는 것이 반 잔을 채기도 힘들다. 막걸리의 생명과도 같은 목 넘김의 그 시원함과 부드러움을 못 느끼니 아쉽다. 바로 [알코올도수측정기]를 온라인으로 주문했다. 8도나 9도 정도로 뽑아내고 싶다. 시중의 막걸리는 상표 구분 없이 대체로 5~6도이다. 간혹 8도나 13도짜리도 있다. 옛날 면 단위로 하나씩 있던 동네 양조장 막걸리도 법으로 6도에 묶었다.

알코올 도수를 살펴보면 맥주가 4~5도, 청하, 매실주, 와인 등이 13~14도, 그리고 소주가 16~19도, 담금주 소주가 25~30도, 중국술 백주(白酒)가 38~58도 정도이다. 이것은 안주와도 밀접한 관계가 있음은 익히 알고 있는 사실이다. 맥주는 음료수처럼 안주 없이 마셔도 되고 심심풀이로 땅콩이나 과일이 좋다. 소주는 삼겹살은 물론 생선회 한 접시에 매운탕을 곁들일 때 부드럽게 넘어간다.

중국술 백주(白酒)는 기름진 음식으로 식도부터 위까지 빈틈없이 코팅하고 나서 마셔야 제격이다. 그런데, 막걸리에는 '딱 이거다.' 하는 특별한 안주가 없는 듯하다. '비 오는 날에는 파전에 막걸리 한잔'이라는 술꾼들의 꼬드기는 인사말도 존재하지만, 없어도 그만이고 나물도 좋고 두부김치는 더할 나위 없이 좋고 수육이라면 금상첨화다. 나는 주로 해물전과 함께 마시는데, 이번에 동치미를 안주 삼아 보니 궁합이 잘 맞는다.

고구마가 구황식품에서 이제는 웰빙식품이 되었듯, 머지않아 막걸리는 바로 웰빙 술이 될 것이다. 우리 밀 누룩과 우리 쌀로 우리의 전통 항아리에 담으니, K-wine이 따로 있겠는가. 막걸리는 물만큼이나 저렴한 가격의 술로 한국을 대표하는 K-wine 칭호를 받을 만하다. 안주로부터 자유로운 술로 불고기나 김치는 말할 것도 없고 파스타나 피자와도 잘 어울린다.

막걸리는 고유의 걸쭉하면서도 구수하고 살짝 톡 쏘는 느낌을 바탕으로, 각자의 취향에 따라 빚을 때 과일이나 꽃잎을 넣어 향과 맛을 가미시킬 수 있으며, 솔잎이나 송순(松筍)을 첨가하면 청아한 솔막걸리가 되고, 칡뿌리를 썰어 넣으면 보약 같은 칡막걸리가 되고, 수삼을 갈아 넣으면 인삼막걸리가 된다.

제대로 된 우리 막걸리를 만들어 보고 싶다. 장인(匠人)이 되기까지 뚜벅뚜벅 걸어야겠다.

(2022.01.)

我是作者的中国儿子
(저는 작가의 중국아들입니다)

방학을 맞아 서울에 온 중국아들이 집안에 널브러져 있는 종이를 보고는 뭐냐고 물어서 곧 출간할 수필 원고를 정리한다고 했더니, 읽어보다가 자기도 몇 자 쓰고 싶다고 강력히 요청한다. 가슴에 맺힌 것을 밝히고 싶은가 보다. 허락하면서 자신의 얘기만 쓰겠다는 약조를 받았으나, 역시 편치 않은 글이다. 허위나 꾸민 내용은 없지만, 곳곳에 어쩔 수 없이 내가 미화되었다. 태어나자마자 너무나도 가슴 아픈 사연으로 자신에게는 한 점 추억조차도 없는 부모님이나, 어설프게 나타난 나에 대한 존재를 어떻게 인식하고 있는지 조금은 느낄 수 있는 부분이 있다. 이 아이와의 인연을 기록한 얘기도 있으나 이 글로 대체하는 것도 의미가 있을 것 같다. 사진도 실어달라고 요청해서 보니 나도 깜짝 놀랐다. 그렇게도 즐거워하던 당진 난지도 해수욕장에서의 물놀이 모습을 내 어찌 잊으랴 만은, 인물사진도 아니고 풍경사진도 아닌 본인에게만 소중한 형편없는 것을 12년간이나 고이 간직하고 있다는 사실이 참으로 놀랍다. 양아들에게는 진정 최초의 가족여행이었는가 보다. 한국어 역시 본인이 직접 쓴 것을 떼어쓰기나 단어 등 의미가 전달되는 수준에서 최소로 수정하였다.

일본어학과를 졸업하고 다시 중의학, 즉 한의학을 공부하고 있다.

저는 작가의 중국아들입니다

아빠가 건네준 수필 원고를 손에 쥐고 언제 이렇게 많이 쓰셨는지 감탄했다. 나도 이런 식으로 수필을 써보려고 몇 번이나 시도한 적이 있으나 포기해 버리고 그냥 일기 적기로 바꿨다. 이렇게 묵직한 아빠의 수필 원고, 제목들을 둘러보니 아빠의 옛 추억들이 많이 깃들어 있는 듯하다.

첫 장부터 읽어가면서 조용하고 따뜻한 분위기에 빠졌다. 아빠와 시시각각 같이 생활을 못 한 중국 아들로서 글을 통해 잘 모르고 있던 아빠를 조금이나마 알아갈 수 있어서 마냥 좋았다. 초등학교 4학년 어느 날 홍선생님이란 분이 나타나셨다. 처음 뵈었는데 나에게 말하길 "이후로는 나를 아빠라고 부르면 좋겠다." 아빠? 나에게는 이보다 낯선 단어는 없었다. 느낌이 신기해서인지 아니면 온화한 미소 때문인지는 몰라도 나는 가벼이 그러겠다고 대답했다. 그 이후로 내가 자라면서 아빠가 어디 계시느냐 무엇을 하시느냐 묻는 난처한 경우를 만날 때면, 바로 한국에 선생님이신 아빠가 계신다고 생각했다. 할머니께서 내게 한국 아빠가 돌아가신 내 아버지와 많이 닮았다고 말씀하셨다. 나는 단지 사진으로만 친부의 [모습]을 봤지만, 결코 많이 닮았다고 생각하지는 않는다. 하지만, 아버지라는 느낌은…? [영혼]이라는 정신적인 측면으로는 실제로 같다고 생각한다.

처음으로 아빠라는 단어를 뱉어보게 한 대상? 집에 곤란이 있는 아이들을 보살펴 주고 아껴주는 따뜻한 어른? 존경받는 학교의 선생님? 중국에 대해 많이 잘 알고 있는 한국인? 이러한 옛 인상들보다 글에서는 더 가깝고 재미있게 다가오는 개구쟁이 아빠다. 매우 어릴 적 일마저 잘 기억하시는 뛰어난 기억력과 사소한 것들까지 유심히 관찰할 수 있는 능력이 뛰어나다고 느꼈다. 그리고 나는 너무 무심히 살고 있다는 것을 느꼈다. 일기로라도 좀 적어 보려고 노력하고 있지만 아빠의 감지력을 따라가려면 한참 멀었다. (행복은 추구의 대상이 아니라 발견의 대상이다.……또 다른 즐거움에서 이것이 아빠가 이러한 글들을 쓸 수 있는 비결이라 나는 생각해 본다.) 잘 간직하고 있던 기억들을 이야기해 주는 거라 읽으면서 눈으로 화면을 잘 그릴 수 있었고 따뜻한 이야기들로부터 그만큼 감동을 얻은 것 같다.

원고를 가지고 집에 와서 천천히 읽어보면서 처음으로 아빠가 첫사랑 때문에 박꽃을 좋아하게 된 것을 알게 됐고, 첫 꿈이 택시기사 라는 것도 알게 됐으며, 안면홍조로 마음고생 심했다는 것도 알게 됐다. (아빠 인물 화상 그리라고 하면 나도 아빠 학생들처럼 꼭 불그스름하게 얼굴에 물들일 것이다. 근데 아빠! 안면홍조 있어 전혀 나쁘게 보이진 않았어요. 귀여운 느낌? 그런 게 더 많아요.)

가장 크게 느낀 것은 아빠의 글에는 "사람 냄새"가 풍기는 것이다. 그런 수많은 "사람 냄새"가 아빠의 마음을 적셔 따뜻한 사람으로 자라신 것 같다. 사람 냄새가 풍기는 것들은 분명 아빠의 하나하나 작고 귀여운 보물들이다. "인정미!", 나에게 부족한 것이라 부끄러워

고개가 숙어진다. 나는 내가 살고 싶은 대로만 우기며 내 세상인 양 설치고 다니는 성격이라 아빠가 그런 나를 보고 실망할까 봐 일부러 외면하고 사라진 적이 많다. 이번에 한국 와서 누나의 격려에 다시 아빠 전화번호를 눌렀는데 내가 인정미 없이 연락 없던 나무람보다 '왜 왔으면 일찍 연락하지 않았나, 일찍 연락하면 더 많이 만날 일정을 잡았을 텐데.' 라는 꾸지람에 가슴이 뭉클했다.

원고를 모두 읽고 나니 2012년 여름이 너무 그리워졌다. 난생처음으로 아빠 덕분에 가족여행이라는 것을 체험해 볼 수가 있었다. 많이 서툴고 낯선 나를 아빠가족 모두가 배려해 줘서 최고의 여행으로 기억에 남는다. 그때 즐겁고 따뜻한 가족체험을 회상하며 이 글을 쓰고 있다. 아빠의 사랑은 성장하고 있는 아이들에게 단비처럼 오래오래 힘이 되어줄 것이다. (2024.02.)

아빠, 너 나 잘 해!(**너**와 **나**가 잘 나가는 한 **해**!)
설을 맞으며. 아들 성광 (2024.02.)

我是作者的中国儿子

拿起爸爸递给我的散文原稿，随意地翻看后不禁惊叹于其内容之丰富。我也曾尝试过很多次写一些此类散文，但奈于叙事能力太差，没能坚持下去并改为写写日记的程度。拿在手上沉甸甸的原稿,看着一个个题目，感受到这些文字里充满爸爸的许多回忆。

　　从第一章开始慢慢阅读的过程中，我不自觉地进入了安静且温暖的氛围里。作为不能时时刻刻与爸爸生活的中国儿子，能从这些文字里窥探到我所不曾了解的爸爸，感觉蛮不错的。小学四年级的某一天出现了一位洪老师，初次见面他就告诉我，"以后叫我爸爸就好。"爸爸？对我来说没有比这更陌生的单词了。但不知是因为感觉新奇还是因为那个轻松温暖的笑容我还是轻轻应了声爸爸。从那以后在我成长过程中每每遇到别人问起关于父母在哪、做什么的尴尬境遇时，便会想起我在韩国有一个爸爸且他是一位受尊敬的教师。奶奶告诉我这位韩国爸爸和我那过世的父亲很相像。我只看过照片"形"并没有感到多像，但那种"人父感"？"神"的层面是像的。

　　一个使我人生初次叫出"爸爸"两个字的人？一个乐于帮助窘困孩子的温暖的大人？在学校里受到尊敬的教师？对中国甚是了解的韩国人？比起这些曾经的印象，文字里的爸爸却是一位更拉近距离感的"顽皮的人"。感受到他拥有着连很小时候事情都记得清楚的非凡的记忆力和连很微小的部分都注意得到的观察能力。正因如此、也同时感受到自己在过着过于无心的生活。即便为此也在努力，比如写写日记，但远远赶不上爸爸的卓越感知力。（幸福不是追求的对象，而是发现的对象——"另一些乐趣"中我想或许这就是爸爸拥有卓越感知力的秘诀。）正因为是将记忆深刻的故事娓娓道来，所以读起来很有画面感，我得以从一个个温暖的故事中得到相应的感动。

带着原稿回到家后，我又继续品味了更多的部分，并了解到爸爸因为初恋爱上了葫芦花、爸爸第一个梦想是司机、爸爸因面颊潮红没少遭罪。（如果让我画爸爸的画像我也一定如爸爸的学生画您一样在面颊加上红色颜料。但是爸爸，我从没觉得那有什么不好的，反而觉得还蛮可爱的？）

读过后感受最最最大的是－－爸爸的文字里散发着"人味"。我想是那些无数个"人味"滋养了爸爸，使他成为一个温暖无比的人。这些充满"人味"的故事里一定藏着属于爸爸的独家宝藏。而人情味对于我来说恰恰是最缺少的东西，而这种感受使我羞愧地低下了头。我是只顾自己的活法，横冲直撞的性格。因为怕这样的我让爸爸失望而故意沉寂消失了很多次。这次来韩国，在姐姐的鼓励下再次拨通了爸爸的电话。电话那边传来的抱怨不是为什么那么没有人情味地消失那么久，反而是责怪我没有一来韩国就联系他，他不好安排更多见面的行程…

读完这些原稿，我陷入了2012年夏天来韩国时的回忆。那次爸爸大大方方地带着害羞的我参与了他们家族一年一度的家族旅行，并受到所有人的百般照顾。那是我人生第一次所谓的家族旅行，因此印象极深刻。也正是回忆着那次的甜蜜写着这篇文章。爸爸的爱就像春雨一样绵延流长地滋润着成长中孩子们的心灵并化为坚实的力量。

爸爸, 你 我 好 年! －－临近春节的感慨~

儿子：晟光

V

학교 이야기

2000년, 그 해를 뒤돌아보다

|

Ⅰ. 학급 구성원이 특이했다.

새로운 천년을 시작하는 서기 2000년이 오기 몇 년 전부터 각종 전자장치가 [2000]을 바르게 인식하지 못하면서 대혼란이 올 수도 있다는 공포와도 같은 가설이 존재했지만, 아무런 일 없었다. 1990년 초대 문화부장관을 역임하신 고(故) 이어령 교수가 새천년준비위원장으로 취임하여 광화문에서 국민 대축제로 거창하게 맞이하였던 2000년! 그해에 나는 아주 특별한 반의 담임을 했다.

2000년은 2년 전인 1998년도와 함께 학급담임으로 이런저런 일들이 참 많았던 1년이다. 중학교 건물과 고등학교 건물이 만나는 코너에 생긴, 과학실험실이나 가사실습실로 쓰기에 적당한 공간에다 칸막이로 엉성하게 두 반을 만들어서 쓰던 열악한 교실이었으며, 학생수는 아마도 다른 반보다 두세 명 적은 46명이었을 것이다. 서울은 그때까지도 여전히 과밀학급이었고 36학급 교사(校舍)에 45학급이었으니, 공간이 없어 쩔쩔매던 시절로 교무실까지 비좁았다.

예나 지금이나 인문계고등학교는 학생들의 학습 능력 편차가 매우 심하다. 특성화고나 과학고처럼 동질 집단이 아니라서 수업 진행에 곤욕스러울 때가 많은데, 영재학생과 둔재학생이 함께하는 교실에서의 강의를 상상해 보면 이해가 쉽다. 2000학년도 그 학급이 좌우 편차가 유난히 심했고 특별하거나 특이한 학생도 여럿이었다.

　흔치 않은 복학생이 두 명이나 배정되었고, 그중 한 명은 소위 학년짱으로 완력이 으뜸이다. 또 다른 두 명의 학생은 선천적으로 병을 안고 태어나 치료나 회복이 거의 불가능하여 내일을 장담할 수 없을 만큼 하루하루가 버거운 상태였다. 게다가 내가 사람 만들어 보겠다고 자진하여 데리고 올라간 시한폭탄 같은 문제아도 있었으니 좀 유별난 학급이다. 이런 경우에 담임교사는 열정과 에너지가 이리저리로 분산되고 진이 빠져 1년간은 고생을 좀 해야 한다.

　열악했던 임시교실은 한 달을 못 넘기고 3월 하순부터 바로 만화방으로 바뀌었다. 대학 진학의 꿈을 일찍 접은 친구들이 만화책을 서너 권씩 가져오니, 교실 안에 하루 유통량이 30권 이상이다. 학부모 한 분은 IMF 때 공장이 부도나서 창고에 보관 중이던 푹신한 방석도 넉넉하게 기부해 주셨고, 행정실에서는 교실 환경이 열악하다고 다른 반에는 없는 에어컨을 특별히 설치해 줬으니, 가히 만화방 교실이다.

　학교장이 바뀌면서 면학 분위기를 해친다는 이유로 중단했던 학급별 축구대회를 부활했는데, 만화방 고수들의 맹활약으로 4연승을 거두며 챔피언으로 등극했던 자랑스러운 일도 있다. 2연승으로 4강에 진출은 했지만, 준결승전이 하필이면 1교시에 진행된다니 최대의 고비다. 학급의 골잡이가 3교시 이후 등교가 일상이다 보니 전력에 엄청난 차질이 생기는 것이다.

경기 전날, 담임인 나의 애원에 가까운 당부에 골잡이는 기필코 1교시 전까지는 등교하겠노라고 큰소리쳤지만, 전반전이 끝날 무렵 만화책을 가득 담은 가방을 비껴들고 어기적거리며 나타난다. 체육복으로 갈아입을 틈도 없이 담배 냄새 진동하는 손으로 선수교체 터치를 하며 들어선다. 이 친구는 후반에 1골과 1도움의 눈부신 활약으로 학급을 결승으로 견인했고 우승도 했다.

그 외에도 학급에는 별난 사연이 많았다. 그 특급 골잡이가 '1일 콜라텍'을 하겠다고 후배들에게 표를 강매해서, 담임인 나는 수습하느라 고생 좀 했고, 또 몸무게 30kg를 넘기는 것이 평생소원인 H군은 90kg 거구와 웹상에서 서로 비방 비난 댓글을 달며 한 달 넘게 싸웠다. 혼자 고등학생 둘은 힘들다며 학비 지원을 요청하신 어머니 등 가정형편이 어려운 친구도 많았다. 소년가장은 다른 반으로 배정되었는데, 후원을 핑계로 데리고 와서 연이어 2년간 담임을 했다. 폭행 사고를 자주 치는 골칫거리 학생을 사람 만들어 보겠다고 당겨오기도 했으니 확실히 특별한 반이었다.

Ⅱ. 세 명이나 세상을 떠났다.

하지만 이런 추억들은 소소한 재미 정도에 불과하고, 가슴에 담기 버거운 일은 따로 있다. 선천성 호흡기 질환으로 성장이 멈춘 컴퓨터 천재 H군은 몸무게 28kg으로 나를 만났다. 본인에 의하면 3학년 진급할 때는 30kg을 넘보기도 했을 정도로 마음 편하고 즐거웠던 1년이라고 고백했다. 군과는 2학년 담임으로 시작해서 대학교 1학년 세상을 뜰 때까지 3년간 자별하게 지냈다.

5월 속리산 단체수련 활동에서 법주사 관람과 함께 문장대를 등반하는 프로그램은 정상을 정복한 학생들이 한동안 그 성취감과 자신감을 유지했기에 교육적 효과도 컸다. 수련원의 조교가 인솔한다고 해도 담임교사는 당연히 학급 학생들과 동행하는 것이 예의인데, 나는 등산을 좋아하지 않아서 H군 보호를 핑계로 평지의 끝인 [세심정(洗心亭)]에 눌러앉아 학생과 둘이서 동동주를 홀짝홀짝 마셨다.(지금의 분위기라면 파면감이다.) 등정을 마치고 내려오는 학생들과 법주사로 돌아가는데, H군은 평생 처음으로 마셔본 술 몇 잔에 정신은 말짱하지만, 다리가 풀려 못 걷겠다고 하여 업고 내려왔다.

몸무게가 새털처럼 가벼우니 30분 동안 계속 업고 걸어 내려오면서 허심탄회하게 이런저런 대화를 나눴다. 목숨을 걸고 호흡기를 치환하는 수술이 있기는 하지만 이론상 가능한 얘기이고, 장기 기증자를 만나는 것도 쉽지 않단다. 시한부 인생 같아서 세상이 두렵고 홀로 있는 한밤에 공포가 엄습할 때는 스스로 사그라지는 느낌이란다. 하지만 지금의 이 순간만큼은 선생님은 힘드시겠지만, 따스한 등에 기대니 마냥 행복하다며 목을 감은 손으로 내 살을 더듬어 만진다.

난생처음 술을 마셨다는 H군은 그날 밤 전체 학생 600여 명이 모인 친교 시간에, 학급대표로 김민종의 귀천도애(歸天道哀)를 숨찬 목소리로 열창했고 2절은 전체 학생들의 합창이 되었다.

♬나 이대로 떠나갈게요. 그대 더 이상 슬퍼 말아요. 내가 떠나가는 건 다시 돌아올 수 있기에. 그대여 날 용서해요. 날 사랑하는 마음 알지만 잠시 나를 잊고 살아줘요. 다시 또 태어나면 우리 만날 수 있을 거야. 믿어요, 나의 그대여. 기다리다가 다른 사랑을 만나도 괜찮아, 그대가 잠시 쉴 수 있다면. 하늘이여 너도 나를 보며 울고 있구나. 난 이렇게 웃고 있는데. 그대가 힘이 들어 나를 잊는다 해도 그댈 지켜줄게요, 언제까지나 영원히 영원히 영원히 사랑해요. ♬

가사가 귀에 들어올 때는 아연하여 나도 모르게 가슴이 먹먹했다. 이건 분명 눈물 그 너머에 있는 슬픔이다. 너무 슬프면 눈물도 안 나온다는 게 바로 이런 거구나. 운명이 다가오고 있음을 알고 부르는 걸까? 내 상상이 경망스럽다고 스스로 질책하면서 질서유지를 핑계로 뒤쪽으로 나가 형광등뿐인 천정을 올려다보며 한동안 마음을 진정시켜야 했다. 군은 3학년이 되어서도 일주일에 두어 번은 담임이 아닌 나에게 와서 놀다 가곤 했다. 전문대학 컴퓨터 관련학과에 진학해서 새내기 대학 생활을 1년 정도 했다. 고등학교를 졸업했어도 나에게 자주 전화하며 근황을 알렸고, 나 또한 컴퓨터를 수리하거나 작업이 많을 때는 직접 불러서 도움을 받기도 했다.

추우면 제일 신경 쓰이는 질환이었는데, H군은 20살 그해 겨울에 덜컥 폐렴에 걸렸다. 몹시 추운 날 H군의 어머니에게서 전화가 왔다. 애가 병원에 입원했단다. 아들 입원 사실을 알리고자 한 단순 통화가 아님을 안다. 군이 나를 찾은 것이다. 허겁지겁 달려가니 2인실에서 산소호흡기를 찬 채로 가쁜 숨을 몰아쉬고 있었다.

나를 바라보는 그 눈빛은 '왜 이제 오셨느냐, 그래도 뵈니 다행이다'를 동시에 말하는 듯했다. 야윈 손을 꼭 잡고 "대한민국 최고의 의료서비스를 받고 있으니 곧 일어날 수 있을 거다. 힘내자!"고 개를 끄덕이며 투병 의지를 보여줬지만, 그게 H군과의 마지막 작별 인사가 됐다. 그날로부터 일주일 후, 지난해에 이어서 또다시 제자 영정을 마주했다. 조문을 마치고 빈소를 떠날 때, 어머니는 곧 연락드리겠다고 말씀하신다.

한 달이 지났을까, 집으로 사과 한 상자를 보내주셨다. 연락드리겠다는 말씀이 이거였구나, 아들 앞세운 슬픔 속에서도 어머니는 도리라고 생각하셨나 보다. 복잡한 심경으로 전화를 걸어 슬픔을 딛고 빨리 일상으로 돌아오시길 바라며, 보내주신 선물 잘 받았고 감사하다고 하니, 아들이 2학년 담임선생님을 끝까지 의지했었다, 떠나는 아들 손잡아줘서, 그래서 더욱 고맙다고 인사한다. 그날 저녁 그 사과를 한 조각 딱 한 번 먹었다. 목에 걸려서 더는 먹을 수 없었다.

K군은 선천적으로 필수영양소 하나를 흡수하지 못해서 생긴 병으로 뇌전증을 앓고 있었다. 6촌 형이 유명 연예인이라고 자랑하면서 중학교 때까지는 당차고 똘똘한 아이였다는데, 고등학교에 올라와서 발작을 일으키고 그 빈도가 증가하면서 서서히 침몰하고 있었다. K군이 아프다는 사실은 군이 1학년일 때부터 알고 있었고, 2학년이 되어서는 담임으로 만나 힘겨운 1년을 함께했다.

그 당시 교실은 책상을 두 줄씩 붙여 4개 분단으로 만들어서 이동할 통로를 확보하는 것이 보통인데, 나는 K군을 보호하기 위하여 세 줄을 붙여놓고, 건장한 학생을 양옆으로 해서 가운데에 앉혔다. 주위에 앉는 학생들에게 차분하게 대처할 수 있도록 매뉴얼 교육도 했다. 증세가 오면 공간을 확보해 주고 머리를 다치지 않도록 방석, 체육복 등으로 받쳐줘서 뇌진탕을 예방하고, 정신이 돌아오면 넘어진 것을 몹시 부끄럽게 여길 터이니 상황설명은 절대 하지 말고, 모르는 척 듣기 편한 말을 건네며 양호실로 부축하도록 했다.

가랑비가 부슬부슬 내리던 날, 그날도 내 수업 시간에 발작한다. 학생들을 대신하여 나 혼자서 군을 부축하여 양호실로 가면서 "저 비 그치고 날이 개면 화창할 거다." 서먹함도 지울 겸 바램을 담은 말을 건넸지만, 군은 이미 이 말의 의미를 새길 수 없을 만큼 꺼져가고 있었다. 멀뚱멀뚱 아무런 의식도 없이 그저 무거운 발걸음만 옮기는 군의 팔짱을 끼고 가다가 복도에서 안아주고 싶었으나, 안으면 내가 울 것 같아서 꾹 눌러 참았던 기억이 쓰리다. 그날 허그(hug)를 하지 못한 것은 지금도 응어리로 남아있다.

발작 횟수가 많아지면서 인지능력이 현격히 떨어지고 체력도 고갈되고 있었다. 아침에 눈을 뜨면 교복을 입고 집을 나선다는데, 이는 습관적인 등교 행위에 지나지 않는다. 출석이 무의미하고 학급 친구들이 자발적으로 잘 도와주고는 있었지만, 담임으로서는 K군의 품위도 지켜줘야 하고, 또 그 적나라한 모습을 급우들에게 계속 보게 하는 것도 미안해서, 부모님께 치료가 우선임을 내세워 집에서 쉬면서 요양하도록 권했다. 학년말에 K군이 보고 싶어서 가정방문을 갔는데, 방에서 인사를 하더니 바로 발작한다. 해줄 것이 없으니 속만 상했다. 그런데 그 모습이 마지막이다.

나는 1년간 진급에 필요한 출석 일수를 만들고 다치지 않도록 하는 일에만 열중한 셈이다. 3학년 새로운 담임선생님에게 수업은 희망 사항이고 졸업 때까지 살아있으면 기적이라고 인계했는데, 3개월 후 1학기 중간고사 기간에 부음을 들었다. 새벽에 K군을 태운 운구차가 학교 운동장을 돌아 나갈 때 외할머니는 주저앉아 통곡했단다. K군에게 참으로 미안한 두 가지는 병원 장례식장에서 "부모님보다 먼저 떠난 고약한 놈"이라는 역설적인 꾸중을 하면서 영정사진과 작별하고는, 그토록 다니고 싶었던 정든 학교를 뒤로 하며 영면을 향해 떠날 때는 함께 하지 못했다는 것이고, 생사를 넘나드는 그 고통의 순간들을 지켜보면서도 포근하게 안아준 기억이 전혀 없다는 것이다. 이 시린 마음은 내가 평생 가지고 가야 한다.

D군은 1년을 휴학했다가 복학한 학생으로 당시에 나는 업무분장에서 학적을 담당했다. 휴학 사유가 학교폭력인데 그리 큰 사안은

아니기에, 넓은 마음으로 화해하고 계속 다니는 게 어떠냐고 설득했지만, 교편생활을 하시는 군의 어머니가 단호하셔서, 1년을 쉬었다가 복학하면서 나를 만난 것이다. 급우들이 형이라 부르며 잘 따랐고, 본인도 한층 성숙한 모습으로 학교생활을 잘한 친구이다.

이 글을 쓰면서 어느 부분은 기억이 아리송해서 지금까지도 20년 넘게 줄곧 만남을 유지하고 있는 그해 그 학급 출신의 Y군과 문자를 주고받으면서 확인하는데, "선생님, D형 기억하세요?" "그럼, 복학생이었지." "그 형도 죽었어요." "걔도? 아니 왜?" 2010년 스물아홉 살 젊은 나이에 필리핀에서 스킨스쿠버 하다가 사고로 익사했단다. 유골로 돌아와서 파주의 어느 공원묘원에 안치되었으며, Y군은 2학년 당시의 학급 친구들과 서너 번 찾아갔다고 한다.

지병이나 건강관리를 잘 못해서, 또는 사고로 세상 떴다는 50살 가까운 제자들 부음은 가끔 접하기도 하지만, 피어보지 못한 청춘으로 갔다는 소식에는 나도 모르게 먼 산을 응시하게 된다.

Ⅲ. 20여 년 만의 재회

8년 전에 학급의 한 학생을 우리 집 아들과 함께 겨울방학 동안 도서관에 데리고 다녔는데, 그 학생의 어머니 김박사님과는 서예작품이나 한시 감상 등으로 여태껏 만남을 유지하고 있다. 방학 중에 식사와 차 한 잔을 같이 하는데, 이번에는 새로운 분이 합류하신단다. 약속이 잡히고 나서 며칠은 K군 어머니를 뵐 생각에, 총각 때 맞선 보려면 설레던 그런 마음으로 지냈다.

두 분은 한 아파트단지에서 아이들을 키우면서 10년 넘게 자매처럼 왕래하는데, 대화 중에 우연히 내가 두 집 아들의 담임이었다는 사실을 알고는 가끔 내 인물평도 했단다. 김박사님이 말씀을 안 하셔서(아마도 K군 어머니가 못하게 했을 듯) 나만 모르는 상황에서 2년의 세월이 흘렀고, 지금으로부터는 6년 전에 우리 집 아들이 수능 칠 때 비로소 그 사실을 알았다. 형언할 수 없는 놀람이었다.

김박사님이 합격 기원 떡과 함께 어느 학부모의 격려라며 봉투 하나를 더 얹어 주셨다. 어느 분인지 알아야 인사라도 할 거 아니냐고 보채니까 K군 어머니라고 털어놓으신다. 2학년 때 담임했고 겨우겨우 3학년에 진급했으나, 결국은 졸업도 못 하고 하늘나라로 떠난 K군을 내 어찌 잊을 수 있겠는가만은, 바로 그 어머니라니 참으로 감격이다.

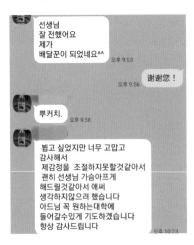

어머니께 감사한 마음을 손편지로 써서 사진 찍어 김박사님께 전달을 부탁했다. 전화번호도 알고 싶었고 한번 뵙자고 말씀드리려다 내가 먼저 나설 일이 아니기에 그만뒀다. 아들 생각에 눈물이 날까봐 참고 있다는 어머니의 답장 문자를 김박사님이 전해주셨다. 15년 세월이 흘러 내 아들을 격려해 주시니, 이제는 슬픔을 어느 정도는 주체하실 수 있는가 보다.

2,000년 그해 특별한 반을 담임한 이후로 나는 이런저런 이유로 젊은 나이에 유명을 달리했다는 소식을 접하면 늘 K군과 H군이 떠오른다. 지난해 봄에 가뭄이 심하여 부모님 산소 잔디에 물을 좀 뿌려 주려고 묘원에 갔는데, 자식을 앞세운 듯한 60대 후반 여인의 나지막한 통곡과 독백이 하도 구슬퍼서, 떠나신 후에 묘비를 살펴보니 아들이었고 슬픔을 삭일만한 긴 세월이 지났는데도 하염없이 눈물 흘리는 그 모습에, 또 K군과 H군의 어머니를 보는 것 같아서 나 역시 한동안 흔들린 마음을 달래야 했다.

자식을 가슴에 묻은 부모의 심정을 어찌 알겠는가. 참척(慘慽)을 당했다고 표현하는데, 그 슬픔과 한(恨)은 누구도 이해할 수 없기에, 진심에서 우러나오는 위로일지라도 도리어 상처 위에 뿌리는 소금이 될 수도 있다. 다만 비석에 새긴 글자도 오랜 세월이 흐르면 풍화작용으로 조금씩 흐려지듯 시간이 약일 터, 어머니께서는 하루도 마음 편했던 날이 없겠지만, 20여 년이 지나서 큰 용기를 내신 것이다. 앞세운 자식의 담임을 만난다는 것이 어디 쉬운 일인가.

강산이 두 번 변하고도 남을 세월이 흘렀으니 어머니 얼굴이 생각나는 것도 아니고, 또 k군의 어머니께서 단장(斷腸)의 슬픈 기억을 떠올리면 어쩌나 조심스러웠기에, 나는 어느 정도 긴장할 수밖에 없었다. 김박사님 역시 어머니께서 혹시나 아들 생각으로 울컥하실까 봐 염려스러운지, 평소의 기품 있는 교양을 조금 허물고 호들갑스러운 말과 행동으로 애쓰시면서 분위기를 주도하신다.

서먹할 수도 있는 자리에서 끝까지 의연한 모습을 보여주셔서 장하시다. 식사와 담소로 세 시간을 보내고 헤어졌다. 먼저 문자 인사를 드렸다. [어머니, 안정되고 편안한 모습 뵈어서 기분 좋습니다.] 30분 후에 답신이 왔다. [많은 생각이 들었지만, 인연이 있어 만나 뵙고 나니 더 감사하고 고맙습니다.], 뒤이어 [아들이 선생님을 많이 좋아했습니다. 건강 조심하시고 다음에 뵐 때는 제가 내겠습니다. 편히 쉬세요.]라고 끝맺었다.

또 뵐 수 있구나! 사로잡혀 가는 자기 새끼를 먼발치서 100리를 따라가다가 죽은 어미 원숭이의 배를 갈라보니, 창자가 끊어져 있더란다. 그래서 생사의 이별을 단장(斷腸)의 슬픔이라고 한다. 이걸 건디셨다. 어머니께서는 얼굴도 가물가물한 20여 년 전의 아들 담임과 밥 한 끼 같이 하고는, 댁에 들어가셔서 긴 숨을 토해내셨는지, 아니면 문 걸어 잠그고 흐느끼셨는지 모르겠다.

생로병사(生老病死)는 사람이 반드시 겪어야 하는, 나고 늙고 병들고 죽는 네 가지 큰 고통이란다. 하지만 생(生)은 태어나는 나의 고통이 아니고 나를 낳아주시는 어머니의 진통이 아닐까 싶다. 사람이 80세까지 평범한 삶을 영위한다면 이 네 가지 고통이 각기 차지하는 시간은 어떻게 분배될까. 로병사(老病死) 셋이 차지하는 시간은 80세의 4분의 3인 60년이 아니라 늘그막의 20년 이하일 것이다.

생(生)이 60년 이상으로 태어나는 것뿐만 아니라 본격적으로 늙어가기 전까지 살아가는 것도 포함할 터인데, 배 아파 낳은 내 자식이 불치의 병(病)을 안고 태어나자마자 사(死)와 사투(死鬪)를 벌인다면, 옆에서 지키며 바라보는 어머니 가슴은 검게 타들어 가면서 숯덩이가 될 수밖에 없다. 그렇게 고생하다가 떠난 자식이 사무쳐서 밤마다 베갯잇을 얼마나 많이 적셨을까.

오열과 실신을 수도 없이 반복하셨을 거다. 그렇게 20년이 넘는 긴 시간, 아니 세월이 흘렀다. 제가 감히 H군, K군, D군 어머니께 한 말씀 드려도 될까요?

"자식은 어머니 가슴에 묻혀 편안히 잠들어 있습니다. 이제는 그만 아파하시길, 아들은 진정 바라고 있을 겁니다."

(2023.02.)

교훈과 급훈에 대한 소회, 그리고 교실 모습

시대에 따라 변한다는 말은 변하는 것이 그 시대를 반영한다는 얘기다. 유리 액자에 담겨 교실마다 칠판 위쪽에 걸려있는 급훈도 마찬가지이다. 6, 70년대에는 근엄하고 교훈적 의미가 담겨있는 한자어 급훈이 많았다. 고진감래(苦盡甘來) / 성실(誠實)·정직(正直)·근면(勤勉) / 진인사대천명(盡人事待天命) / 초등학교 교실은 '쓸모 있는 사람' 등등.

90년대에는 순우리말이나 우리말로 풀어쓴 문자형 급훈이 등장했다. 가온누리(세상의 중심이 되어라) / 스스로 깨면 병아리 남이 깨면 후라이 / 서로 좋은 친구가 되자 / 뜨거운 가슴, 찬 머리 / 우리는 같이 있고 가치 있다 / 라면이 얼큰하면 우리는 화끈하게 / 대학가든 공장가든 멋지게 신나게 참답게 살자

2000년대 들어서 또 한 번 변신한다. 특히 고3 교실은 현실적으로 변했다. [올인] 네 모든 것을 걸어라 / 눈 떠! / 대학 가서 미팅할

래, 공장 가서 미싱할래? / '포기'란 배추를 셀 때나 쓰는 말이다 /
엄마가(담임이) 보고 있다 / 2호선 타자 / 30분 더 공부하면 내 남편
직업이(아내가) 바뀐다

'우리는 지금 수험생'이라는 사실을 십분 강조한 문구들이다.
요즈음은 합성이나 함축을 넘어 언어의 유니섹스라 할까, 영어인지
한국어인지 [두드림(Do dream)]이란 급훈도 보았다. 꿈을 향해 자꾸
두드리다 보면 실현되겠다 싶어 의미연결이 자연스러워 보인다.

급훈이 담임교사의 학급경영 의지가 담긴 말이라면, 교훈은 종
교단체나 독지가가 학교를 세운 건학이념이라고 볼 수 있는데, 중고
등학교는 모두 가훈(家訓)과도 같은 좋은 말들이다. 대학교는 볼 것
도 없이 '진리' '정의' '자유'라는 단어가 단골이다.

그런데 내가 다닌 중학교의 교훈은
특이하게도 '낙토건설(樂土建設)'이다.
학교의 중심이자 교사(校舍) 앞 정중앙
에 낙토건설 탑도 우뚝 서 있다. 체육대
회 할 때는 종일토록 탑 위에서 성화도
타올랐다. 40년 넘는 세월이 흘렀어도
지금껏 교훈을 기억할 수 있는 것은 교
훈 덕분으로 새마을 운동의 각종 지원금
(상금)을 쓸어 왔다는 사실이다.

가나안농군학교도 아닌 1950년 개교한 정규학교의 교훈으로는 독특하지 않은가. 박정희대통령의 주창으로 1970년에 시작한 새마을운동은 낙후된 농촌지역을 획기적으로 개발하면서 성공한 범국민운동이다. 이장님댁 마이크로 지겹도록 듣던 그 노래 ♬'새벽종이 울렸네, 새 아침이 밝았네. 너도나도 일어나 새마을을 가꾸세. 살기 좋은 내 마을 우리 힘으로 만드세.' ♬를 기억하고 있다.

교훈 '낙토건설(樂土建設)'이 바로 새마을 운동의 취지와 딱 들어맞고, 이런저런 명목으로 각종 정비사업의 교부금 지원 기회가 생길 때마다, 교훈을 내세운 송악중학교의 사업계획서는 높은 평가를 받았을 것이다. 지원금이 내려오면 교정조회 때마다 교훈을 언급하니 자연스레 귀에 박혔다.

중학교 1학년 때의 교실 모습이 떠오른다. 지금의 교실 모습과 다를 게 없다. 칠판 위 정중앙에 태극기가 있고, 그 아래 왼쪽 교훈은 한자로 [樂土建設], 오른쪽 급훈은 초보 담임쌤이 정한 [克己]라는 근엄한 단어였다. 참 좋은 말이다. 하지만, 중하교 1학년 그 어린 나이에 '자신을 이겨야 하는' 큰 과제를 안고 생활한 셈이다.

고등학교 3학년 때는 학급 반장이라서 환경미화를 준비한 적이 있다. 입시 공부는 뒷전이고 일요일 하루를 오롯이 투자해서 1등을 했는데, 칠판 위 태극기, 교훈, 급훈도 손대고 싶었지만 거기는 불가침 영역이다. 만약에 태극기를 내렸다면 나는 정학, 어쩌면 퇴학 처분을 받았을지도 모른다.

교실 태극기가 학생에게 애국심 고취와 선양에 교육적 효과가 왜 없겠는가. 하지만 과유불급(過猶不及)이라 했듯 지나침에서 오는 거부감도 있을 수 있으니, 국기 게양대에서 365일 태극기가 펄럭인다면 교실 안에는 없어도 되지 않을까. 실내에는 교장실, 교무실 정도로 해도 될 것 같다. [국기에 대한 경례]나 무슨 의식이 있는 경우에는 학급에서는 모니터에 태극기를 띄우고 애국가를 틀어주면 되지 않겠는가. 옛날에 애국가를 송출하면서 내보내던 배경 화면은 얼마나 아름다운가. 교육부에서 1년에 한 번씩 제작해서 학교 현장에 공급해 주면 교육적 효과가 더 클 것이다.

교훈, 급훈, 태극기 자리에 수채화나 구성원 각자의 버킷리스트를 올리면 어떨까 상상해 본다. 말 나온 김에 한마디 더 해보자. 책상, 교실, 건물 등 지겨운 4각형에서 벗어나면 좋겠다. 누가 그랬단다. 학교 건물과 구치소 건물이 똑같다고 주장하면서 "학생이라는 죄로, 학교라는 교도소에 갇혀, 교복이라는 죄수복을 입고, 졸업이라는 석방을 기다린다."

그러면 학교 마당인 '교정(校庭)'이 교도소의 '교정(矯正)'인가? 교훈을 [법과 질서의 확립], 급훈을 [차카게 살자]라고 정하면 어울리겠다. 감방(학교) 생활에서 벗어나 출소(졸업)하는 날엔 입었던 죄수복(교복)을 찢는다? 그러니 그날은 꽃다발 대신 다시는 오지 말라고 두부를 먹여야 한다?

서글픈 통계가 있다. 수년 전 서울 어느 남자고등학교에서의 조사로, 요즘 학생들 등교 목적은 이렇다.

1. 친구 사귀려고
2. 잠자려고
3. 점심 먹으려고
4. 축구하려고
5. 공부하려고

세상은 빛보다 빠른 속도로 변하고 있다는데 정작 학교는 변화를 두려워한다. 교사(校舍)는 목조 단층 건물이 시멘트 골조 4층 건물로 바뀌었고, 학급당 학생수는 콩나물교실 60명에서 평균 20여명으로 줄었을 뿐, 교실 안의 모습은 50년 전 우리가 다닐 때나 지금이나 별로 달라진 게 없다. 전통을 지키는 것은 아름다운 일이다. 그 전통에 가치가 있을 때는 더욱 그렇다. 하지만 모든 학생이 칠판만 바라보던 교실 구조는 전통이 아니다.

동일 면적에서 4각형 건물이 저렴한 건축비용은 물론 더 많은 사람을 수용할 수 있다는 공학적 계산법이 교도소 건물과 학교 건물을 똑같게 만들었다면, 이제 학교는 학생수가 줄어들어서 얼마든지 변신할 수 있다. 태극기, 교훈, 급훈을 다 내리고 놀이공간이나 카페처럼 꾸미면 어떨까. 그러면 교실은 자연스럽게 학생들이 머물고 싶어 하는 곳으로 바뀔 것이다. 등교를 재촉하고 하교를 아쉬워하는 공간으로 변화를 줘야 할 때인 것 같다. 그러면 수업방식도 전달에서 벗어나 자연스럽게 학생들이 스스로 찾아서 하는 협동학습이나 토론학습으로 전개될 것이다. 나는 머지않아 교단을 떠나지만, 카페 같은 교실이 곧 도래할 것으로 믿는다. (2019.11)

꽃 이야기 2

직장에 4층짜리 교사(校舍) 벽을 타고 오르면서 꽃을 피우는 덩굴이 있는데, 금년에는 봄가뭄 없이 비가 적당히 내려서 그런지 꽃이 더욱 선명하다. 또한 올해에 드디어 4층을 기어올라서 덩굴이 옥상으로 넘어갔다. 능소화(凌霄花)-하늘(霄)을 넘는(凌) 꽃(花)이라더니 30년 인고의 세월 끝에 이름값을 제대로 했다. 도종환 시인이 「담쟁이」에서 읊은 것처럼 서두르지 않고 벽을 오르고 또 올라 절망을 딛고 결국 그 벽을 넘은 것이다.

어릴 적 고향에서 보던 몇 종류의 꽃도 늘 그 자리다. 앞산에는 진달래가 흐드러지게 피고 은은한 산수유에, 산도라지 꽃도 예뻤다. 바닷가가 멀지 않으니 염전 저수지 둑에는 해당화 서너 그루가 시선을 끌었고, 산딸기 익을 때는 원추리꽃도 많았다. 이들은 모두 나무 또는 여러 해 식물이다. 사랑방 문 앞에는 맨드라미가 무성했고, 마당가에는 가을에 국화가 그윽한 향기를 토하며 소담스레 피었다.

모내기가 막바지인 5월 말에는 고샅길 끝자락에 하얀 찔레꽃이 있었다. 연한 순을 꺾어 껍질을 벗겨 먹기도 했다. 가을이 되면 하얀 꽃잎을 떨군 자리에 콩알만 한 크기의 보석같이 붉은 열매를 맺었다. 그 탐스러운 열매가지를 꺾어 마루에 걸어두곤 했다. 초등학교 교문에는 서너 그루의 장미가 자라고, 담을 따라서는 초가을부터 코스모스가 피었다. 집 앞에 작은 옹달샘에는 수질 정화에 뛰어나다는 부레옥잠이 많았는데, 고추잠자리가 하늘을 덮을 때 피던 연한 자줏빛 부레옥잠꽃은 그 고상한 자태가 지금도 눈에 선하다.

어머니께서는 화초 가꾸는 것을 유난히도 좋아하셨다. 바쁜 농촌의 일상에서도 짬짬이 울타리 주변에 화단을 만들어 채송화나 봉숭아, 백일홍, 분꽃 등 흔한 꽃을 가꾸며 된장 뜨러 가시면서도 짧은 감상을 하셨다. 농사일이 한가할 때면 봉숭아 꽃잎을 따서 여동생 손톱에 물들려 주셨다. 이렇듯 한겨울의 눈꽃까지 자연이 계절마다 내어주는 가지가지의 꽃들은 시골 소년에게 마음이 차분해지는 심리적 안정과 함께 심미적 감각을 키워줬다.

녹음이 가득한 한여름에 울긋불긋한 봄꽃이 그리워질 때쯤, 삭막한 도시의 시멘트 담장에도, 고즈넉한 시골의 여염집 토담에도 피어오르는, 노란빛이 많이 들어간 붉은색의, 화려하면서도 아주 정갈한, 트럼펫 악기 같은 모양의, 꽃이 귀한 여름날의 아쉬

움을 달래주는 바로 그 능소화는 만인의 사랑을 받는다.

　직장의 모든 동료들이 그 능소화를 심었던 이선생님을 좋아했다. 선생님은 성격에 모난 데가 없으니 정 맞을 일도 없으며, 선후배 선생님 모두 잘 챙기시고, 전공이 화학인데 야생화에 일가견이 있어 학회에서 알아주는 실력자이기도 했고, 두주불사지만 술 취한 모습을 보이신 적이 없는 주선(酒仙)이기도 했다. 선생님은 깨진 항아리를 주어다가 분재도 하셨고, 교사(校舍)의 남쪽 벽에 담쟁이도 심으셨는데 벽을 타고 얼마나 무성하게 자랐는지, 요즘같이 더운 날엔 실내 온도를 2도쯤은 낮출 것이다. 선생님은 어느 여름날 퇴근 무렵 나에게 능소화를 소개하며 그 전설도 들려주셨다. 죽어서도 꽃이 되어 담장을 넘어 임금님을 바라보겠다는 소화가 바로 능소화란다.

　선생님은 5년 전 59세 젊은 나이에 암으로 돌아가셨다. 선생님의 남달리 강했던 그 집념은 30개 성상(星霜) 끝에 기어코 담을 넘은, 당신이 직접 심었던 그 능소화를 닮았다고 할 것이다. 그 꽃을 심어두고 우리 곁을 떠나셨다. 능소화의 꽃말은 명예, 영광이란다. 5주기에는 산소에 가서 술 한 잔 올려야겠다.

(2021.07.)

老師飛口水, 學生流口水

글제로 뽑은 말은 한시(漢詩) 구절이 아니고 중국어 문장으로 '교사는 침을 튀기(며 수업을 하)는데, 학생은 침을 흘리(면서 잠을 잔)다.'는 뜻이다. 수업 시간에 책상 위에 엎드려 자는 학생들과 보건실 침대 위에서 편히 잠자던 학생, 그리고 본인은 자지 않으면서 자신의 영혼을 한동안 잠재웠던 학생을 소개하고자 한다.

Ⅰ. 잠자는 아이들

사람은 꿈의 크기만큼 성장한다고 한다. 원대한 꿈을 품으라는 얘기다. 세상은 꿈꾸는 자들의 것이라고 한다. 꿈은 상상에서 오고 상상은 현실이 된다. A군의 장래 희망은 연기자가 되는 것이란다. 청춘의 꿈은 꿈 자체로도 아름답다. 몇 마디 대화를 나누면서 그 짧은 시간에 칭찬거리를 찾아서 용기를 북돋운다.

"그래, 멋진 꿈이다. 너는 목소리가 중저음으로 상당히 안정되

어 있구나. 어떤 배역도 잘 소화할 수 있겠어. 연기자에게는 체격조
건과 이미지뿐만 아니라 목소리 또한 대단히 중요하단다. 너도 알고
있지? 남자 배우 ○○○은 체격도 좋고 얼굴도 미끈한데 목소리가
가늘어서 배역과 안 어울리는 경우가 많아. 그런데 너는 목소리를
타고났으니 얼마나 좋으냐."

A군은 이런 칭찬을 듣고는 기분이 좋았는지 20분 정도 수업에
참여하다가 졸린 눈을 어찌지 못하고 바로 책상에 엎드려 자면서 연
기자의 꿈을 꾸고 있었다. 졸리면 천하장사도 들어 올리지 못하는
것이 눈꺼풀로 세상에서 제일 무겁다고 한다. A군은 오전 내내 자다
가 종종 점심을 먹지 못할 때도 있다.

(2022년 3학년. 박주○作)

두어 달 지나서 어느 날은 A군을
모질게 깨웠다. 단잠을 깨우는 내가
얼마나 미울까 마는 이쯤에서는 나도
한마디 해야겠기에, 한창 꿈을 꾸고
있을 A군을 세차게 흔들었다. "중국
의 경극 배우는 일평생 한 가지 배역
만 한단다. 하지만 A군아! 여기는 한
국이다. 너는 경극 배우가 아니잖니,
이제 잠자는 연기는 그만하고 수업에 참여하는 착한 연기도 해보
자." 이 아이는 목덜미에 송송 난 여드름을 짜주면서 잠을 깨워줘도,
달아났던 잠을 다시 부르는 데는 5분이 채 안 걸린다.

B군은 입학하자마자 3월 초에 5백 원짜리 동전을 삼켜서 구급차를 타고 응급실에 간 사건으로 유명 인사가 되었으며, 나와는 3년째 알고 지내는 학생이다. 복도에서 만나면 매번 허그(hug)는 물론 교무실로 데리고 와서 간식거리를 챙겨주곤 한다. 3학년 신학기 첫 수업에서 나를 보더니 무척 반가운 표정을 지으며 아는 체를 한다. 일주일에 한두 번은 내 자리에 와서 먹거리를 받아 가면서도 내가 무슨 과목을 가르치는지 몰랐던 모양이다.

학업에는 흥미가 없다는 것을 진작 알고 있었는데 2주 차 수업부터 잠을 청하기 시작한다. 정확히 15분이 지나면 책상에 엎드리는데 피곤한 날은 채 5분을 못 넘기고 쓰러진다. 나도 열정으로 충만했던 초임 시절에는 학생들의 잠을 절대 허락하지 않고 괴롭혀서라도 깨웠는데, 20년이 지나고부터는 다음 시간이라도 자지 않기를 바란다는 직무 유기적인 핑계로 슬며시 묵인하기도 한다.

B군은 매시간 30분 수면은 절대량인지 꼭 확보하려 든다. 3개월이 지나도록 그 모양이다. 사실은 깨어있어도 수업 참여도가 낮아서 잠자는 것이나 별반 차이는 없다. 해석을 요하는 농담에는 이해하는 시간이 더뎌서 빵 터지는 속도가 다른 친구들보다 좀 늦고, 뭘 물어봐도 "모르겠어요."라는 대답이 절반 이상이다. 사랑과 기다림이 필요한 학생이다.

나는 군의 한계가 궁금했다. 과연 깨어있는 상태로 수업을 완주할 수 있을까? 어제 8시간 정도 잤고, 전 시간에도 30분 정도 잔 것을 확인하고는 실행하기로 했다. "자, 우리는 오늘 B군이 수업을 마칠 때까지 잠을 자지 않는 위대한 모습을 볼 수 있습니다" 공개적인 선언을 들자마자 군은 나를 바라보며 도전하겠다는 표정인지 아리송한 미소로 화답했다.

5분 단위로 군의 상태를 점검하면서 학급 친구들에게 틈틈이 군을 칭찬하며 수업을 진행했다. 예상대로 15분 후 첫 고비가 왔다. "B군은 지금 초능력을 발휘하여 인내하고 있습니다." 그러면 2분 정도는 잠을 떨치고 버티지만, 눈은 다시 서서히 감긴다. "이제 전반전을 무사히 끝냈습니다." 그러고는 군을 데리고 화장실도 다녀온다. 움직이면 졸음이 달아나는데, 군은 복도를 걸으면서도 쏟아지는 잠을 어쩌지 못한다. 머리를 쓰다듬어 주고 안마도 해주고 그래도 고개가 떨궈지면 같이 스트레칭도 했다.

10분이나 남았는데 얼굴이 상기되어 있으며 5분 남았을 때는 한계가 아닌가 싶었다. "선생님, 토 나올 것 같아요!" "그래? 참자! 4분 남았다. 오늘은 기필코 완주하자." 3분 남았다, 2분 남았다, 말을 걸고 물을 마시게 했으니 이쯤이면 학대에 가깝다. 군은 2분밖에 안 남았으니 버텨 보내겠다는 의지는 전혀 없다. 얼굴이 형편없이 일그러졌다. 쓰러지기 직전이다. "역사적인 순간이 눈앞에 있어요. 이제 1분 남았습니다." 종이 울리자마자 B군은 책상에 까무러치듯 엎어졌다. 해냈다는 표정은 조금도 없다.

C군은 깨어있는 모습을 보기가 하늘의 별 따기보다 어려운 학생

이다. 담임선생님은 2교시 전에 등교하는 것만으로도 다행으로 여기시는 것 같다. 교실에 들어가서 군과 소통한다는 것은 언감생심 꿈도 꾸지 못할 정도다. 묻는 말에 눈을 감은 채 귀찮은 듯 머리만 끄덕이는 것으로 대답하여 "예"나 "아니오"로 답할 수 있는 질문만 해야 하니 접근 자체가 불가능하다. 군과는 1년 동안 2번 대화를 나눴다. 내 수업 시간에 지각 등교해서 가능했던 일이다.

C군의 깨어있는 시간은 등교, 점심 식사, 하교 등 이동 시간이 전부이다. 팔이 저리면 고개를 돌려 자연스럽게 베고 있던 팔을 교체하면서 자는데, 책상 위에 침을 많이 흘려서 휴지를 건네준 적도 있다. "아름다운 사람은 머문 자리도 아름답습니다." 입과 책상을 닦으라고 한다. 교실에서 화장실 표어를 들려주며 어떤 잔소리도 할 수 없는 불편한 마음은 나 스스로 달랠 수밖에 없다.

마음으로 다가가도 학생이 잠을 핑계로 대화의 문을 닫으면 참 씁쓸하다. 어디 A, B, C군뿐이겠는가. 이보다 더하거나 이에 버금가는 수면 달인이 교실마다 수두룩하다. 그 비율이 해마다 높아져서 지금은 적어도 30% 정도는 잠자기 위해서 등교한다. 밤새워 게임을 해서 자는 학생과 하루 16시간 정도 자는 학생 두 부류다. 체육 시간도 귀찮아하며 머리 눕힐 공간을 찾으니, 학습활동은 제로에 수렴한다.

II. 깨어난 아이들

노무현 정부 시절에 정치권에서 한때 '코드'라는 말이 유행한 적이 있다. 똑같은 방식과 똑같은 말로 다가가도 학생에 따라서 그 반응은 전혀 다르다. 저 학생은 꼰대 잔소리로 치부하고, 이 학생은 마치 복음(福音)처럼 받아들이니 말이다. 그래도 금년에는 두 학생과 그런대로 코드가 맞아서, 소득이 전혀 없는 것은 아니다.

D군은 2학년 때까지 교실에 있는 시간보다 보건실에서 노는 시간이 많았다고 한다. 학생의 반항심이 고조에 달해 있어서 담임선생님은 좀 눅어지기를 기다리는 듯했다. 어떻게 말을 걸었는지는 어렴풋한데, 군이 눈을 동그랗게 뜨고 반응했던 기억은 뚜렷하다. "너는 눈빛이 살아있어! 뭔가 해낼 것 같은데, 무의미한 시간만 보내는 것도 죄악"이라며 자극제로 툭 던졌다. 그 한마디에 군은 변하기 시작했고 교과 선생님마다 칭찬하는 모범사례가 되어간다. 그에게 장래 희망을 물으니 조심스럽지만 단호한 말로 배우가 되고 싶단다. 상당수 학생의 장래 희망이 '연기자'인데, 개념이 부족한 그런 꿈은 아닌 듯해서, 동행하면서 배우의 길을 안내해 줘도 되겠다 싶어 대학로 연극을 보러 가자고 제안했다.

먼저 아내에게 양해를 구했다. 우리 부부는 공연 관람을 자주 하는데, 난데없이 학생이 끼어드니 말이다. 4자리를 예약하고 엄마를 모시고 오라고 하니 건강 회복 중이라며 아빠가 오신다. 함께 볼 연극을 사이트 검색으로 미리 공부도 하고 관람하면서 메모까지 해두고는 D군에게는 마치 전문가인 양 말한다. 대사 전달이 약했던 부분이나 발음이 꼬인 부분까지도 잡아낸 것처럼 말이다. 교육적 효과를 높이기 위한 작전이다. "남자 주인공의 연기는 내공이 있어 보이지 않니? 그만큼 경험이 풍부하다는 얘기야. 청소년 드라마에 반짝 출연하다가 사라지는 배우가 될 거면 적당히 연기만 배우면 된다. 하지만 대배우가 되려면 독서를 통한 간접경험을 충분히 해야 한다. 그래야 연기가 찰지다. '모가지가 길어서 슬픈 짐승'을 기린으로 연기하면 되겠니?"라는 식으로 군을 요리조리 자극했다.

대학로 공연에 두 번 더 데리고 갔다. 이후로 D군은 학교생활에 신이 났다. 영어 수행평가 만점을 받았다고 자랑하러 오면 초코파이와 음료수를 건네며 격려했다. 선생님들에게 인정받아서 태도가 당당하다. 도피처였던 보건실에도 갈 필요가 없어졌다. 그렇게 새 사람(?)으로 변해 가던 어느 날, 연기 동영상을 보내왔는데 제법 그럴듯했다.

E군은 자신의 영혼을 한동안 잠재웠던 학생으로 내 수업 시간에 6번 만난 것이 전부였다. 초등학교 1학년 어린이처럼 매일 아빠와 함께 등교하여 교무실에서 담임선생님을 뵙고는 바로 조퇴 허가를 받아 하교하니 주인을 기다리는 교실의 책상 위에는 먼지가 뽀얗다. 은둔형 외톨이 초기증상이거나 우울증으로 보인다. 정신건강의학과를 공부하는 딸에게 자문했다. 학생의 말을 경청하고 기다리는 것이 중요하며 외로울 것이니 감싸고 품는 것이 최고란다. 휴게실로 데리고 가서 안아주면 심장 박동이 매우 빠르다. 얼마나 불안하고

힘들까? "E군아, 심장을 마주 대자. 너를 사랑하고 아끼는 샘의 마음을 느끼겠니?" "…네" 좀 늦게 그것도 아주 작은 소리로, 하지만 나에 대한 신뢰는 충분히 느껴지는 대답이다.

E군에게 조심스럽게 정신과 치료를 권했지만 쉽게 받아들이지 않는다. 상태가 비교적 안정적일 때 나는 재차 병원치료를 권했고 드디어 군은 병원에 다니기 시작했다. 얼굴빛이 점점 밝아지는 것이 눈에 띌 정도로 호전되어 간다. 쌀쌀한 어느 날 아침, 배신자와도 같이 아빠를 버리고(?) 혼자서 등교하여 담임선생님과 제대로 된 대화를 주고받는다.

군을 휴게실로 데리고 가니 내 가슴에 포근히 안기면서 11월부터는 교실 수업을 받겠다고 한다. "잘 생각했다. 장하다." 의사선생님께는 마음의 문을 70% 정도 열었다고 했다. "30%마저도 활짝 열고 네가 아파했던 것들을 속 시원하게 다 보여드려라." 4월부터 망가지기 시작했던 E군의 학교생활이 제대로 돌아오기까지는 7개월이나 걸렸다.

Ⅲ. 관심으로 사랑으로

4교시를 마치면서 오전 내내 잠자는 A, B, C군 등을 점심 먹을 시간이라고 깨운다. 학생들의 등교 목적 두 번째가 '잠자기'요, 세 번째는 '점심 식사'란다. 그들의 입장으로 본다면 등교의 중요한 두 가지 목적이 달성되는 순간이지만, 교사의 입장에서 보면 학생들을 훈육(訓育)하는 것이 아니라, 사육(飼育)하고 있다는 느낌으로 씁쓸한 뒷맛은 물론 자괴감에 휩싸인다.

D군과 E군에게는 단지 일주일에 한두 번 토닥여 주고 머리를 쓰다듬어 주었을 뿐이다. 다행히 서로 코드가 맞아서 그들은 나에게 마음을 열었고 나는 자연스럽게 다가갈 수 있었다. 그들이 정상적인 학교생활을 하게 된 데는 담임선생님과 부모님을 비롯한 주변 사람들의 헌신적인 사랑이 깔려있을 것이다. 조선일보에 [Love is…]라는 코너가 있었다. 매일 is 다음 말이 바뀌는 형태인데, 나에게 채우라면 주저 없이 '관심'이라고 쓰겠다.

나는 학생들과 원활한 소통을 위해서 무슨 준비를 해야 하는가. 저들이 즐겨듣는 음악이나 좋아하는 연예인 신상을 외워서 대화에 나서면 어떨까, 또는 요즘 학생들이 즐기는 게임을 배워서 한 판 붙어 통쾌하게 져주는 것은 어떨까. 정서적 공감과 소통이 있어야 그들에게 가까이 다가갈 수 있으므로, 교감 방식은 늘 고민거리이다.

작은 관심 하나로 D군과 E군처럼 다시 일어나게 하는 경우가 종종 있다. 나이가 들수록 학생들에게서 점점 멀어지는 느낌이고 정년이 가까우니 이제는 스스로 역부족임을 실감하지만, 방황하는 온라인과 컴퓨터 세대들에게 전형적 아날로그인 분필과 종이 방식이나마 내 경험이 필요하다면 나는 기꺼이 길잡이로 나서겠다. 때로는 노마지지(老馬之智-늙은 말의 지혜)가 필요하다고 하지 않았던가. 기회가 온다면 부싯돌이라도 되어 그들의 가슴에 불을 지피고 싶다.

학교 교육에서 사랑은 분명 관심이고, 관심을 받는 학생은 자신을 소중히 여긴다. 외톨이나 음지로 숨는 학생에게 지속적인 말 걸기로 마음의 문을 열게 하고, 동기가 부족하거나 돌파구를 못 찾는 학생들에게는 불쏘시개나 마중물이 되어야 할 것이다. "아이 하나 키우려면 온 마을이 필요하다."라는 아프리카 속담이 그 어느 때보다도 절실한 것 같다.

(2021.11.)

모죽(毛竹) 이야기

집을 아무리 잘 지어도 주변에 나무가 없으면 가치 없어 보이고 오히려 썰렁하다. 초가삼간이라도 옆에 감나무 한 그루는 있어야 목가적이고 안정감이 든다. 우리나라 사람들은 전통적으로 배산임수의 남향집을 제일 좋아했으며, 산이 없는 들녘 한가운데에 있는 집도 마당 옆이나 집 뒤에 나무를 심어 그늘도 만들고 북풍을 막기도 했다. 또한 어느 동네든 왕대나무가 무성한 집은 대체로 전답이 많은 동네 유지였다.

나의 고향 집은 뒤란의 높지 않은 장독대에 여러 개의 항아리가 놓여있었고 동편으로는 밤나무와 가죽나무, 감나무가 있었으며 빙 둘러 울타리 역할을 하던 것은 왕대가 아닌 신우대였다. 어릴 적 동네에는 마디가 튼실하고 곧게 뻗은 왕대와 비교적 가느다란 신우대 두 종류가 있었다. 우리집 뒤란 신우대는 사철 푸르러서 흰 눈이 내리면 그 존재감이 더욱 두드러지고, 겨울철에는 인근 참새들을 모두 품으며 잠자리를 제공해 주기도 했다.

한겨울에는 신우대를 베어서 방패연도 만들고 바람개비도 만들어 놓았다. 신우대의 죽순은 먹지 않았는데 일단 순이 올라오면 하루가 다르게 쭉쭉 자라며, 몇 년 지난 신우대는 밑동 굵기가 어른 엄지손가락 정도로, 여름이면 망둥이를 잡는 낚싯대로도 쓴다. 왕대와는 달리 마디가 그리 여물지 못했으며, 햇대는 부러지기 쉽고 2년 정도는 묵어야 단단해져서 낚싯대나 대바구니 재료로 쓸 수 있다.

그 당시 농촌은 어느 집도 지금과 같은 싱크대 배수 시설이 아니고, 부엌에서 쓰고 버리는 물이나 지붕에서 집안으로 흘러내리는 빗물이 빠져나가는 수채가 있었다. 마당으로 가는 길에 수채가 가로지르니, 비가 오면 늘 질벅거려서 모양새가 좋지 않았는데, 우리 집은 지름이 15cm 정도나 되는 대나무를 통으로 땅에 묻어 물이 깔끔하게 빠져나갔다. 어린 나는 그렇게 큰 대나무를 처음 봤고 이에 적잖은 충격을 받았는데, 집주변 염전에서 염판의 바닥에 깔린 소금을 밀 때 쓰던 대패가 바로 그런 대나무를 반으로 갈라서 만든 것이다. 죽세공품으로 유명한 전남 담양에도 왕대는 어른 팔뚝 굵기로 통이 크고, 대나무 숲을 누비며 검술을 펼치는 중국 무협영화 [와호장룡]의 한 장면에서도 왕대는 정말 크고 굵다.

글이나 강연에서 '인내'를 강조하고자 할 때 무죽(毛竹) 이야기를 자주 인용

하는데, 30m까지 자란다니 고향집 수채 배수구 역할을 했던 그 대통은 크기로 보아 분명 모죽일 것이다. [와호장룡]을 촬영했던 중국 최고의 명산인 황산의 그 대나무도 모죽이 아니겠는가. 5년 후의 폭풍 성장을 위해서 인고의 세월을 묵묵히 견디면서 사방 십 리까지 뿌리를 뻗어 두고는 숨죽이고 에너지를 비축하고 있다가 일단 죽순이 땅 위로 올라오기만 하면 하루에 70~80cm씩 쑥쑥 자라서 30m까지 올라간다고 한다.

김난도 교수도 「천 번을 흔들려야 어른이 된다.」에서 물과 함께 모죽을 읊었다. "견디십시오. 그대는 모죽입니다. 비등점을 코앞에 둔 펄펄 끓는 물입니다. 곧 그 기다림의 값어치를 다할 순간이 올 것입니다. 세상에서 가장 높은 대나무로 쑥쑥 커 갈 시간이 올 것입니다. 자유로운 기체가 되어 세상을 내려다볼 시기가 올 것입니다."

소설가 김훈은 "대나무의 삶은 두꺼워지는 삶이 아니라 단단해지는 삶이다. 더 이상 자라지 않고 두꺼워지지도 않고, 다만 단단해진다. 대나무는 그 인고의 세월을 기록하지 않고, 아무런 흔적을 남기지 않는다. 대나무는 나이테가 없다. 나이테가 있어야 할 자리가 비어 있다."라고 기술했다.

윤선도의 오우가, 즉 다섯 벗은 수·석·송·죽·월(水石松竹月)이다.

나모도 아닌 거시 플도 아닌 거시
곳기난 뉘 시기며 속은 어이 뷔여난다
더러쿄 四時(사시)예 프르니 그를 됴하 하노라

"나무도 아닌 것이 풀도 아닌 것이 곧기는 누가 그리 시켰으며 속

242

은 어이하여 비어 있는가? 저리하고도 사계절 늘 푸르니 그를 좋아하노라." 라고 죽(竹)을 노래했다.

속(?)없는 나 역시 속이 비어 있으면서도 마디가 있기에 더 단단한 대(竹)를 좋아한다. 여름밤에 죽부인을 끌어안고 바람피우는 것은 아내도 눈감아준다. 예로부터 선비의 정신세계인 절개와 지조로 비유되던 대나무는 이제 모죽을 내세워 인내와 끈기를 강조할 때도 쓰인다. 매년 3월 초에 학생들에게 5년이나 참고 견디며 자신의 성장을 준비하는 모죽 이야기를 들려주곤 한다.

예전의 수채와 요즘의 싱크대가 다른 것처럼, 성장환경이 부모 세대와 다른 요즘의 아이들은 분명 장점이 많기도 하지만, 우리 세대들이 미덕이라 여기는 인내에 대해서만큼은 많이 약해진 것 또한 사실이다. 목표를 이루기 위해서 감내해야 할 고통을 쉽게 외면하는 학생들에게 필요한 이야기이다.

(2020.05.)

승어부다, 승어부야!

담임을 하면서 학생은 물론 그 가정과도 소통이 원활하여 학생들의 위기 (비행 , 성격 , 학업 스트레스 , 교우관계 , 이성문제 등) 를 슬기롭게 극복할 수 있도록 순조롭게 도와주는 경우도 있고 , 반대로 학생은 물론 그 부모님과도 불신이 깔리고 코드가 안 맞아서 애먹는 경우도 있다 . 인간관계는 늘 어렵다 . 가끔은 재미있는 상황이 연출되거나 코미디에 가까운 학부형들도 만난다 . 자식을 위한 부모의 마음으로 이해한다 . 소개하는 에피소드 넷 중의 하나는 동료 선생님의 이야기이고 나머지 셋은 모두 나의 경험이다 .

하나. 조폭 학부모에게 협박당하다.

덩치가 매우 큰 학생이 여친에게 실연당하여 그 후유증을 제대로 앓고 있었다 . 친구들 애기로는 여학생이 그냥 평범한데 왜 저렇게 큰 충격을 받았는지 모르겠다고 한다 . 학교생활이 무의미하다고 자퇴 운운하며 가출하여 인근 아파트 옥상에서 이틀을 지냈고 , 3 일째는 비가 계속 와서 어쩔 수 없이 친구들에게 돈을 빌려 여관에 들었단다. 나는 가출학생 지도 경험이 동료교사에 비하여 많은 편이다. 학생을 설득하여 바로 집으로 돌려보내면 학생 입장에서는 가출 사유가 정리되지 않아서 다시 뛰쳐나오는 경우가 종종 있다. 학생이 못 볼 것을 볼까 염려되지만, 집을 나와서 적당히 고생하면 가정의 소중함도 깨닫게 되고, 또 가출했던 이유나 마음도 어느 정도 정리되기에, 학생의 귀가를 무조건 종용하지는 않는다. 5일째 되는 날 아버지가 학교에 오셨다. 묻지도 않았는데 본인 이야기를 한다.

"선생님! 제가요, 조직생활을 하고 있는데 ㅇㅇ파의 습격을 자주 받아서 밤에도 깊은 잠을 못 자고 머리맡에는 늘 사시미 칼을 두고 잠을 청합니다. 지금 업소 관리 문제로 영역싸움이 한창인데 아마도 저쪽이 아들을 납치한 것 같습니다." 그들의 용어로 어깨에 후까시를 가득 넣고 적어도 조폭의 중간 보스 이상으로 알아달라며 나름 심각한 표정을 짓는가 하면, 시간이 많이 지나서 아들이 이미 상해를 입었을지도 모른다고 신변을 걱정한다. 나는 건성으로 듣는 척하며 아들의 학교생활과 인간성, 교우관계, 성적 등을 들려주면서 지금 중학교 친구 ㅇㅇ네 집에서 이틀째 묵고 있으니 잘 타일러 집으로 데리고 가서 내일 아침에 늦지 않도록 등교시키라고 동문서답식의 대화를 한다. 아버지가 이렇게까지 연극을 하는 것은 내 아들 처벌 주지 말라는 무언의 압력이다. 씁쓸하다. 학생이 학교에 다시 돌아왔을 때 처벌 수위 결정과 상담을 마치고 조용히 물었다.
"얘야, 요즘도 아빠 정수기 잘 팔린다니?"

둘. 재벌 2세를 담임하다.

1998년도 얘기다. 삐삐가 저물어 가고, 핸드폰이 보급되어 갈 때다. 시티폰이 잠시 유행했던 시기이다. 담임으로서는 역대급으로 힘들었던 해였고, 이 학생도 말썽을 꽤나 피워서 1학기에만 정학을 두 번이나 당했다. 잔머리를 얼마나 잘 쓰는지, 학교 일과 중에 교문 밖을 무상출입 하는 놈이다. 한번은 두 놈이 월담하기로 사전 모의를 했다. 세상에는 여러 형태의 품앗이가 존재한다. 김갑돌이가 수업 중인 반에 노크하고는 학생부에서 홍길동이를 찾는다고 말하면 안 보내주는 선생님이 있겠는가. 그러고 나서 김갑돌이는 배가 아픈체하며 자기 교실로 들어가면서 설사가 나서 화장실 다녀오느라 늦어서 죄송하다고 굽신거리며 자리에 앉는다.

잠시 후 이미 자유의 몸이 된 홍길동이가 김갑돌이 반에 노크하여 수업 중인 선생님께 학생부에서 김갑돌이를 찾는다고 하여 밖으로 빼낸다. 두 반의 학과 선생님이 감쪽같이 속은 것이다. 그 수업이 끝날 무렵 학생 두 명이 거리에서 배회한다고 학생부로 전화가 왔다. 교복을 보고는 학교로 연락한 것이다. 그럴듯한 연극은 이렇게 들통이 나고 말았다. 원로선생님 한 분은 교편생활 35년 동안 학생에게 이렇게 완벽하게 속은 적이 없다고 파안대소하신다.

담임인 나는 수습책으로 우선 학부형을 소환해야 한다. 당시에는 생활기록부 보조부 카드가 있었는데 기본적인 인적 사항, 성적, 교우관계, 장래 희망, 상벌 사항, 상담한 내용 등을 메모하는 누

가 카드로 부모님 연락처나 학력 , 나이 , 직업란도 있었다 . 어머니
는 외출했는지 집 전화를 받지 않는다 . 아빠에게 통보할 수밖에 없
다 . 연락처 앞 직업란에 '토건업 회장' 이라고 쓰여 있다 . 전화했
다 . 비서실 여직원의 나긋나긋한 목소리를 기대했는데 중년 남자
의 투박한 목소리가 들린다 . "○○고등학교입니다 . ○○○회장님
과 통화할 수 있을까요 ?" 못 알아들었는지 거칠게 되묻는다 . "누구
요 ?" "○○○회장님요 ." 3 초간의 정적이 흐르더니 수화기 너머로
정체가 밝혀지는 말소리가 들린다 . "아~ , ○○○ ! 어이 , 김씨 ! 전
화 받아봐 , 학교랴 ." 아빠는 소위 〈 노가다 십장 〉 이라고 불리는 ,
공사판 일꾼들을 감독하는 우두머리였다 . 생각해 보니 토건업의 장
(長) 은 맞는 얘기다 . 뭔지 모르게 허탈하여 누가 카드를 다시 살폈
다 . 여자 글씨다 . 엄마가 써준 모양이다 . 엄마 학력은 대졸이라고
기록되어 있다 . 고학력이 흔치 않았던 시절이다 . 나는 학생부에 호
출된 어머니에게서 대졸의 말솜씨나 교양을 찾아내느라 고생했다 .
학생주임과 상담중인 엄마의 신경질적인 목소리가 들린다 .

　　"이 새끼가 야마 돌게 한다니까요 !"

셋 . 학부형과 불륜에 빠지다 .

　　1995년에 생긴 웃음거리다. 어느새 그 친구들이 나이 50을 바라
보며 우리 사회의 허리를 담당하는 중년이 되었다. 예나 지금이나
수험생활이 어디 쉬운 일인가. 가끔 엉뚱한 짓을 하던 한 친구가 성
적 압박을 못 견디고 가출해서 이틀째 결석을 한다. 독한 놈이 아니

면 대개는 자신의 위치가 알려질 만큼만 친구들 두세 명에게 거처를 노출한다. 교사 경험이 없더라도 이 정도는 일반적인 상식이다. 이 친구의 평소 교우관계를 살펴 그물망을 치면 바로 걸려든다. 조회 시간에 OO장 여관에서 자고 있다는 정보를 받았다. 집으로 전화를 드리니 어머니도 따라가고 싶단다. 함께 그 여관으로 갔다. 어머니는 밖에서 기다리시라고 했더니, 급습이 좋겠다며 함께 들어가자고 주장하신다. 어쩔 수 없이 이른 아침에 어머니와 같이 여관 문을 열고 들어가니 종업원이 귀찮은 듯 한 마디 던진다.

"빈방 없는데요?"

넷. "아버지보다 훨씬 낫다."

몇 년 전에 삼성 이건희 회장이 별세하였을 때, 추모의 글 중에 '승어부(勝於父)'란 단어가 미디어에 등장했다. 고인의 60년 친구인 고교동창의 영결식 추모사로 기억한다. 나는 이 단어를 이미 체험으로 알고 있었다. 제자가 스승보다 나음을 일컫는 '청출어람(青出於藍)' 또는 '청어람(青於藍)'과 비슷한 말이다. 승어부(勝於父)는 아비(父)보다(於) 뛰어난(勝) 자식을 두고 제삼자가 칭찬으로 해주는 말이다. 청어람(青於藍-쪽빛藍보다於 푸르다青)과 뜻을 새기는 어순이 완전히 같다.

이 학생은 공부 머리도 있고 성적도 중위권인데, 흡연이나 싸움 등 사고를 치며 속을 썩인다. 달래서 방향만 잘 잡아주면 장점이 많아서 기대해 볼 만한 학생인데 잡힐 듯 말 듯 애를 태운다. 2학기에 연이어 몇 가지 사고를 쳤다. 아버지한테 시간 되면 면담 좀 하자고 하며 날짜를 못 박아 오도록 쪽지편지를 써서 약속 날짜를 잡았다. 사실 부모님 호출은 쉽지도 않고 편치도 않다. 아들이 사고를 쳐서 호출되는 경우에, 일반적으로 부모는 담임 앞에서 죄인인 양 저자세 인데, 이 아버지는 태도가 당당하다. 마치 퇴근길에 포장마차 들리 듯 교무실로 쑥 들어온다. 하기야 아버지가 무슨 죄인가. 오히려 보기 좋았다. 수인사를 마치고 먼저 학생의 장점을 칭찬하고, 그동안 저지른 사건들을 아버지가 상처받지 않도록 부드러운 표현으로 나열하며, 이제 고3이 되니 일부 그릇된 습관을 정리하고 학업에 매진하면 성과가 있을 거라고 일목요연하게 말했다. 가정에서 이렇게 해 주시면 기본 바탕이 있으니 기대해 볼 만하다는 말도 살짝 덧붙였다. 지금으로서는 칭찬이 최고의 약이라는 의미다. 그런데 묵묵히 담임 얘기를 듣던 아버지는 환한 얼굴로 한마디 하신다.

"감사합니다, 선생님! 저는 고등학교 다닐 때 완전 꼴통이었어요. 인근에 여자고등학교까지 소문이 자자했고, 정학이 월례 행사였습니다. 그에 비하면 우리 아들은 학교생활을 제법 잘하네요. 감사합니다." 그러고는 의기양양하게 교무실을 빠져나간다. 호출했다가 이게 무슨 꼴이람? 담임인 나는 닭을 쫓지는 않았지만, 멍하니 허공을 바라보았으니 순간적으로 개꼴이 되었다. 아들이 본인에 비하면 너무나 모범생으로 큰 사고 없이 학교에 잘 다니고 있으니까 얼마나 기분이 좋겠는가. 조용히 혼잣말로 중얼거렸다.

"승어부다, 승어부야!"

(2024.01.)

제 여자친구예요.

Y군이 결혼할 처자를 인사시키겠다며 저녁식사에 초대한다.
군은 조손가정의 소년가장으로 운명적으로 2년간 담임을 했다.
아래는 식당에서 그들과 나눈 단 10분간의 대화와 독백이다.
지금은 식 올리고 알콩달콩 두 아이 부모로 열심히 살고 있다.

오냐, 어서 오너라.
결혼할 사이라고? 참하고 곱구나. 잘 어울린다.
절 받으세요. 오냐, 철들었네. 나란히 예쁘기도 하지.
그래그래, 할머니도 강녕하시고? 올해 연세가 86세지?

예나 지금이나 사내놈들은
옆에 짝이 있어야 어른 구실해.
군대 갈 때도 안 했던 절인데,
Y군 절은 처음 받아보네.

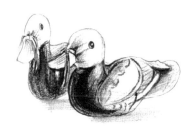

이놈은 잘 살아야 한다, 무조건 잘 살아야 한다.
세상의 모진 풍파를 어찌 이 아이가 겪어야 했단 말인가.
이혼과 사망으로 홀로 남겨지는 고아의 아픔까지도 다 겪은,
그래서 잘 살아야 하고 행복한 가정을 일궈야 하는데 말이다.

Y군아! 우리가 사귄지 얼마나 되는지 아니?
고1 때 처음 만났으니 10년은 족히 넘었지?
종례 마치고 내려오는 나를 조용히 따라와서는
"저는 할머니 모시고 살아요." 그날부터 우리 지독하게 연애했잖아.

사실 2학년 올라갈 때는 우리 반이 아니었는데,
교감선생님한테 특별히 청을 드려서 끌어왔단다.
사고뭉치 두 명을 얹어서 너의 담임을 하겠다고 말이다.
어느 분은 내가 담임해야 계속 후원하겠다고 하니 어쩌겠니?

어느 날인가 마트에서 장을 보는데 문득 네 생각이 나서
양파며 마늘이며 간장, 쌀 등을 주섬주섬 담아서
가정방문을 핑계로 할머니를 뵈러 갔던 생각이 나는구나.
교사의 가정방문이 가능했는지 금지되어 있는지도 모르고 말이다.

할머니, 당신은 어린 손자 녀석을 위해서라도 오래 사셔야 합니다.
자리보전하고 똥오줌을 받아내더라도 오래오래 사셔야 합니다.
당신께서 홀쩍 떠나시면 그 빈자리가 너무 큽니다.
이 두 손주가 모두 가정을 이룬 다음에 천당에 오르셔야 합니다.

애야, 그날 할머니 눈물 훔치시는 것 봤니?

손주들을 위해 먹지도 입지도 못하시고, 참말로 영양실조 같았어.

무릎이 아프다 하셔서 바로 전화 문진으로 보약 한 재 지어 드렸지.

십전대보탕일 텐데 드시고 효험을 보셨다고 얼마나 좋아하시던지.

그러나저러나 내가 색시를 어떻게 불러야 하나?

저 얘기 많이 들었어요. 그냥 "아가야"라고 부르시면 안 될까요?

그래라. 내가 Y군의 애비가 돼서 또 행복하구나. 그래, 아가야!

그러면 이제 아가는 내 며느리가 되는 거다. 그렇지?

저기 끝에 앉아있는 놈이 아들인데 올해 겨우 10살이야.

자식 늦게 돼서 70살은 돼야 며느리 볼 줄 알았는데,

코앞에 어여쁜 예비 며느리가 앉아있네. 하하.

지금 이 순간, 나보다 행복한 사람 있으면 나와 보라고 해!

그래, 아가야! 이 남편 될 Y군이 말이다,

엄마에 대한 추억은 딱 한 장면뿐이라 했단다.

손잡고 슈퍼 가던 어렴풋한 기억 하나,

엄마에 대한 처음이자 마지막 모습이라고 했어.

아빠도 바로 세상 떠나셨는데, 아빠 기억은 몇 장면 남아있단다.

아빠가 장난감 사주시던 모습, 생선을 잘 드시던 모습을 기억한단다.

그리고 아빠 장례식장에서 많은 사람이 슬피 울던 모습도 말이다.

시동생 될 놈은 두 살 터울로 부모에 대한 추억이 아예 없을 거야.

아버님은 기억력이 참 좋으시네요. 이 사람이 말한 것과 똑같아요.
그러냐? 아가야, 내가 Y군하고는 연애를 제대로 했단다.
궁금한 거 다 알려줄게. 긴장하는 거 보니 뺑친 게 많은가 보구나.
사실 체육복 하나로 3년 입었고, 교복 하나로 3년을 버틴 친구야.

시아버지 귀여움 받고 싶거든 언제라도 오너라.
그런데, 아가야! 네 앞이 시어머니인데 편할 것 같으냐?
허허, 동시에 배시시 웃네그려. 그래도 고부간은 어려운가 보지.
부부싸움하면 친정으로 가지 말고 이 시아비한테 와서 하소연해라.

자, 이제 어서 먹자. 오늘 저녁은 내가 쏜다.
아니에요, 아버님! 오늘은 저희가 모실 거예요.
아이고, 예쁘다! 그래, 시아버지 예단은 이 술 한 잔으로 끝이다.
여보, 당신도 한 잔 마셔요. 오늘 같은 날 대리운전 부르는 거야.

Y군 역시 축복 속에 태어났고, 사랑받기 위해 태어났는데,
어찌하여 그리도 모진 인생을 살아왔는지 모르겠다.
가시로 버시로 꾸리는 가정에는 하느님의 은총이 충만하여
고통스러웠던 어린 시절 다 잊고 행복이 가득하길 바란다.

기쁘게, 즐겁게, 다정하게, 연인처럼, 오누이처럼, 친구처럼,
가장 튼튼한 연리지로 우뚝 솟아 오래도록 잘 살길 바랄 뿐이다.
그런데 나는 식장에서만 아버지 하는 것인지,
아니면 평생 Y군 애비 노릇 해야 하는 것인지 모르겠네.

(2008.06.)

한자 교육정책에 대한 유감

훌륭한 강연을 들어보면 집중력이 떨어질 즈음, 적어도 5분에 한 번씩 웃음이 터진다. 그러면서도 강연 주제에 접근시키며 감동을 선사하는 화술은 가히 경외롭다. 학창시절에 기다려지던 과목은 그 선생님의 웃음 양념이 참으로 다양하다. 나도 교단에서 가끔 은사님께서 즐겨 쓰시던 웃음의 공식을 흉내 내보기도 한다.

지식 전달의 창구나 수단이 다양해진 지금은 학교 수업이 제일 재미없다고 여긴다. 인터넷 일타강사는 세련된 말씨와 적당한 웃음에 시간 안배도 얼마나 잘하는가? 나는 이런 문제로 늘 고민이다. 내 과목은 대학입시에 비중도 약한 과목이다. 도구 과목이 아니라서 학습 의욕이 떨어지고, 호기심을 유지하기가 어렵다. 3월 발음지도가 특히 무료하다. 첫 번째로 만나는 고비가 아닐 수 없다.

지루한 분위기를 짧은 시간에 즐거움으로 전환하는 기술이 필요하다. 가끔 발음과 관련하여 졸음을 몰아내는 웃음을 유도하기도 한다. 예를 들자면, '이형, 식사하셨어요?' 는 Lǐ dàgē, nǐ chī fàn le ma? '리따꺼! 니츠판러마?' → 이닦어, 니시팔놈아! 와 같은 식이다.

영어단어로 자주 쓰는 것도 하나 있다. 졸음이 가득한 학생에게 11부터 20까지 영어로 세어보라고 한다. 추가 질문으로 apple은? cap은? 당연히 정답을 말한다. 발음도 원어민 수준이고 영어를 제대로 배웠다고 민망할 정도로 칭찬한다. 다음은 본격적으로 빵 터질 질문을 할 차례다. salt는? 소금이라고 맞추면 더 이상 배울 영어가 없으며 이미 정복하였으니 당장 하산(下山)하라고 극상으로 칭찬해준다. 이제 중국어에 도전하라는 말과 함께 분필을 옆으로 뉘어 진하고도 굵게 쓴다. 그러면 이 **salt**는 뭐지? 학생은 망설임 없이 소금이라고 대답한다.

여기에서 뜸을 들이면서 좀 실망스러운 표정을 짓다가 "야! 외국어 잘하는 비결을 알려줄게, 잘 들어봐. salt가 소금이면 **salt**는 당연히 '**굵은**소금' 이지! 그래 안 그래?" 학생들의 웃음 터지는 순

Salt → 소금
Salt → **굵은** 소금

간이 제각기 다르다. 극소수이지만 끝내 웃지 못하는 친구도 있다. 바로 위에 태양을 그려놓고는 뭐냐고 묻기도 하는데, '천일염' 이라고 대답하는 친구는 없다. 왕소금도 king salt가 아니고 **salt**라고 해야 한다며 마무리한다. 아직도 졸리거나 흥이 덜 난 것 같으면 계속하여 좀 더 웃겨야 한다. "I am sorry!가 무슨 뜻이냐? '나는 쏘리입니다.' 가 올바른 번역이다, 알겠지? Latte is horse. 이건 모를걸. 나 때는 말이야." 가히 개그맨 수준이다.

"시장의 음식점 중에 [장터국수]도 있고 [장터국시]도 있는데, 무

슨 차이가 있는지 아는 사람?" 당연히 모른다. 힌트로 밀가리가 밀가루의 경상도 방언이라는 것도 알려준다. 국시도 국수의 방언임을 설명해 준다. 그래도 모른다. "(서울말로)밀가루로 만들면 장터국수이고, (경상도 억양으로)밀가리로 맹그면 장터국시 아이가?" 이를 이해하고 웃는 친구들의 속도 또한 제각각이다. "I love you long 은 '나는 너를 사랑하지-롱~!' 이란다." 이렇게 치졸한 말장난으로 한바탕 웃게 해서 졸음을 몰아내고 무료함을 달래야 진도를 조금 더 나갈 수 있다.

양주동박사가 일본 유학길에서 주고받은 편지 내용이라며 소개한다. "청년학도 양주동이 아리따운 여학생에 반해서 그녀의 한자 실력도 알아보고 또 자신의 속마음도 전하고자 종이에 여덟 자를 써주었단다." 일종의 사랑 고백이라는 말과 함께 '左糸右糸中言下心(좌사우사중언하심)'을 칠판에 큼직하게 써준다. 약간의 지혜라도 주고자 한자(漢字) 수수께끼도 많이 활용하는 편이다.

"그러니까 요즘 너희들 말로 '사귈래?' 정도의 고백인데, 옛사람은 이렇게 운치 있게 표현했어. 혹시 아는 사람 있나?" 당연히 없다. "좌측에 실'糸'가 있고, 우측에도 실'糸'가 있다. 그리고 가운데에 말씀'言'이 있고, 아래에는 마음'心'이 있다. 그래도 모르겠니?"

'戀'자를 써놓고 노란색 분필로 왼쪽, 오른쪽, 가운데, 아래 '心'자까지 동그라미를 치면서, 즉 분해하면서 차근차근 설명해 준

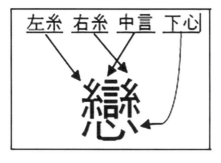

다. 그러면 학생들은 여덟 자가 아닌 한 글자라는 것은 아는데, 웃는 학생 두세 명을 제외하고는 다수의 학생이 '그래서?'라는 표정이다. 20년 전에 두세 명이 알아챘지, 지금은 아무도 모른다. 연애(戀愛)의 연(戀), '사모할 연!' 자로 "그대를 사랑하오!"라는 고백임을 설명한다. 노트에 잽싸게 적는 놈은 목하 열애 중이거나, 나중에 쓰임이 있을 거라 여기고 반응하는 것이다. "며칠 후 여학생으로부터 '三口一點牛角不出'이라고 답장이 왔는데, 무슨 뜻인지 아는 사람?"

학습을 통해 한 글자일 것 같다고 생각하면서도, 左右 上下 같은 방위 글자가 없으니 고민한다. 대부분의 학생들이 지레 포기하고 내가 설명해 주기를 기다린다. "三口一點을 보자. 三자를 쓰고 아래에 口자를 쓰고 위에 점 하나(一點)를 찍으면 말씀 '言' 자가 되잖니?" "아, 그렇군요! 그러면 오른쪽 牛角不出은요?" "소(牛)에 뿔(角)이 나오지 않았잖아(不出). 그러니까 '午' 자가 아니냐? 言과 午가 합쳐지면 허락할 '許' 자가 되니까 사랑 고백을 받아준 거지."

三口一点→言

牛角不出→午

言+午→許(어락할 어)

이 수수께끼를 재미있어하는 학생들의 숫자는 해마다 줄어들고 있다. 이런 식의 유희가 낯설고 또한 기초한자도 익혀두지 않아서 이해하기 어렵다는 반응이다. 자기 이름을 한자로 쓸 줄 아는 학생은 학급에서 손에 꼽는다. 상위 10% 안에 드는 수재들이다. 서글프지만 이것이 현실이다. 한자 수수께끼 수준도 낮출 수밖에 없다.

사내들인지라 삼국지 얘기를 하면 좀 듣는다. 누구를 좋아하느냐는 질문에 대답하는 장수들의 이름을 다 써 놓고, 장군들에 대한 간단한 인물평과 함께 얽힌 고사성어 풀이도 마치고, 본격적으로 조조에 대한 색다른 해석과 함께 얽힌 일화를 들려준다.

조조가 수하 장수들이 모여 있을 때 북방에서 선물로 받은 발효 유제품, 즉 요구르트 항아리를 열어 조금 마시고는 그 위에 합할 '合' 자를 쓴 다음, 둘러앉아 있는 사람들에게 순서대로 돌려보게 하였다. 어떤 장수도 그 뜻을 알아차리지 못하고 옆 사람에게 돌리기만 한다. 맛이 합격(合格)이라는 뜻은 아닌가 추측하면서 말이다.

이윽고 똘똘한 양수의 차례가 되자, 그는 뚜껑을 열고 한 모금 마셨다. 주변 사람들은 무슨 영문인지 몰라 바짝 긴장하고 있는데, 양수가 한마디 한다. "지금 우리 승상(조조)께서 한 모금씩 마시라는데 무엇들 하시는 거요?" "얘들아! 똘똘한 양수는 어떻게 조조의 뜻을 알았을까?"

학생들은 무슨 뜻인지 몰라서 서로 얼굴만 쳐다본다. 시간을 주는 양 잠시 기다리다가 칠판에 풀어쓰면서 해설한다. "合 = 人一口 그러니까 사람(人)마다 한(一) 입(口)씩 마시라고 했잖아." 간단한데 그걸 몰랐네! 재미있네! 라는 식의 반응을 보이는 학생이 몇 안 된다.

'左糸右糸中言下心'이 '戀'으로 가는 과정이나, '三口一點牛角不出'이 '許'로 가는 과정은 설명이 필요하다고 치자. '合'자를 '人一口'로 분해하여 사람마다 한입씩 마시라는 뜻이라고 해석할 때, 한문 과목을 배운 학생들인데 '사람 人, 하나 一, 입 口'라고 설명해야 한다.

한자 풀이가 지혜를 배울 수 있는 멋진 수수께끼라는 생각은 나만의 착각인가? 학생들은 한자 풀이보다는 [salt=굵은 소금]에 더 빠르고 친근한 반응을 보인다. 한국어는 순우리말인 고유어와 한자어, 그리고 외래어로 구성되어 있는데, 고유어와 함께 양대 축인 한자어에 취약한 학생들을 보면 마음이 무겁다.

학생들이 문제를 풀다가 단어의 뜻을 질문하는데, 심하게 말하면 문맹 수준이다. 묻는 단어는 대체로 한자어의 한글이다. '문호개방'이 무슨 뜻이냐고 물으면 사실 좀 허탈하다. 이 정도는 알아야 하는데 속이 상한다. 한때 맹목적인 애국심이 아닌가 싶을 정도로 한글 전용으로 국어를 가르치기도 했다가, 그 폐단이 드러나면 한글과 한자를 병기(倂記)하는 등 정책 역시 일관성이 없었다. '구사일생(九死一生)'이 무슨 뜻이냐고, '동고동락(同苦同樂)'이 무슨 뜻이냐고, '과반수(過半數)'가 무슨 뜻이냐고 물어오면 당황스럽다. 단어가 어려운 게 아니고 한자를 연상할 수 없어 순간적으로 뜻이 생각나지 않는 경우라 할 것이다. 하지만 이것이 현실이다.

글자를 몰라도 문맹이고 읽고도 무슨 뜻인지 모르는 것도 문맹 (문해맹)이다. 치열한 입시경쟁에서 영어단어, 수학 공식, 과학의 무슨 법칙도 중요하지만, 독서나 한자 공부를 통해서 나이에 맞는 어휘를 공급해 주는 것도 중요하다. 한자는 필수영양소에 견줄만한 필수 학습 요소이기에 반드시 배워야 한다는 것이 나의 줄기찬 견해이다.

우리 민족이 2천 년 넘게 사용해 온 한자(漢字)인데,
이제는 우리말이라고 해도 시비 걸 사람이 없을 것이다.
언제까지 중국글자로 치부하고 외면만 할 것인가?
학생들의 우리말 독해력이 갈수록 낮아지고 있는데 말이다.

(2019. 12.)

VI

이런 생각도 해봅니다

군말 - 회갑

7년 전 큰애가 고3 수험생일 때 도서관에 데리고 다니면서 시간이 많이 생겨서 오랜 염원이었던 조부님의 유품을 정리할 수 있었다. 한시, 산문, 서신 등 온통 한자(漢字)뿐인 유고(遺稿)가 적잖은 분량이었는데, 주변의 도움을 받으면서 작품의 절반 정도를 번역하여 부족하지만 270쪽 분량으로 문집으로 내서 자손들과 한 권씩 나눠 가졌다. 작업하면서 보니 조부님의 회갑연 헌정시에 '희구(喜懼)'라는 단어가 두 차례 등장했다.

자식으로서 부모님의 회갑연을 맞이하여 오래 사서서 기쁘지만(喜), 한편으로는 돌아가실까 두렵다(懼)는 뜻이다. 60세가 곧 장수인 시대였음을 의미한다. 되돌아보니 우리 어릴 적 6, 70년대에는 50세가 넘으면 고된 농사일에 손을 놓으면서 준 노인 대접을 받았다. 그러니 60세 회갑연은 당연히 청첩을 내고 근사한 상차림에 마을 잔치로 즐겼는데, 80년대 들어 회갑연은 급속히 사라졌고, 이제는 팔순 잔치인 산수연(傘壽宴) 청첩도 거의 없다.

농촌 사회의 노령화를 빗댄 얘기로, 자식들이 차려주는 칠순 잔 칫상을 받았다가 동네 어른들로부터 어린놈이 소문내면서 생일 챙겨 먹는다고 꾸지람을 들었다는 우스갯소리가 있다. 100세 시대인데 십진법으로 7번째 묶음 한 칸 더 채웠다고 대수가 아니라는 뜻이다. 더구나 회갑은 친구들끼리 자축하는 정도이지 자식들조차도 의미를 두지 않으려 한다. 장인어른이 76세에 아파트단지 안에 있는 경로당에 가니 연세 지긋하신 양반이 나이를 묻고는 "자네는 몇 년 더 있다가 나오지 그래."라며 입학을 미루라는 권고를 받았단다.

1,300년 전에 두보는 한시 〈곡강(曲江)〉에서 '인생칠십고래희(人生七十古來稀- 사람이 일흔 살을 사는 것은 예로부터 드물었다.)' 라 하였는데, 지금은 나이 70에 세상을 뜨면 안타까움이 앞서는, 지나친 말로 요절을 면한 정도다. 65세부터 경로우대라지만 60대는 인생이 익어가는 과정이고, 70대는 초로(初老) 정도로 인식되며, 적어도 80은 되어야 늙은이 축에 속한다고 봐야 하니, '노인' 이라는 의미가 우리 세대에서 20년쯤 늘어난 셈이다.

2, 30대 젊은이들에게는 다소 생소한, 고전에서나 배우는 전문용어 정도로 인식하고 있는 60갑자로 표현하면 나는 올해 임인년(壬寅年)생으로 회갑이다. 생일은 음력 9월인데 지난 5월에 아내와 둘이 기념 여행으로 해남과 보길도를 둘러보았다. 시간의 영속(永續)이나 쾌속(快速)을 비유할 때 물과 화살이 곧잘 등장한다. '유수(流水)와 같은 세월이라.', '활시위를 떠난 화살같이 빨리 흘러간다.'라고 말하는데, 나에게도 한 매듭의 세월이 흘렀음은 사실이다.

1962년생이니 나와 나이를 같이 하는 것들은 무엇이 있는지 궁금했다. 인터넷을 뒤져보니 지금 우리가 쓰고 있는 화폐 단위인 '원'이 동갑내기이다. 또 1월 1일에 연호를 '단기'에서 '서기'로 바꿨으니, 시골 동네 면서기 동창과 더불어 '서기'도 다 같은 친구다. 나 초등학교 저학년 때까지도 어른들은 옛일을 회상할 때 애써 단기 몇 년이라고 말씀하셨던 기억이 남아있다.

62년생 기업인으로는 고교 동창인 한종희 삼성 부회장, 두산 박정원, 현대가의 정몽규, 정치인으로는 중학교 동창인 어기구의원을 비롯해 우상호, 안철수, 전해철 등이 있다. 연예인으로는 최민수, 선우재덕, 최민식, 최수종, 정보석, 최양락, 최명길, 민혜경, 김청, 해외 연예인으로는 톰 크루즈, 양조위, 짐 캐리, 주성치, 데미 무어, 조디 포스터 등이 동갑내기인데 이들 기업인이나 정치인, 연예인들은 지금이(지금도) 전성기로 왕성한 활동을 하고 있다. 엊그제 고교 동창 모임에 참석해 보니 직장을 다니던 친구들 상당수가 물러났다. 공무원들은 공로 연수 중이고, 기업체 임원들도 몇몇을 제외하고 대부분이 이미 은퇴하였으며, 그나마 교육계에 있는 친구들이 정년을 2년~5년 정도 남겨두고 있을 뿐이다. 퇴직하는 친구들은 제2의 인생을 준비한다고 귀농, 귀어, 상담사, 무슨 활동지원사, 중개사, 전기기능사, 요리사, 나무의사, 사회복지사 등을 준비한다.

임인년 호랑이띠들은 대체로 1969년 3월 국민학교에 입학하여 1975년 2월에 졸업하였다. 고향에는 69년도에 입학한 여러 초등학교 동창들을 묶은 '69연합회'라는 모임도 있다. 정치적으로는 박정희가 1972년에 '10월 유신'으로 독재 기반을 공고히 했던 시기이기도 하며, 73년도에는 파월장병 철군, 74년 6학년 때는 육영수여사 피격사건으로 온 국민이 슬퍼했던 기억을 가지고 있다.

1962년 출생자수가 104만 명 정도라는데, 학교에서는 웃지 못할 재미있는 일들도 참 많았다. 콩나물 교실과 2부제 수업은 기본이고, 선생님도 부족하여 고졸 학력자들을 임시로 투입하기도 했고, 6·25 반공이나 시월유신 지지 웅변대회도 자주 했고, 강력한 혼·분식 장려 정책 덕분에 매일 도시락 검사를 받았으며, [쥐를 잡자]라는 표어를 가슴에 달고 다녔고, 쥐약 놓았던 다음 날에는 쥐꼬리를 잘라서 학교에 제출했고, 매년 채변봉투를 내고 회충약을 받아먹곤 했다. 회충도 마릿수를 보고하던 시절이다.

1975년, 궁벽한 농어촌이라서 네 명에 한 명 정도는 중학교에 진학하지 못했다. 바리캉으로 머리를 박박 밀어 깎았고 후크를 채우는 검정색 교복을 입었다. 국졸 친구들이 제일 입고 싶었던 옷이 교복이다. 검정고무신을 신고 다녔던 초등학교 때와는 달리, 천으로 만든 400원짜리 운동화를 신었다. 집안 형편이 어려워서 상급 학교에 진학하지 못한 친구들에 비하면 나는 축복받은 셈이다.

1978년 고등학교에 입학해서는 그야말로 격랑의 시대에서 3년 학창 시절을 보냈다. 쿠데타로 집권한 박정희가 18년 장기 집권의 철권이 무색하게 부하의 권총에 갔고, 유신 종결과 함께 민주화의 길로 들어설 것이라는 온 국민의 꿈인 '서울의 봄'은 전두환장군을 비롯한 신군부의 강력한 등장으로 춘래불사춘(春來不似春)이 되고 말았다. 광주민주화운동이 있었고 그 과정에서 흘러나온 온갖 유언비어 속에 심란했던 고3을 보냈다. 7월 30일에는 예비고사일이 4개월도 안 남았는데 '본고사 폐지'라는 날벼락을 맞기도 했다.

1981년에 대학교 입학정원은 62년 출생자의 6분의 1 정도인 18만 명이었다. 전년도는 11만 정도였는데 정원도 늘리고 또 졸업정원제를 도입하여 정원의 130%를 모집하고 30%는 탈락시킨다는 제도였는데, 많이 뽑아놓고 공부 안 하면 졸업 못 하게 해서 데모를 줄이겠다는 얄팍한 계산도 깔려있었다고 한다. 올해 고3 학생은 출생자 수가 47만 명으로 대학입학 정원을 밑돈다니 격세지감이다.

나는 냉전시대에 사용 가능성이 매우 희박했던 공산권 언어를 전공하면서 당구와 막걸리를 좋아했고, 민주화(학생)운동에 앞장서지는 않으나, 함석헌, 백기완선생님의 책들을 독파하기도 했다. 졸업하고 꽤 늦은 나이에 입대했으니, 민망하게도 지휘관이 후배인 경우도 있었다. 지금도 생생하게 기억하고 있는 [13634380]이 나의 군번이다. 자신의 군번을 기억하는 논산훈련소 출신들은 내가 얼마나 늦깎이였는지 바로 알 수 있을 것이다.

김형석 교수님은 인생을 크게 3단계로 구분하여, 30살까지는 내가 나를 키워가는 단계요, 65세쯤까지는 직장과 더불어 일하는 단계이며, 90세까지는 사회를 위해 봉사하는 단계라고 한다. 나는 제대 후 29살부터 첫 직장에서 지금까지 일하고 있으니 2단계 마무리쯤에 있는 셈이다. 102세 철학자가 라디오 프로에 출연하셔서 하신 이 말씀은 나에게 퇴직 후 갈 길을 제시했다.

버킷리스트를 작성하지는 않았지만 퇴직하면 시니어 극단에 가입하여 연극을 하고 싶다. 학창시절의 꿈이기도 했거니와 대사를 암기하다 보면 자꾸 까먹어서 고생은 좀 하겠지만, 치매는 다소 예방되지 않겠는가. 서울 집과 고향에 있는 농막을 오가면서 채소도 가꾸고 유실수도 키우며, 바빠 사느라 못 만났던 동창 친구들과 밥 한 끼 같이 하며 서로 살아온 얘기를 나누고 싶다.

조건이 허락된다면 내수면 어업권을 하나 구해서 붕어도 잡고 민물새우도 잡아서, 시래기 듬뿍 넣은 붕어찜과 얼큰하고 시원한 민물새우탕을 끓여서 지인들과 손수 빚은 막걸리로 주거니 받거니 잔을 돌리고 싶다. 퇴직하면서 도시 생활을 정리하고 귀향한 친구들이나 고향을 지킨 동창들이 생각보다 많다. 그들과 어울리고 싶다. 써놓은 글들을 모아 수필집 한 권 내서 그 친구들에게 나눠주는 것도 괜찮을 것 같다.

퇴직 후 몸이 건강하여 움직일 수 있을 때까지는 소위 봉사라는 것도 해보고 싶다. 연금을 탈 것이니 좋은 일자리가 있더라도 그 자리는 절실한 사람에게 양보하겠다. 거실에 넓은 책상을 들여놓고 무료 공부방을 차려 맞벌이 부부 자녀를 돌봐주고, 몇 분의 독거노인들과 친구로 지내며 그들과 함께 승용차로 이 동네 저 동네 풍경이 있는 카페를 순례하는 것도 의미 있겠다.

총각선생 시절에 독거할머니와 정들어 지내며 당신의 사무치는 외로움을 가까이서 지켜본 적도 있고, 아내도 출근하니 맞벌이하면서 애들 맡길 곳을 찾느라 발을 동동 구를 때가 한두 번이 아니었다. 그들을 위한다는 것은 어려운 일이 아니지만, 또한 실천하기 쉬운 일도 아님을 안다. 거창하게 사회를 위하여 봉사한다고 떠들 필요 없이 주변의 요긴한 곳에 손길을 주면 되리라.

정년은 몇 년 남았다. 무슨 자격증을 취득해서 퇴직 후 제2의 인생을 꿈꾸기보다는 35년 교편생활을 제대로 갈무리하면서 유의미했던 일들은 글로 하나둘 정리하기로 하고, 다가올 백세시대의 3단계 삶은 후배들에게 모범을 보이시는 김교수님의 말씀을 따라서 음악이나 미술공부도 하고, 서예도 하고 독서도 하며, 사회에 관심도 두면서 손길이 필요한 곳이 있으면 기꺼이 가겠다.

육십갑자로 임인년, 서기 1962년, 불기 2506년, 서기에 2333년을 더하여 단기 4295년, 모든 사람에게 기쁨을 주는 지갑 속 '원'과 함께 정말 복 받은 해에 태어난 셈이다. 1인당 국민소득 100달러도 안 되던, 너나 할 것 없이 하루 세 끼 배불리 밥 먹는 것이 소원이던 최빈국에서 태어나서 나라의 경제성장과 함께하면서 노년에 선진국 삶을 누리니 이보다 더한 축복이 어디 있으랴.

회갑은 세번째 맞이하는 스무살 생일이다.

(2022.07.)

달빛 회복 시민운동을 하자

대한민국 경제의 초석을 다졌다고 자부하는 사람들은 옛날 할머니들이 "배 꺼질라, 뛰지 마라." "기름 단다, 일찍 자라."고 하시던 이 말씀을 생생하게 기억하고 있다. 배고픔과 절약을 상징하는 전후(戰後) 20년을 요약하는 말로, 50년 전까지만 해도 노인들 말씀에 종종 오르던 궁핍이 빚어낸 애잔한 표현이다. 하지만 넘침이 지나칠 때는 오히려 그 시절이 그립다. 특히 불빛이 그렇다.

단군 이래 최고의 풍요를 누린다는 지금, 직장인들은 오전 일과를 마치고 오늘 점심은 뭘 먹을까 머뭇거린다. 다양함 속에 선택할 수 있으니 그래도 행복한 고민일 것이다. 먹고살기 힘들었던 시절에 밀기울 죽으로 주린 배를 채우던 우리네 부모들은 보리밥도 배불리 먹지 못했다. 그런데 이제는 기름진 음식에 지쳐서 소박한 식사를 찾아 그 보리밥을 건강식으로 즐긴다.

엊그제는 밤에 아파트단지를 산책하다가 둥실 뜬 보름달을 바라

270

보았다. 구름 한 점 없는 맑은 밤이었으나 교교(皎皎)한 달빛은 아니다. 단지 안에 가로등 불빛이 강렬하고 나무나 건물에 쏘는 조명등이 찬란하여, 달빛이 밝혀야 할 어둠이 모두 사라졌으니, 자연광으로서의 그 역할이 없어진 셈이다.

세상이 이렇게 낮과 밤의 구분도 없이 밝아도 되는가. 하루의 절반은 어둠이어야 하고 그것이 자연의 섭리인데, 침실에도 커튼을 쳐야만 스며드는 빛을 차단할 수 있으니 분명 과잉이다. 밤에 불을 환히 밝히는 것이 소원이던 시절엔 별빛이 아름답고 달빛이 소중했다.

어둠을 밝히던 유일한 등잔불도 기름을 아끼려고 심지를 낮춰서 불꽃이 반딧불이만 했다. 그래도 그 시절에는 그 등잔불 밑에서 앉은뱅이책상에 책을 펴놓고 형과 마주 앉아서 몽당연필에 침을 발라가면서 학교 숙제를 했다. 동무들과 놀이를 많이 한 날에는 피곤해서 졸다가 머리카락도 태웠다.

방문을 열면 불꽃이 꺼질세라 재빨리 손바닥으로 병풍을 쳐서 바람을 막아 주어야 했던, 연약하여도 사방에서 달려드는 어둠을 온몸으로 막아내던 등잔의 작은 불꽃이었다. 농사일에 고단했던 어른들은 "기름 단다, 일찍 자라."고 밤마다 이르셨다. 하지만 둥근달이 안마당을 비추던 밤에는 방안을 홀로 지키던 그 등잔불도 외롭지 않았다.

어머니들은 그 등잔불을 의지해서 골무를 끼고 바느질하시고, 우리도 희미한 등잔불 아래에서 뭔가를 하면서 손끝이 여물었다. 그 시절엔 등잔불도 어둠을 밀어낼 만큼만 밝혔다. 어쩌다 손님 오신

날에 시렁 높이 고이 간직했던 양초를 꺼내서 켜면 온 집안이 환하고, 촛불에 대한 경외심에 거룩한 밤이 되기도 했다.

대청마루에 호야라 부르던 호롱불까지 밝히면 화룡점정이다. 하지만 평상시에는 등잔 하나로도 충분하다. 부모님은 등잔불에 의지해서 새끼도 꼬고 길쌈도 했다. 대나무 숲에 깃든 참새나 풀 속의 곤충들이 잠에서 깨지 않을 만큼의 불빛이다. 등 하나 더 밝히는 일이 쉽지 않았던, 그래서 달빛이 더욱 소중했던 시절이다.

장에 가서 됫박 성냥과 소주병에 석유를 사 오는 일이 월례 행사였는데, 지금은 그 등잔불 세대들이 건강이 염려될 정도로 빛에 노출되어 산다. "배 꺼질라, 뛰지 마라."는 오래전에 "그만 먹어라, 살찐다."로 바뀌었고, "기름 단다, 일찍 자라."는 말 대신 "제발 불 좀 꺼주세요!"라고 사정할 지경이다.

소나무의 수면을 방해하는 저 야간조명을 보면, 전기의 풍요가 편치만은 않다. 가을밤 은은한 달빛 아래 귀뚜라미 우는 소리를 들어본 지도 오래다. 옛날 달빛은 어둠을 덮고 잠든 밤을 은은히 밝혀, 과객의 밤길을 돕기도 했고, 아낙이 다듬이질하는 안채에 내리기도 했고, 선비가 글 읽는 사랑채 뜰에 들기도 했다.

달빛은 홀로 핀 매화와 친구 되어 뜰을 거닐고
더위에 지친 수박 덩굴을 감싸고 어루만지며
노랗게 물드는 은행잎과 사랑을 속삭이기도 하며
대지를 덮은 흰 눈 위에 살포시 내려앉기도 했다.

달무리가 선명하니 아마도 비가 올 거라며
마당에 널어놓은 곡식을 거두던 시절처럼
맑은 호수에 잠겨있는 산에도 내리던 달빛처럼
그저 자연의 순리대로 은은하게 사는 것도 좋겠다.

야간조명은 그 화려함으로 사람의 눈은 잠시 호강하겠지만, 다른 생물들에게는 수면을 방해하는 호된 고문이 될 수도 있다. 밤새워 밝히는 가로등 불빛 아래서 여물지 못하는 곡식을 보지 않았는가? 어둠은 정복의 대상이 아니라 휴식의 시간이자 내일을 맞이할 공간이다. 불을 끄자. 저 소나무들이 고요한 달빛 아래 서로 사랑을 나눌지도 모른다.

둥실 떠오르는 달을 맞이하면서 마음속에 초가지붕 위 하얀 박꽃이 그려지고, 산 아래 작은 마을이 떠오르고, 맑은 호수가 펼쳐진다면 얼마나 좋을까. 우리는 지금 풍요로운 세상을 살면서 어둠을 지나치게 밀쳐내며 자연의 섭리를 거스르고 있다. 가로등과 조명등을 단 두 시간만이라도 완전히 소등하면 어떨까. 탄소중립 정책만큼이나 중요하다. 달빛 회복 시민운동이라도 펼쳐야겠다.

(2020.05.)

문화 차이, 그 에피소드와 위험천만함

서로 '다름'이 생기면 한 울타리 안에서는 왜 다른지 따져보지만, 이것이 대륙이나 국가 사이에서 존재한다면 대개는 쉽게 '문화 차이'로 해석하는 경우가 많다. '문화'만큼 학자마다 정의하는 범위나 뜻이 다양한 것도 없다고 하는데, 내적인 '문화'와 외적인 '문명'을 견주어 그 의미를 파악하면 이해하기 쉽겠다. 구성원 간의 생활양식이나 행동양식이 쉽사리 습득되고 공유되고 전달되는 그 무엇을 문화라고 한단다.

'문화'라는 단어는 아무 말이나 앞뒤에 갖다 붙이면 의미가 생기기도 한다. 글 올리고 댓글 잘 달아주는 것은 카페문화이며, 휴지를 버리지 않고 침을 뱉지 않는 사람은 문화인이며, 연극 등 공연에 술을 즐기면 문화생활을 하는 것이고, 먹는 것에 치중하면 음식문화에 관심 있는 것이다. 하여간, 문화는 하나의 물건에 대해서도 양식이나 방식이 나라마다 지역마다 다르게 나타날 수 있다.

한류(韓流)라 통칭되는 한국의 드라마, 영화, 가요 등이 중화권에서 대유행하였고 K-POP, K-드라마, K-뷰티 등으로 이름을 바꿔 달고 영역을 넓혀 동아시아는 물론 오세아니아, 아프리카, 유럽, 아메리카까지 세계 곳곳으로 퍼져나갔다. 빌보드차트 톱에 오른 방탄소년단이나 아카데미시상식을 접수한 [기생충] 등으로 승승장구 중인데, K-드라마가 세계에 미친 우리 고유의 문화에 대해서는 내가 몸소 체험한 것도 많다.

중국에 가면 '사랑이 뭐길래'를 신선한 충격으로 시청한 친구들이 한국에 아직도 유교문화가 남아있냐고 묻고, '보고 또 보고'가 방영될 때는 거리에서 택시를 타기도 어렵다며 결말이 어떻게 되냐고 묻기도 하고, 한국에서는 포장마차 음식값이 일반식당보다 몇 배나 비싸냐고 묻기도 하는데, 외국인이 제일 궁금해하는 것은 포차에서 정말 그런 일들이 일어나느냐고 진지하게 질문한다.

그런 일들이란 작은 포차 안에서의 낭만적인 혼술이나 사랑, 우정, 갈등 해소 등등을 말한다. 생각해 보니 드라마 연출가가 서민적인 모습을 담아 장면전환이나 마음의 정리 등을 그려낼 때, 쉽사리 선택하는 장소가 바로 포장마차다. 포차는 한국에만 있는 독특한 공간으로 외국인의 눈에는 신비스러운 장소로 보였나 보다. 그 덕분에 나는 한동안 서울에 오신 외국 손님들을 2차는 포장마차로 모셔야만 했다. 얼마나 선망의 장소로 여기는지, 그들은 귀국하여 가족이나 친구들에게 자랑해야 한다며 너도나도 인증사진을 찍는다.

베이징의 모 대학 부총장을 역임하신 분을 하룻저녁 모시게 되었는데, 서울의 유명 관광지를 마다하고 포장마차를 가고 싶어 하셨다. 사모님은 더욱 그랬다. 둔촌시장을 둘러보시며 아이처럼 기뻐하시더니 하시는 말씀이 드라마를 통해 본 포차의 낭만도 좋지만, 가보고 싶은 진짜 이유는 포장마차 안에 정말 두루마리 휴지가 걸려있는지 확인하고 싶었단다.

고고학을 전공하시고 베이징의 자금성 고궁박물관에서 근무하신 사모님의 눈은 정말 예리했다. 같은 직장의 미국인 동료도 그게 궁금하다고 말했단다. 한국 사람들이 두루마리 휴지를 만능으로 쓰는 데서 발생한 문화차이 경험은 또 있다. 20여 년 전에 호주 시드니의 어느 중학교 여자 교장이 우리 집에서 하루 홈스테이를 할 때도, 식탁 위에 놓인 두루마리 휴지를 보고는 묘한 미소를 지었던 모습을 나는 여태껏 기억하고 있다.

사모님 왈 포장마차에서 음식을 맛있게 먹고 나서 왜 하필이면 화장실용 휴지로 입을 닦느냐는 것이다. 상상이 되느냐는 반문이다. 나는 잠시 당황했지만, 한국에서는 화장실은 물론 식탁이나 사무실 등 아무 곳에서나 다용도로 사용한다고 설명해 드렸다. 우리집 역시 두루마리 휴지가 곽 휴지보다 사용하기 편해서 둘 다 책상과 식탁에 두고 쓰는데, 한국의 두루마리 휴지 재질은 최고급으로, 다른 나라의 곽 휴지나 냅킨보다도 훨씬 좋다고 부연했다.

코로나19로 인한 사람들의 불안 심리는 영국, 미국 등 소위 선진국이라는 나라에서도 전혀 문화시민답지 않은 모습으로 각종 식료

품은 물론 화장지 사재기가 극성이다. 외신 보도에서 텅 비어 있는 두루마리 화장지 진열대는 [toilet rolls]라 쓰여 있으니, 그들은 한국인이 식사 후에 두루마리 휴지로 입을 닦는 모습을 보고 기겁을 하는 것은 어찌 보면 당연하다.

내가 독일에서 운전하면서 직접 겪은, 운전자라면 꼭 알아 두어야 할 문화 차이도 있다. 한국에서 라이트를 번쩍하는 것은 상대방에게 내가 급하게 어떤 행위를 하겠으니 양보하라는 뜻이다.(지금은 아닌 경우도 있다.) 그런데 유럽에서는 반대로 내가 기꺼이 양보할 터이니 네가 먼저 가라는 신호란다. 이 내용은 출발 전에 이미 숙지한 내용으로 시험해 보니 대기하던 차량은 손을 들어 감사하다며 서둘러 좌회전한다. 서로 다른 운전 문화로 몰랐다면 문화충돌, 그야말로 대형 교통사고가 일어날 수도 있는 경우다.

알프스에서는 여자 꼬마애가 미니 자전거를 타는 모습이 너무 귀여워서 나도 모르게 셔터를 눌렀다. 뒤따르던 엄마가 "You are ~~!" 소리를 고래고래 질러댔다. 끝말이 안 들려서 아들에게 물었다. "애야, 이게 무슨 소리냐?" "~~ 똥꼬다! 라고 하는데." 아뿔싸! 서양에서는 어린 여자애는 함부로 사진 찍는 거 아니라고 했는데 이를 어쩔꼬?

두루마리 휴지를 장소 구분 없이 두루두루 사용하는 우리 생활 습관이 다른 나라 친구들에게 웃음을 주었고, 양해도 구하지 않고 어린 여자애를 찍은 나의 부족한 문화이해가 아이 엄마를 화나게 했다. 사실 이 정도 문화 차이는 에피소드 수준인데, 국가끼리 심한 갈등을 유발하는 경우도 있단다. 이웃 나라와도 문화 차이가 있거늘, 유럽이나 아메리카와 같은 먼 나라와는 말할 것도 없다.

식문화가 달라서 88서울올림픽 때 한국의 보신탕이 유럽인들의 구설에 오르기도 했고, 사스가 창궐했을 때는 중국인들의 가리지 않는 식탐이 불러온 재앙이라고 탓했다. 이번에도 중국에서 발생했다고 주장하는 코로나19 역시 야생동물 거래 시장에서 출발한다. 백신 개발에 박차를 가하고 있지만, 문화 차이로 인해서 방역에 구멍이 뚫리는 듯하다.

전염성이 강해서 전 세계가 동시 방역에 나서야 효과적일 텐데 아쉬움이 크다. 방역에 요긴한 마스크 착용에 대한 동서양의 문화 차이가 확연히 다르기 때문이다. 동양인이 마스크를 착용했다는 이유로 유럽에서 심한 인종차별을 당한 뉴스도 있었고, 심지어 WHO의 입장이라며 "증상이 없다면 마스크를 쓸 필요가 없다."라는, 한국인의 기준으로 보면 황당하기 그지없는 뉴스도 접했다.

KF로 시작되는 황사마스크가 우리나라 코로나19 방역에 톡톡한 효자 노릇을 한다. 우리가 방한용, 산업용, 알러지용 등등 마스크를 거리낌없이 착용하는 것과는 달리, 서양에서는 복면으로 여기고 나쁜 짓을 하려거나 정체를 숨기려는 의도로 인식된다는 것이다. 그러니 미국 대통령 트럼프도 공식적인 자리에 마스크를 하지 않고 모습을 드러낸다.

나의 견해를 묻는다면 서슴없이 서양인을 꾸짖겠다. 그들이 인식을 바꾸고 마스크 착용에 동참해야 확산을 늦추거나 종식을 앞당길 수 있다. 병에 걸리면 죽도록 아프거나 죽거늘, 그런 코로나 앞에서 무슨 배짱인지 모르겠다. 그들은 K-방역을 한껏 추켜올렸고, 우리나라에서는 마스크가 이미 패션으로 자리 잡았다.

신속한 진단검사, 사회적 거리 두기, 마스크 착용 등이 K-방역의 3대 골자다. 그들은 한국이 옳았다고 결론을 내리면서도 문화 차이를 극복하지 못하고 마스크 착용을 기피하여 환자가 계속 늘어나니 퍽 안타깝다. 아시아가 잠잠하면 아메리카가 비상이고, 유럽이 한풀 꺾이면 아프리카가 난리 나는 형국이다. 수입 물품에서도 코로나바이러스가 검출되고 있다니 이제는 마스크 쓰자, 서양 친구들아!

(2020.07.)

의사가 되어가는 딸을 보며

글 내용에 자기 자랑거리가 있으면 민망하기 그지없는데 이 글이 그렇다. 딸은 초등학교 때도 일제고사를 치면 후일담이 많았던, 말하자면 점수에 민감한 아이다. 벌써 12년 전의 일이다. 중학교 1학년 첫 시험에서 생각지도 않았는데 전교 2등을 했다. 1등을 하지 못한 아쉬운 표정으로 성적표를 내놓으며, 자신의 장래를 상의해 보자고 한다.

고등학교에 있으면서 고3 학생들의 대입 진로지도는 몇 차례 해보았지만, 겨우 중학교 1학년인 딸에게는 무슨 말을 해야 할지 적잖이 당황스러웠다. 더구나 아이가 초등학생 시기에, 나는 [한국중국어교과연구회] 회장으로 몇 년간 밖으로만 쏘다니다가, 이제는 가정에 충실해 보고자 다짐했던 그 무렵이었으니, 애들과는 대화가 많지 않아서 소질이 뭔지 취미가 뭔지 어느 분야에 관심이 있는지 전혀 모르는 상황이었다.

소통이나 공감이 부족하니 딸이 무슨 생각을 하고 있는지 알 수 있겠는가. 피아노 학원이나 발레 학원에서 천부적인 재능이라며 전공을 시켜보자는 제안을 받았는데, 그건 학원의 고객관리 차원의 화술이거나 아이의 습득 능력이 조금 우수할 뿐이지, 타고난 재능은 아닌 것 같았고 또 고생시키고 싶지 않아서 정중히 사양했다. 예나 지금이나 아이들의 진로 문제는 자식 가진 부모들의 공통된 고민으로 어떻게 열어줘야 할지 막막한 고민이 아닐 수 없다.

딸은 학습 자세가 나름 진중해서 그쪽으로 안내하면 무난할 것이라는 생각에, 전문직이라 불리는 선망의 직종들을 나열했다. 로스쿨에 다녀 법조인이 되고, 의대에 가서 의사가 되고, 공부를 계속하여 박사학위를 취득해서 대학교수가 되고, 회계사와 기술사, 외교관, 방송인, 변리사 등등 사람들에게 존경받고 대접받는 직업은 권위나 지위, 금전적 보상도 넉넉하게 뒤따르지만, 그에 따른 사회적 책임과 모범을 요구한다는 잔소리를 하면서 여러 직업들을 소개했다.

꿈도 많고 하고 싶은 것도 많은 소녀 때라 그런지 직종마다 꼬치꼬치 캐묻기도 하고 자기 적성에 맞는지, 무엇이 매력인지 체크도 하며 진지하게 듣고 물어서 답변이 궁색하기도 했다. 내 말에 따라 딸의 장래 희망이 정해질 분위기라서 나는 은근히 의사를 높이고 부추겼다. 의대에 진학만 하면 90% 이상이 의사면허를 취득하여 자아실현을 할 수 있다고 힘주어 설득했다.

전국의 고등학교 숫자와 의대 입학정원을 말하는 것도 빼놓지 않았다. 전교 1, 2등만 모여도 정원이 차고 넘쳐서 합격은 하늘의 별 따기만큼이나 어렵다고 일렀다. 일이 되려니 그즈음에 나는 중국의 유명 서예가로부터 작품 한 점을 받았는데, 내용이 딸에게 맞춤형으로, 『천금방(千金方)』의 저자인 당나라 사람 손사막(孫思邈)의 '대의정성(大醫精誠)'이라는 글이다.

히포크라테스 선서와도 비교되는 명문장이며, 한의학에서는 학문적 업적을 크게 이룬 분이다. 기존 번역을 참고하여 중학생에게 알맞은 말로 다듬어서 보여주며 차분히 읽어보라 권했다. 훌륭한 의사(대의-大醫)는 뛰어난 의술(정-精)과 높은 윤리 의식(성-誠)을 지녀야 하며, 공부만 잘한다고 가는 길은 절대 아니고 마음 자세가 글과 같아야 한다고 일렀다.

딸은 명문장에 감동했는지, 아니면 아빠의 은밀한 작전에 말렸는지 도전해 보겠다고 마음을 다잡는다. 어린애에게 과한 욕심을 부린 건지, 아니면 도전이 가능한 목표를 제시했는지 모르겠지만, 과부하 없이 자리를 잘 잡아가기에 늦은 밤에 간식을 준비해 주거나, 주말이나 방학 때 도서관에 동행하고 학원에 데려다주고 데려오는 일 등의 뒷바라지가 힘든 줄 몰랐고 때로는 즐거웠다.

책과 씨름하며 힘들어하는 모습이나 점수 때문에 울고 있는 애를 바라볼 때는, 목표를 너무 높게 주었나 싶어 가엾고 불쌍해서 마음이 짠할 때도 여러 번이었다. 고3 때는 아침 6시 등교, 또 오후 4시 반에 하교하면 차 안에서 김밥 한 줄로 저녁을 때우고 학원에 데려다 주고, 밤 열 시에 간식을 만들어 차에 싣고 마중 갔으며, 독서실에서 밤 1시까지 공부하는 애를 데리러 갔으니, 고달픈 과정이 지나고 난 지금이야 웃음과 함께 회상하지만, 그때는 꽤 극성을 떨었다.

3월 고3 첫 모의고사 성적이 그다지 높지는 않았지만, 매달 하락 없이 치고 올라가더니 10월 마지막 모의고사에서는 만점에 가까워 본인은 물론 나도 은근히 욕심이 생겼다. 하지만 10월이 정점이었고 11월 수능에서는 오후 마지막 시간에 과학에서 삐끗했다. 누가 봐도 부러운 성적이지만, 예나 지금이나 의대는 문턱이 워낙 높아서 수도권도 포기해야 했다.

분루를 삼키며 마음을 추스르더니 시골 의사도 좋다고 지방대학교로 가겠다고 한다. 그리 낮은 점수도 아니라서 재수한다고 해도 이번 성적을 넘는다는 보장도 없다. 있는 힘을 다 짜내며 열심히 달렸는데, 어찌 쉬고 싶은 마음이 없겠는가? 딸은 아쉬운 마음을 달래며 난생처음 부모와 떨어져서 기숙사 생활을 시작했다.

의대생들은 엄청난 학습량 때문에 스트레스로 탈모도 생기고 유급도 많다는데, 아이는 기숙사에서 혼자 지내면서 큰 불만 없이 그 버거운 과정을 묵묵히 견뎌낸다. 힘들다면 녹용 한 재 지어 보내주고 매달 용돈 이체시키는 정도로 부모 역할을 끝낸 것에 반해, 아이는 시골 의사를 자처했던 마음은 눈 녹듯 사라지고 다시 서울로 오고 싶어서 기를 쓰고 공부했단다.

중·고등학교 6년을 같이 공부한 친한 친구 2명이 초등교사 임용시험에 합격했을 때, 자기는 학과 공부도 2년을 더 해야 하고 전공의 수련 과정 5년도 기다리고 있다며, 친구들보다 7년이나 더 남아 있는 고생에 대한 심적 부담이 있는 듯, 나도 교사가 돼서 (의사보다는) 시간적 여유를 누릴 건데 괜한 길을 걷는다고 불평하곤 했다. 물론 진심은 아니다.

인턴 첫 출근이 3월 1일 0시이니, 2월 28일 밤 11시에 온 가족이 같이 차를 타고 가면서 함께 격려했다. 딸애는 나름대로 준비성도 있고 새로운 도전에 비교적 두려움이 적은 대범한 성격이지만, 긴장하지 않을 수 없었는지 신경성 대장증후군으로 배가 아프다며 병원으로 들어섰다. 12년 전 중학교 1학년 어린 나이에 설계한 꿈을 이루어 냈으니 대견스럽다.

딸은 그렇게 힘겨운 6년간의 학업을 마치고는 자신의 바람대로 다시 서울로 와서 출근하기 시작했고, 나는 고3 때 새벽 등교, 학원, 한밤 귀가를 도왔던 것처럼 출퇴근을 책임지게 되었다. 집에서 병원까지 15분 정도의 짧은 출퇴근 시간에 이런저런 대화를 나누는데, 근무하면서 겪었던 일들을 아기자기하게 늘어놓을 때는 딸이 점점 의사가 되어가고 있음을 느낀다.

동맥주사 채혈을 시도하다가 두 번이나 실패해서 환자에게 미안했고, 급하게 CPR을 해서 심장을 다시 뛰게 한 성공담에, 방호복 입고 코로나 병동에 들어갔다 나오면 온몸이 땀으로 범벅이 된다는 푸

넘에, 중환자실에서는 관장하고 항문을 필사적으로 틀어막았으나 비집고 나오는 노란 똥물이 얼굴에 튀었다는 둥, 병세가 악화되어 중환자실로 갔다가 다시 일반병실로 올라오신 할아버지 상황은 자기감정을 담아서 리얼하게 보고한다.

욕창 치료와 채혈 등으로 며칠간 실랑이했던 뇌졸중 할아버지가 결국은 세상을 떠나게 되어 응급 처치실에 자식들과의 이별 장소를 마련해주고는 그 장면이 슬퍼서 눈물이 났단다. 소변줄 끼우느라 민망할 때도 있고, 햇병아리 의사로 가끔 환자에게 지독한 푸대접을 받을 때도 있으며, 4월 한 달은 서로 먼저 치료해달라고 아우성치는 난장판 같은 응급실 근무라며 미리 긴장한다.

밤새우는 일에는 이골이 난 애라서 야간 당직을 포함하여 36시간 연속근무도 잘 이겨내고, 환자나 보호자와는 물론, 간호사와도 호흡을 맞추려고 노력하는 모습을 보니 마음이 놓인다. 지난주에는 환자 이송 앰뷸런스에 동승했는데, 막히는 도로에서 수많은 차량이 양보하며 모세의 기적을 만들어줘서 진한 감동을 받았다며, 여전히 살만한 세상이라고 힘주어 말한다.

"환자는 돈 낸 만큼이 아니라 아픈 만큼 치료받아야 한다."
이는 아주대학교병원 외상외과 이국종박사의 명언이다.
이왕에 의료인이 되었으니 이 말을 손수 실천하길 바라며,
이름난 의사도 좋지만, 인술을 펼치는 의사가 되기를 응원한다.

(2022.04.)

코로나19가 남기는 것들에 대하여

"대한민국은 정은경 보유국이다."라는 재미있는 표현에 마치 핵보유국이나 무슨 특정 기술 보유국처럼 든든한 느낌을 받는다. 정부 조직에서 질병관리본부가 청으로 승격된다니 이번 코로나19 방역처럼 이후에도 더욱 신속 정확하게 대응하는 부처가 되면 좋겠다. 정은경님은 매일 아침 코로나19 상황을 차분하게 브리핑하며, 염색 안 된 흰 머리카락이 점점 자라는 모습을 그대로 보여준 질병관리본부장으로 코로나19는 충분히 극복할 수 있다는 믿음을 온 국민에게 심어주었다.

코로나19가 가져온 사회적 변화는 이루 말할 수 없이 많다. 개인의 일상에도 상당한 변화가 생겼고 적응하느라 고생이 심하다. 국제 질서에도 변화가 일어났으며, K-방역이라는 새로운 모델을 제시한 한국의 위상이 높아져 흐뭇하다. 감염병이 창궐하여 고통의 연속인데 흐뭇하다는 말이 실은 어색하다.

SNS에 떠도는 코로나와 관련된 각종 위트 넘치는 출처 불명의 사진들을 보고 웃었다. 방콕 모드로 먹기만 해서 살찐 부부가 방에서 나오지 못하는 그림이나 여객기에 마스크를 씌운 그림, 돈보다 귀해서 도박장의 화폐가 된 마스크, 순간이나마 웃음을 주지만 사실은 서글프니, 이것이 바로 '웃픈 현실'이다.

이러한 일상의 변화 가운데 축의금이나 부의금 송금은 이제 예의에 가깝고, 작은 결혼식이 늘고 있으며, 장례까지도 점점 간소화되고 있다. 지난주에 아내와 같이 연극을 관람했고 다음 주에도 예약했는데, 연극은 물론 뮤지컬이나 클래식도 밀폐공간이므로 전염이나 감염에 취약하니, 앞으로는 집에서 케이블로 유료 시청하는 것으로 바뀔 수도 있다는 추측을 해본다.

코로나가 유행하기 시작하는 1월 말, 마드리드에서 마스크를 구해서 착용하고 귀국했던 나는 2월 중순까지 사정이 심각한 중국의 지인들에게 마스크를 사서 보내다가, 국내에서도 급속도로 확산되어 내수도 부족하다는 뉴스를 접하고는, 중국발송을 멈추고 남은 것을 세어보니 160여 장이다. 기숙사로 가는 아이들과 조카에게 20장씩 나눠주고는 1장으로 며칠씩 버티며 아껴 쓴다.

마스크를 사려고 긴 줄을 설 때, 교육적 차원에서 아들을 데리고 딱 한 번 장사진에 합류하여 구매했고, 이후로는 우리 집은 100여 장의 여분이 있으니, 공적 마스크는 다급한 사람들 몫이라 여겨 약국에 가지 않는다. 다행히도 이제는 공급이 안정되어 요일제도 없애고 3장까지 살 수 있다니 형제들에게 이런 때 조금씩 비축해 두면, 혹시나 가을 대유행이 오더라도 선제적으로 대비할 수 있다고 단톡방에 의견도 냈다.

코로나19가 이 땅에 온 지도 5개월, 우리 사회에 가져온 변화가 적지 않다. IMF 때보다 더하다는데, 주변에 직장을 잃었거나 휴직 중인 사람들이 많다. 앞 동의 승무원 아가씨는 한껏 멋을 내고 출근 했는데 요즘은 보이지 않고, 지인의 아들은 기장인데 무급휴가 중이 고, 유학 후 돌아온 동료의 딸은 입사가 보류되었다.

직장인과 취준생이 이렇고, 우리나라는 자영업자가 많기로 세계 으뜸인데 대부분이 개점 휴업상태이며, 매출 제로이니 오랫동안 함 께 일했던 점원에게 눈물로 해고 통보했다는 주인도 많다. 아이들이 등교하지 않으니, 엄마는 돌아서면 밥 차린다는 [돌밥돌밥]이라는 신 조어가 생겼고, 종교행사까지도 인터넷으로 접속해야 하니, 진정 삶 의 방식이 바뀌고 있다.

이렇듯 모든 영역과 연령층에서 코로나에 주춤하여 고전하고 있 다. 사랑하는 사람들과 밥 한 끼 먹기도, 술 한 잔 나누기도 찜찜하 고, 애경사에 참석하기도 곤란하다. 특히 조문은 대부분이 병원 장 례식장이라서 더욱 조심스럽고, 우여곡절 끝에 뒤늦게 등교수업을 시작하니, 신입생의 경우에는 교복으로 동복은 입어보지도 못하고 춘추복을 입고 첫 등교를 하는 초유의 모습을 연출했다.

코로나19가 이태원 클럽발 확산 때는 일자리가 아닌 유흥업소라서 이 엄중한 시기에 꼭 그렇게 놀아야 했느냐는 곱지 않은 시선이었지만, 부천 물류센터에서의 확산은 밤새워 중노동을 해야만 겨우 가정을 지킬 수 있는 이 시대의 어둡고 무거운 현실을 보았기에 비난보다 동정과 응원이 많았다.

코로나로 죽으나 굶어 죽으나 마찬가지라고 외치며 거리로 뛰쳐나온 유럽인들, 그나마 저축성이 강한 한국 사람들은 모아둔 돈으로 어느 정도 버틸 수 있었다. 긴병에 효자 없다는 속담도 있지 않은가? 이제는 일사불란함을 계속 유지하기 어려운가 보다. 더구나 내일을 꿈꾸기가 쉽지 않은, 매일 오늘을 살아내야만 하는 계층들은 이 팬데믹 시기가 참으로 버겁다.

대유행이 지나가면 바로 예전의 일상으로 돌아갈 수 있을까 하는 질문에 많은 사람이 고개를 젓는다. 생활방식이 많이 바뀔 것이며 힘든 사람은 더욱 힘들어질 것 같다. 정부의 위기 대처 능력은 인정받았을지언정, 국민 개개인이 가지고 있는 빈부의 민낯은 확실히 드러나지 않았는가. 그래서 노동이 없어도 일정 금액이 보장되는 [기본소득]이라는 복지정책이 자주 거론된다.

하지만 기본소득이라는 게 과연 좋은 정책인지는 생각하고 또 생각해 볼 일이다. 서울 어느 동네는 한부모가정이나 조손가정이 유난히 많은데, 그곳 초등학교 어린이들 상당수의 장래 희망이 기초생활수급자가 되는 것이란다. 수급자가 되기 위한 조건들을 화두에 올리는 이론들의 대화를 듣고 자란 탓이다. 자칫 좋은 취지의 정책이 학생들의 야무진 꿈을 뭉개지는 않을까 걱정도 된다. 이러다가는 형설지공(螢雪之功)이나 고진감래(苦盡甘來)라는 말을 적용할 모범사례가 사라질 수도 있겠다.

한술 더 뜨기 좋아하는 사람들은 이참에 9월 학기제로 가자고 하고, 지성인이라고 나대는 사람들은 이런 분야를 저런 식으로 개혁해야 한다는 둥, 자기의 주장이 곧 정답인 양 대안을 내고 있는데, 뭘 모르는 나는 이해하기도 버겁다. 복잡하게 세팅된 이 사회는 매우 다면적이어서 일시와 일률을 주장하는 논리는 상당히 위험할 수도 있을 텐데 말이다. 마냥 퍼 주기보다는 위로받아야 할 사람들에게 '보살핌'이 되고, 지금은 힘에 부쳐도 미래를 꿈꿀 수 있는 '희망'이 담긴 그런 정책을 기대한다.

거친 숨을 몰아쉬며 써레질하는 소처럼 일해야 만이,
벼랑으로 내몰린 가정을 지킬 수 있는 가장이 부지기수란다.
그들의 가쁜 헐떡임은 마스크를 쓸 수 없을 정도로 고되고 쓰다.
무슨 정책을 꾀할 때 이들이 우선으로 보호받으면 참 좋겠다.

(2020.06.)

VII

만나고 헤어지고

그대는 정녕 우리 곁을 떠나셨는가?

이제 49재도 지났을 텐데 혼백은 편안하신가?
우리들이야 그대 떠난 빈자리 허전하게 느끼며
그럭저럭 삶의 터전에서 텅 빈 가슴 메워가면서
산 사람은 어떻게든 살아가듯 그런대로 지내고 있네.

자네는 냉잇국처럼 우리에게 늘 구수했는데
자네는 밀짚모자처럼 더위에서도 서늘했는데
자네는 산과 들에 핀 들국화처럼 차분했는데
자네는 동치미처럼 시원하고도 개운했었는데.

부음을 접한 것이 추석 다음 날이었던가?
이 사람아! 어찌하여 말도 없이 훌쩍 떠나셨는가?
도대체 무엇이 자네를 그렇게 재촉하였는가?
아니면, 삶의 무게를 혼자서 감당할 수 없었는가?

영정사진 바라보니 떠오르는 지난 추억들이 왜 그리도 많은지
여름밤 은하에 박힌 별만큼이나 많은 사연을 함께하지 않았는가?
동창들은 슬픈 마음을 티 내지 않고 가슴속으로만 삭이려고 했지.
눈물을 참아내며 왜 자네가 거기에 있냐고 묻고 또 물었다네.

그날 조문 다녀간, 자네와 인연을 맺었던 사람들이
영정 앞에 향을 사르면서 무엇을 구하려 하던가?
용서를 구하던가? 화해를 청하던가?
아닐걸세, 자네의 이 세상 삶이 얼마나 너그러웠는데.

가시던 그 길이 외롭지는 않았는지?
뒤돌아 오고 싶은 생각은 없었는가?
그날 앰뷸런스는 여기저기 바쁘던데, 동행은 있었겠지?
그 길은 세월 따라서 간다는데, 자네는 좀 빠르지 않던가?

유곡초등학교 그 어린 시절 추억을 더듬어 보세
풍금 소리와 크레용, 공깃돌은 잘 챙기셨는가?
고무줄도 넣었지? 무수리 뒷산 오디와 산딸기는?
챙길 것도 많네. 이 속세의 추억들은 어찌할꼬?

하지만 이쪽 세상은 잠시 스치는 곳
인연의 끈을 놓고 홀쩍 떠난 그대
저쪽 세상 구원의 땅에 올라서
이제는 영원한 보금자리에 드시지 않았는가.

자리 잡으셨으면 잠시 이리로 내려오시게나
50년 머물던 곳인데 탁주 한잔은 받아야지
서러움도 아쉬움도 모두 녹여 쭉 들게나
이왕이면 더 큰 술잔에 따를 걸 그랬는가.

감히 묻나니, 그대 아직도 흘릴 눈물이 남아있느뇨?
아닐세, 이제는 고이 접어두고 가벼이 떠나시게
그렇게 가기로 하셨으니, 세속의 인연 모두 내려놓고
편안하고 가벼운 발걸음으로 사뿐사뿐 떠나시게.

그대는 진정 그리움이 없는 곳으로 떠났으니
이 세상은 뒤돌아보지 말게나. 후회도 하지 말게나.
먼저 떠나서 자네를 기다리고 있을 아들 손을 잡고
이제부터는 천상의 행복을 천년만년 마음껏 누리시게.

사랑 주고 떠나는 그대
웃음 주고 떠나는 그대
이제는 정녕 가시는가?
그럼 가시게, 잘 가시게나 친구!

(2009.11. 스스로 삶을 정리한 친구 배ㅇ은을 기리며)

천국으로 보낸 메일

○○ 엄마!

나는 당신 남편의 친구 홍긍표입니다.

천상에 오른 다음 하늘나라 생활도 궁금하고

당신 아들과 신랑 얘기도 들려주려고 이렇게 메일을 보냅니다.

아이디는 123djaak이고요

비밀번호는 456dkso라는 것

말씀 안 드려도 알고 계시지요?

시간 날 때 천천히 열어보세요.

길 떠나신 지도 한세월이 흘렀습니다.

이곳은 봄이 지나고 이제 여름으로 접어듭니다.

하나님의 나라 안에서 행복하게 계실 테니

그 동네 안부는 여쭐 필요 없겠지요?

당신 떠난 빈자리에서
허락도 없이 당신 신랑과 함께
두 번이나 잠을 잤어요.
그래서 나는 간 큰 남자입니다.

집 안 구석구석이
아직도 당신의 손길을 기다리지만,
이제는 어느 정도 안정을 되찾은 두 남자는
당신의 빈자리를 그리워하며 그런대로 지내고 있습니다.

열흘 전에 당신 아들과 마주 앉아
메추리알을 까면서 이런저런 얘기를 나눴지요.
몸만큼이나 훌쩍 자란 속마음을 보고는
이제는 됐다 싶었습니다. 듬직하데요.

엄마 생각나서 울었니? / 아니요, 그날 다 울었어요.
생각나면 엉엉 울어라, 누구 눈치 보지 말고. / 네.
사내가 너무 자주 울어도 그렇고, 엄마도 원치 않겠지? / 그럼요.
당신의 작은 남자는 초등학생이라도 이미 아이가 아니었답니다.

큰 남자는요. 하늘로 오르시면서 보셔서 아시겠지만,
영결식장에서는 목이 메어 유족인사도 제대로 못 하더니
홍성 추모공원에서는 관을 부여잡고 꺼억꺼억 울더군요.
사랑하는 아내 지켜주지 못한 자책은 한으로 남을 겁니다.

당신 떠나기 보름 전쯤에 내가 병실 찾은 것 기억하나요?
영혼이 육신을 벗고 나오는 그 고통의 와중에도
온화한 미소를 보내던 모습에 나는 명치끝이 시립니다.
말없이 눈으로 인사했지만 당신 손을 잡아주고 싶었습니다.

그날 복도에서 당신 남편이 나에게 무슨 말을 했는지 아세요?
"아내에게 해줄 수 있는 것이 하나도 없다는 게 너무 괴롭다."
당신과 결혼하기로 결심하는 그 힘들었던 과정을 저도 압니다.
일찍 올지도 모를 이별을 알면서도 당신을 놓지 않았던 그 사랑을.

그런 남편을 남겨두고 먼저 떠나면서 얼마나 힘드셨나요?
손길이 더 필요한 아들 두고 그렇게 떠나야 하는 당신,
천상에서 다시 만날 잠시의 작별이라 하더라도
두 남자를 뒤 돌아보느라 발걸음이 떨어졌겠습니까.

당신들 사랑은 참으로 슬프고 아름다운 순애보입니다.
그렇게 훌쩍 떠나신 후 나는 나대로 할 일이 생기더이다.
당신의 큰 남자 주변을 맴돌며 유심히 살펴보았지요.
그 길을 따라가고 싶은 엉뚱한 생각이 왜 안 들었겠습니까.

깊은 밤 당신이 사무쳐도
혹시나 아들이 들을까 봐
마음껏 울지도 못하고 베갯잇만 적시는,
말하지는 않았어도 나는 압니다.

그러면서도 이 남자는
언제라도 당신을 맞을 수 있도록
손길 그대로 무엇 하나 바꾸어 놓지 않고
당신을 만나러 새벽마다 교회로 달려가더군요.

엊그제는 당신 남편과 술 한잔하면서
흐르는 눈물을 주체할 수 없어 당신 남편 손잡고
어쩌다가 자네가 이 지경이 됐냐고 펑펑 울었습니다.
옆방에서 자고 있던 아들이 들었는지 모르겠습니다.

그런데, 그게 아니었음을 깨달았습니다.
오늘 아침 나는 당신의 자리였던 그 침대에서 일어나면서
당신 신랑은 참 행복한 사람이라고 생각이 바뀌었네요.
짐을 나설 때까지 두 시간 동안 내내 웃었습니다.

이제 알게 되었습니다.
이 남자가 세상에서 가장 행복한 사람으로
당신과 함께 그렇게 신랑이 되고 신부가 되어
아름답고 참된 사랑, 소중한 정을 나누면서 살았던 것을.

곱디고운 그 손으로 남편 출근길 넥타이 매어주고,
궂은일 도맡아 하는 그 애틋한 마음으로 살면서,
알뜰하고 살뜰해서 빈구석 없는 살림에 나는 감탄했지요.
당신들의 사랑은 수백 편의 동화가 담긴 열두 폭 수채화입니다.

당신 신랑 이제는 걱정 안 해도 됩니다.
슬픔도 웬만큼 수습했고 아들과 살려고 영어학원도 열었습니다.
능력남에 부족한 것 없고 모난 데 없으니 정 맞을 일도 없고요.
△△암도 치료 마치고 안정기에 접어들어 관리만 잘하면 되고요.

돌이켜봅시다, 식장 사회를 보았던 나.
"신랑에 이어 신부 입장이 있겠습니다."
그렇게 세상에 모습을 드러낸 당신은
면사포보다 더 화사한 순백이었습니다.

부천이던가요? 신혼집이었던 곳이.
창원에 있을 때는 ○○이도 태어나서 졸졸 따라다녔고.
10년 전엔 시아버지 회갑이라고 스리랑카에서 먼 길 오셨잖아요.
그러고는 건강이 안 좋다고 시부모님이 말려서 출국하지 못했지요?

저는요, 당신의 경상도 사투리가 참 듣기 좋았습니다.
부천에서 받았던 저녁상도 아직 기억하고 있고요.
창원에서 아침에 먹었던 그 사골국 맛은 잊지 못할 겁니다.
투석하면서도 내게 생선 자반 구워준 것은 3년 전 여름이던가요?

해로(偕老) 못하고 당신 서둘러 가신 거야 어쩌겠습니까?
하지만 둘 사이에 찾아온 이별은 인연의 끝이 아니고
세상 바꾸어 다시 만나 살아갈 땅에 한 사람 먼저 가서
함께할 집 짓고 정원 가꾸며 기다리는 것임을 나는 압니다.

부부로 맺어진 인연은
하늘에서도 그대로 이어집니다.
이곳 아들과 남편 걱정은 그만 접으시고
그곳 하나님 나라의 평화를 마음껏 누리소서.

메일 읽으시니 마음이 좀 놓이시나요?.
당신은요, 사랑스러운 아내요 자애로운 엄마로
그들 두 남자 가슴속에서 영원히 함께하고 있으니
그렇게 떠났어도 이렇게 남아있는 겁니다. 이만 줄입니다.

(2008.06.)

금정산이 이천에 있다고?

2월 말로 퇴임하시는 수학 선생님은 명문고 출신답게 각계에 친구들이 많다. 지난해 9월에는 고등학교 동창이 생산하는 막걸리라며 서너 병 챙겨주신다. 상표가 '금정산누룩막걸리'인데 세 단어가 모두 익숙한지라 친근감이 생긴다. 그 유명한 부산의 '금정산성막걸리'를 론칭하였다고 하니 동일계열인 셈인가 보다.

마셔보니 신맛이 좀 있으나 누룩 고유의 향도 살아있고 옛날 막걸리 맛이 난다. 내 입맛만 그런가 싶어 막걸리 좋아하실 분들께 택배를 넣었더니 모두가 호평한다. 85세에도 여전히 반주를 즐기시는 장인도 시중 막걸리와는 좀 다르다고 좋아하신다. 고추 딸 때나 김장할 때 20병씩 주문하여 농막에서 마시니 신선놀음이 따로 없다.

지난해에는 설 인사로 몇 분에게 그 막걸리를 선물로 보내드렸다. 이런 막걸리도 있느냐며 칭찬하는 이도 있고 옛날 생각난다는 분도 계셨다. 어릴 적 즐겨 마셨던 밀주(蜜酒)를 한동안 못 마셨다는 얘기로 들린다. 3kg 백설탕이 훌륭한 명절선물이던 그 시대의 밀주가 지금은 좋은 선물이 된다?

수학 선생님이 동창 친구와 연락하더니 막걸리 공장에 견학 가서 한잔하자고 제안한다. 일정을 조정하다가 정월대보름을 길일로 택하여 이천 신둔도예촌역에 집결했다. 양조장은 역에서 4km 떨어진 신둔면 용면리 산자락에 자리 잡고 있는데, 바로 아래 도예촌을 끌어안고 멀리 한국관광대 캠퍼스를 바라보는, 마치 어머니가 자식을 품고 있는 형국이다.

건물 외관을 감상하고 있는데, 수학 선생님 동창이라는 문회장님이 직접 나와서 맞아주신다. 한눈에 봐도 일을 잘하실 것 같고 또일 벌이기를 좋아하실 것 같은 분이다. 오랜 서울 생활로 구수한 경상도 사투리가 어설픈 표준말로 바뀌어 공장을 안내한다. 누룩, 쌀, 물이 들어가서 술이 되어 병에 담기기까지 모든 과정이 자동화시설이다.

쌀을 씻고 찌고 식히는 첫 번째 공정의 큰 드럼통은 한 번에 쌀을 800kg까지 담는다. 막걸리 숙성통은 총 24개로 하루에 최대로 25,000병을 생산할 수 있는 설비란다. 통마다 온도조절 감지기가 장착되어 누룩 효모가 활동하기에 적합한 환경을 유지해 준다. 4일째인 통에는 2,500여 병 분량의 막걸리가 익어가고 있는데 술 향기가 그윽하게 올라온다.

견학을 마치고 주변 마을 설명을 들으며 2층 전시장에 마련된 식탁으로 옮겼다. 유명한 이천의 한우육회에 꼬치, 김치찌개 등 소박한 듯 풍성한 안주가 펼쳐있다. 막걸리를 도수별로 음미하면서 문회장이 막걸리 사업에 뛰어든 사연을 듣는다. 문회장은 자신이 워낙 술을 좋아하여 건강보다는 음주를 위해서 운동할 정도란다. 수학 선생님이 확인해 주는 문회장의 폭탄주 전설은 가히 상상을 초월한다. 호텔과 골프장을 운영하는 전문경영인이지 막걸리 팔아서 돈 벌겠다는 욕심은 없고, 그저 서울시민에게 누룩막걸리의 진정한 맛을 보여드리는 것이 여생의 꿈이란다.

옛날에는 면 단위로 술도가가 있어 면민들에게 시큼한 밀 막걸리를 제공했다. 그 당시에는 면에서 양조장 주인이 제일 일찍 일어난다는 우스갯소리가 있었다. 이는 사실이다. 일꾼은 자더라도 주인에게는 술이 익으면서 점검할 과정이 있기 때문이다. 문회장 역시 서울에서 새벽에 내려오거나 3층에서 잠자다가 숙성통을 살핀다.

막걸리의 맛은 물이나 쌀도 중요하지만, 누룩이 좌우한다고 강조한다. 그래서 부산의 '금정산성막걸리'가 쓰는 500년 전통의 유가네 누룩을 공급받는다. 또한 누룩, 쌀, 물을 대충 넣는 것이 아니라 황금비율로 빚는다고 공장장이 옆에서 거든다. 젊은이들이 신맛을 싫어해서 산미(酸味)를 잡는다고 최근에 숙성온도를 조금 올렸단다.

문회장은 해외에도 사업장이 여러 개 있을 정도로 왕성하게 활동하지만, 막걸리만큼은 자신이 하고 싶었던 숙원으로 꼭 사랑받는 브랜드로 키우겠다고 힘주어 말한다. 찰진 이천쌀과 맑은 공기, 부산의 유가네누룩에다 문회장의 정성을 보태서 빚으니, 은은한 향기와 고유의 구수한 술맛을 여타의 막걸리가 따라올 수 있겠는가?

6도, 8도, 10도, 14도 막걸리를 골고루 양껏 마시니 모두가 흡족하게 취했다. 오는 길에 사람마다 막걸리 한 상자씩 안겨주시고 나에게는 유가네누룩 하나를 더 챙겨주신다. 문회장은 손수 막걸리를 빚어 마시기 시작한 내가 얼마나 기특하게 보일까. 부디 이 막걸리 사업이 번창하여 수도권 사람들에게 널리 공급해 주기 바란다.

어릴 적 어머니가 빚으셨던 그 막걸리 맛을 못 잊어 사업을 시작했다는 문회장, 백거이의 [권주(勸酒)] 끝 두 구절이 문회장의 술사랑 인생과 어울린다고 하겠다.

身後堆金拄北斗(신후퇴금주북두)
　　　죽은 뒤 쌓아둔 황금이 북두칠성을 떠받쳐도
不如生前一樽酒(부여생전일준주)
　　　살아생전 한 통의 술만은 못 하리라.

문회장을 만난 소감을 다음과 같이 풀어본다.
역사의 복원이나 개척은 용감한 자의 몫이다.
불같은 열정을 가진 사람들이 세상을 바꾼다.
세상은 그들에 의해서 더욱더 풍요로워진다.

(2022.02.)

엄마에게 애인이 생겼어요.

저는 들고양이입니다. 아니 도시 태생이니 길고양이라고 하는 편이 더 좋겠네요. 지난해 4월에 서울에서 태어나 이제 곧 한 살이 되어갑니다. 사람들은 첫돌이 되면 친척과  친지를 모시고 성대한 잔치를 한다지요? 돌잡이를 하며 덕담을 나누기도 한다는데, 우리 길고양이들은 평균수명이 그 정도랍니다.

저는 다행히도 캣맘이라 부르는 마음씨 착한 엄마를 만나서 5년 정도 살 수 있대요. 귀여움을 독차지하며 주인과 함께 가정에서 생활하는 친구들은 12년 정도 살구요. 사람들의 따스한 보살핌을 전혀 받지 못하는 대도시의 수십만 길고양이는 대략 1년 남짓, 길면 3년 정도 살다가 간다고 합니다. 그래서 우리네 고양이 수명은 사람들과의 관계를 어떻게 맺느냐로 결정된다고 보시면 됩니다.

저는 주택가에 있는 작은 근린공원에서 사는데 근처에 대규모 아파트단지가 있어요. 열 마리가 이 근린공원을 의지해서 각자의 삶을 살아가고 있지요. 나를 포함하여 네 마리는 친자매이며, 세 마리 한 가족도 있고요, 나머지는 엄마도 각각인 친구들입니다. 길고양이들도 나름 자기 영역이 있어요. 누가 침범하면 영역을 지키려고 목숨 걸고 대판 싸움도 한답니다.

사람들이 우리 길고양이를 싫어하는 경우는 대략 세 가지입니다. 첫째는 영역싸움을 하거나 발정이 오면 소리를 지르는데 사람들은 그 소리를 너무나 싫어해요. 둘째는, 우리는 늘 먹이가 부족하여 음식물이 들어 있는 쓰레기봉투를 찢거나 말리고 있는 생선을 훔쳐 먹다가 들켜서 혼나고요. 셋째는 한겨울 추위에 언 몸을 녹이려고 따뜻한 자동차 보닛에 올라가는데 차가 긁힌다고 질색합니다.

그리고 보면 첫 번째 문제점은 길고양이가 번식하며 살아가는데 어쩔 수 없는 과정이지만, 두세 번째 문제점은 공무원과 캣맘들이 모여서 머리를 맞대고 해결책을 내놓았답니다. 구청에서는 고양이 급식소와 잠자리를 마련해주고, 캣맘들은 사료를 주고 있지요. 세상에서 사람들이 제일 똑똑합니다. 그 어려운 문제를 평화적으로 쉽게 해결해 주었어요. 동물보호법도 제정하여 저희를 살펴 주시잖아요. 고마운 일입니다.

곰곰이 생각해 보니 첫 번째 문제도 해결책을 찾아 지금 시행하고 있네요. '개체수 조절과 동물복지' 차원이라며 우리를 포획하여 중성화 수술(TNR)을 시켜요. 우리들의 의지와는 상관없이 이 수술을 받는데 평생 아기를 가질 수 없대요. 저도 잡혀갔는데 동물병원 수의사가 마취시키더니 난소와 자궁을 들어냈어요.

마취가 풀리기 전에 TNR수술을 받았다는 표시로 왼쪽 귀 끝을 조금 잘라냈습니다. 누가 수술을 받았는지 알 수 있는 식별이래요. 그날은 너무 어지럽고 토할 것 같아서 아무것도 못 먹고 혼자 실컷 울었어요. 평생 아기를 가질 수 없다는 사실에 속상해서 서럽게 울었답니다. 이 방법밖에 없는 것인지 원망스럽기도 했지만, 이해하기로 했어요. 그래도 마음 착하신 분들이 더불어 살아가자고 제시한 대안이니까요.

지난겨울은 너무 추웠어요. 저는 근사한 집이 있지만, 잠자리가 마땅치 않은 친구들은 고생했지요. 캣맘이 마련해준 집인데 추운 날 그 안에 들어가면 아늑하니 참 좋아요. 우리 자매들은 그분을 엄마라고 부르는데, 캣맘이 작은 담요도 깔아주고 영하 10도가 넘는 날에는 주머니 난로도 넣어주서서 9월에 태어난 동생도 무사했어요. 또 우리가 마시는 물이 얼지나 않을까 걱정되어 매일 밤 물통 밑에 주머니 난로를 넣어준답니다. 엄마가 우리를 배려하는 마음씨는 꽃처럼 아름답습니다.

세상에서 제일 고마운 분이 캣맘 엄마입니다. 제 친구들 모두가 부러워해요. 사실은 우리가 태어나기 전부터 친엄마도 살뜰히 보살펴 주셨으니까 할머니인데 우리 자매는 할머니라고 안 하고 엄마라고 부른답니다. 엄마도 우리들을 '내 새끼!' 라고 해요. "미안하다,

오늘은 엄마가 조금 늦었구나." "내일은 엄마가 지방에 가니까, 오늘 많이 먹어라."

알고 보면 주변에 좋은 분들이 많이 살아요. 엄마뿐만이 아니에요. 저기 보이는 '콩플레' 라는 빵집의 주인아주머니는 우리 동네 참새를 거두고 있어요. 빵 부스러기를 모았다가 해가 질 무렵에 참새들을 불러 먹인답니다. 공원 옆에 사는 초등학생 서준이 서은이 남매는 우리에게 삼겹살을 구워서 가져다주기도 하고, 비 오는 날에는 비 맞지 말라고 공원 한쪽에 헌 우산을 펼쳐두고 가기도 했어요. 참 고맙지요. 꼬마 천사랍니다.

공원을 아지트로 오랜 시간 생활하다 보니 여러 부류의 사람들을 봅니다. 한밤중 청춘남녀의 애정행각도 볼 수 있고, 불량 학생들의 흡연 모습도 익숙한 풍경이랍니다. 근엄하신 아저씨도 급할 때는 우리 앞에서 허리띠를 풀고 주변을 살피며 부끄러이 소변을 보지요. 바지를 올리며 시원하다고 해요. 취준생들의 한숨 소리나 벤치에 모여 앉아 며느리 흉보는 할머니들의 대화도 자주 듣습니다.

우리가 사는 이곳 근린공원에도 봄이 왔답니다. 키가 큰 백목련도 몇 그루 있는데 터질 듯 피고 있어요. 노란 산수유도 은은하게 피었고, 벚꽃도 봉우리를 터트리기 시작했고, 주택가의 앞마당에 있는 감나무와 대추나무를 제외하고는 가지마다 연녹색 잎이 경쟁하듯 비집고 나와요.

봄이 오니 우리도 추위로부터 해방되어 무척 기쁩니다. 사람들의 옷차림도 밝아졌고 발걸음도 가벼워졌습니다. 그런데 요즘 사랑하는 우리 엄마에게 멋진 애인이 생겼어요. 그분은 우리 남매들 모두가 이전부터 알고 있는 분인데, 관심을 가지고 지켜보고 있습니다.

그 아저씨는 코로나 때문에 아파트 휘트니스가 문을 닫아서 공원에 오셔서 운동합니다. 우리를 보면 "야옹아!" 하고 부드러운 목소리로 인사를 건네며 지나가는 분입니다. 제가 젖먹이일 때 친엄마는 "저 아저씨는 우리에게 호의적인 사람이니까 경계하지 않아도 된다."고 말씀해 주셨어요. 지금까지 우리에게 먹거리를 직접 준 적은 없지만, 우리를 그닥 싫어하지도 않는 사람입니다.

공원에 오시면 팔 돌리기 기구(활차 머신)를 제일 많이 이용하는데, 그 아저씨가 오십견이 와서 팔운동을 많이 한대요. 나이가 50대인가 봐요. 지난해에는 엄마가 우리에게 밥 주는 모습을 보고도 그냥 지나치더니 무슨 일인지 모르지만, 올해 2월부터 엄마에게 말을 건네기 시작했어요.

사실 엄마도 처음에는 우리를 싫어하는 동네 주민인 줄 알고 당황하셨는데, 몇 마디 대화를 나누더니 바로 오해를 풀고 두 분이 쉽게 친해지더라구요. 지난주에는 우리가 밥을 먹고 있는데 아저씨가 휴대폰을 꺼내 우리 모습을 여러 장 찍었습니다. 그러고는 다음날에 아저씨는 엄마에게 편지를 주면서 읽어보라고 하셨어요.

아저씨가 용기를 내어 연애편지를 써주셨고, 엄마는 부끄러워하면서 받는 것 같았어요. 다음날 그 아저씨는 운동을 일찍 마치고 들어가셨고, 엄마는 좀 늦게 오셨어요. 엄마는 우리에게 사료를 챙겨주면서 주위를 두리번거렸어요. 아저씨가 안 보이니까 찾는 눈치였어요. 엄마의 그런 모습을 처음 본 저희도 궁금했지요.

그다음 날은 아저씨가 운동을 오래 하면서 엄마를 기다리는 것이 아니겠어요. 사람들의 기다림은 설렘이 담겨있어서 보기 좋아요. 공원을 돌면서 걷기운동을 하시던 아저씨가 늦게 오신 엄마와 다정하게 인사를 나누었어요. 두 분은 이런저런 대화 끝에 그저께 주고받은 편지 이야기를 했어요.

사료를 먹는 체하면서 오가는 말을 귀 기울여 들어보니 연애편지가 아니고 캣맘과 캣대디, 그리고 우리에 관하여 쓴 수필이었어요. 늘 주민들과 갈등만 있었는데, 아저씨와 웃으며 얘기하는 엄마를 보니 우리도 기뻤지요. 엄마를 칭찬하던 아저씨가 앞에 있는 '콩플레'에 가시더니 빵을 사 오셨습니다. 엄마는 받아도 되는지 모르겠다며 함박웃음을 짓는데, 지켜보는 우리도 흐뭇했지요.

저희의 바람은 소박해요. 엄마도 휴가를 쉽게 낼 수 있으면 좋겠어요. 동창들과 함께 여행도 가시고 친정에 가서 며칠 쉬다 오시면 얼마나 좋을까요? 엄마가 우리들 끼니 걱정 안 하시고 편히 다니시고, 그런 날 급식은 아저씨가 대신하면 되잖아요. 비단처럼 고운 마음씨에 이슬처럼 맑은 영혼을 가진 우리 엄마! 엄마가 안 계신 세상은 상상할 수도 없답니다. 엄마, 사랑해요!

   *어제저녁에 캣맘에게 이 글도 전했다. 반가워하시더니 이내 울음 섞인 목소리로 4월생 한 마리가 오토바이 로드킬로 죽었다고 한다. 내가 못나서 그 흔한 입양도 못 보냈다면서 안타까워하시는 모습에 마음이 찡했다. 눈에 보이는 모든 고양이가 4월생 그놈으로 보인다니 아마도 캣맘의 자식 앞세운 슬픔은 오래갈 것 같다.

(2021.03.)

오선생님과 참새 방앗간

옷깃만 스쳐도 인연이라는 민요 가사가 있듯이, 좋은 인연이라고 함은 서로의 인생에 자연스럽게 등장하여 상대방에게 의미 있는 누군가가 되는 것이 아닐까. 불교에서는 우리가 사는 이 세상에 우연한 만남은 없다고 하는데, 이 말이 옳은지 그른지는 몰라도, 아름다운 인연은 억지로 만들어지는 것이 아니라, 자연스레 다가오고 또 슬며시 떠나며, 또한 떠났다가 다시 오기도 하는 것 같다.

15년 전쯤, 나는 왕성했던 대외활동을 하루아침에 미련 없이 접고 가정에 충실하기로 했다. 아내는 승진 준비에 도서관을 전전하며 공부하다가 밤늦게 들어오고, 애들은 손이 많이 가는 초등학생이었는데, 대학 입학 때까지 대략 십여 년 동안 퇴근하면 바로 '밥하고 빨래하고 청소하는' 전업주부와도 같은 쳇바퀴 생활을 했다.

1주일에 한 번 방문하시는 오선생님한테 빨래 개는 모습도 여러 번 들켰다. 여자선생님으로 키가 나보다 크고, 애들을 시원스럽게 잘 다뤄서 개구쟁이 아들도 꼼짝 못 하고 숙제를 해놓고 선생님이 오시길 기다린다. 똑소리 나는 선생님의 지도가 밑거름되어 큰애는 의대에 갔고, 작은 애도 수리논술로 대학 문턱을 넘었다.

큰애가 중학교에 입학하면서 우리집은 맹자 어머니 흉내를 내며 다른 동네로 이사했으니, 그분과의 인연은 여기까지라고 생각하고 감사했다는 작별 인사를 드렸다. 하지만 살면서 맺은 인연들은 잠시 떠났다가 다시 올 수도 있다는 여지를 남기며 기대하는 게 좋겠다. 거기까지라고 여겼던 오샘과 지금까지도 만남을 이어오고 있으니 말이다.

오선생님과 다시 연락할 수 있었던 매개는 우리집 큰애다. 딸내미가 종종 선생님 얘기를 해서 샘께 서너 차례 안부 전화를 드렸다. 샘과의 인연의 끈을 잇게 해준 또 다른 매개는 카카오톡 SNS 계정이다. 통화하지 않고도 프로필을 통해 상대방의 근황을 대략 짐작할 수 있으니 말이다.

사실은 오샘과 연극관람이라도 같이하고 싶은 앙큼한 속셈이 깔린 마음으로 가끔 프로필을 훔쳐봤다. 어느 날인가 프로필 사진에서 빵집 사장님이 되셨다. 전화를 드리니 사실이다. 개업 화분도 보내드리지 못해서 미안한 마음이 한동안 지속되었다. 사람도리 다하며 산다는 것이 쉽지 않은데, 이번 일은 오르지 나의 게으름 때문이다.

그런 나태함으로 인해 빵집이 내가 사는 아파트 근처로 이전 개업했어도, 한세월이 흐른 다음에나 알게 됐지만, 이제는 이웃처럼 자주 뵙는 기쁨이 쏠쏠하다. 가게는 운동기구가 있는 근린공원 바로 옆에 있으니, 일주일에 4번은 뵙는 셈이다. 먼발치에서나마 샘도 보고 운동도 하게 된 나는 그야말로 임도 보고 뽕도 따는 격으로 즐거움이 두 배이다.

그 가게는 일반적인 제빵 제과 가맹점이 아니라, 우리 통밀을 원료로 하여 이스트를 전혀 쓰지 않고, 누룩으로 빚은 막걸리에 담겨 있는 천연 효모종으로 발효해서 빵을 만든다. 페이스북과 인스타그램에 팔로우가 꽤 많고, 자연농이나 유기농을 찾아다니며 건강한 먹거리를 추구하는 이들이 주된 고객이다.

일, 월, 화요일 3일은 휴일인데, 쉬는 날에 제빵 관련 출장 강연도 가끔 가신다. 토요일에는 문을 일찍 닫고 마음이 통하는 사람들을 초대하여 조촐한 파티도 연다. 6월 하순에는 우리집 부부가 초대되는 영광도 있었다. 샘과 아내가 담소하는 중에 나는 누룩막걸리를 세 병이나 마셨다.

샘은 본인에게 역마살이 있다고 스스로 진단한다. 홀연히 스페인 산티아고 성지순례를 떠나시고, 장기간의 국내 여행도 서슴없이 출발한다. 변화를 두려워하지 않고 새로운 분야에 도전하는 열정이 대단하신데, 반면에 빵부스러기로 동네 참새 먹이까지 챙기시는 섬세한 감성도 지닌 분이다. 이 동네 참새에게는 가게 앞마당이 방앗간이다. 저녁때가 되면 참새들이 가게 앞 나무에 모여 밥 달라고 짹짹거린다. 근처에 사는 지인의 아들이 고3 수험생인데, 학생의 간식으로 빵값을 미리 계산해 놓으면 한 번만 줘도 될 것을, 미안해서 못 올 정도로 여러 번 불러다 먹이는 후한 인심도 지녔다.

샘이 부르거나 스스로 찾아오는 사람이 어디 한둘인가? 이 가게는 분명 사람들에게도 참새방앗간이다. 방앗간 낙곡(落穀)에 참새가 모이는 것처럼 오샘의 인품에 사람이 모여든다. 이런저런 사연들을 간직한 이 동네 저 동네 사람들이 편하게 쉬어가는 곳이다. 운동하면서 먼발치서 바라보면 인생 상담사처럼 손님의 눈물 어린 사연을 다 들어주시고, 때로는 손님의 분노도 삭여 주신다. 인간관계의 폭이 참 넓고 깊은 분이다. 서너 살 아래지만 저런 모습은 나에게 본이 된다.

이번 여름에도 역마살이 도 져서 가게 문을 3주간이나 닫고 훌쩍 여행을 떠난다. 무인도 나 다름없는 섬이라는데 어떤 두려움도 없으니 역시 오샘답 다. 샘의 여행 기간만큼은 내가

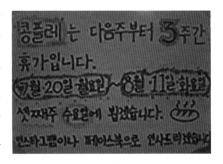

참새를 거두어야 할 것 같다. 선생님! 잘 다녀오세요. 그리고 참새 먹이로는 뭐가 좋을까요?

(2020.07.)

윗집 누님과 아랫집 아우

I. 윗집 누님

연령별 인구분포 피라미드의 상위 25%, 대략 60세 이상은 가난이 서린 아픔이나 빛바랜 사진, 영사기 필름 등에서 옛 추억을 쉽게 더듬는다. 대개 어릴 적 추억은 지극히 감동적이거나 다소 충격적인 사실이 곁들여지고, 성장하면서 그 추억을 여러 차례 회상하는 기회가 주어진다면 평생 잊지 않게 되는데, 돌이켜보면 나도 어릴 적 이웃에 대한 생생한 추억들 서너 개는 여전히 간직하고 있다.

우리 집은 버스가 다니던 한길에서 0.5km 안쪽으로 들어와 양지바른 곳에 자리 잡고 10미터, 20미터 정도 간격으로 두 집을 이웃하여 세 집이 옹기종기 모여 살았다. 보통 '가대(家垈)'라고 하면 그 당시에는 살림 규모를 일컫는 단어로서, 집과 그에 딸린 논밭이나 살림 등을 통틀어 이르는 말인데, 우리 집은 전답이 딸려있어 그런대로 가대라 할 만했으나, 나머지 두 이웃은 집이 전부거나 작은 밭이 딸린 정도였다.

바로 윗집에는 나보다 6살 위인 OO누나가 살았다. 그 집은 홀어머니에 위로 아들 셋, 아래로 딸 둘인데, 그 누나는 막내다. 집안 형편이 무척 어려웠어도 동네에서는 제일 먼저 슬레이트로 지붕을 개량한 집이다. 장남이 월남전에 다녀와서 거금 10만 원을 들여 빗물이 줄줄 새던 지붕부터 고친 것이다.

아들 셋은 대처(大處)로 돈 벌러 떠나고, 아주머니 혼자서 딸 둘과 함께 궁핍하게 살았다. 아저씨가 안 계셔서 어렵기도 했지만, 곱게 생기신 아주머니께서 정신질환으로 정상적인 생활을 할 수 없었다. 논에 김을 매면서 뽑아놓은 잡초의 일종인 '피'를 주워 와서 밭에다 심는가 하면, 아직 익지 않은 농작물을 수확한다고 낫으로 베기도 하고, 수확해야 할 곡식은 때를 놓치기도 했다.

종종 동네 아주머니들과 머리채를 부여잡고 대판 싸우기도 하고, 어느 날은 목욕재계하시고 한복으로 곱게 단장하고 길을 나서기도 한다. 아주머니는 굶기를 밥 먹듯 하셨으니 삐쩍 말라서 몰골이 말이 아니다. 당신이야 정신질환으로 그렇다고 치고, 함께 사는 두 딸은 어린 내 눈으로 봐도 안타까웠으니, 곡기(穀氣)가 부족한 모습이 여실했다.

당시 우리 집은 밭이 많았다. 씨 뿌리고 김매는 일이 보통 힘든 게 아니다. 밭일은 온전히 여자들 몫이었는데, 그 바쁜 농번기에 누나는 매일 우리 집에 와서 나보다 세 살 아래인 여동생을 업어주며 어머니를 도왔다. 누나의 전용 포대기도 있었다. 누나와 6살이나 차이가 있어서 그럴 테지만, 나는 누나가 초등학교에 다니는 것을 본 기억이 없다. 그 정도로 형편이 어려웠다.

친구들은 사방치기나 고무줄을 하면서 놀고 있어도 누나는 온종일 여동생을 업고 다닌다. 착한 누나는 어린 나이에도 스스로 그런 노동력이라도 제공해야 우리집 식구들과 보리밥 한 그릇을 편히 먹을 수 있다고 생각했을 것이다. 돌이켜보면 마음이 아려온다. 하지만 누나는 하루에 한 끼가 전부였으니 토실토실 처녀티가 나기 시작할 나이인데도 못 먹어서 제대로 성장하지 못했다. 아주 가끔 큰오빠가 다녀가면 머리핀도 하고 새 옷도 입고 밥도 해 먹는다. 누나의 모습이 제일 예뻐 보일 때이기도 했다.

솥 없은 아궁이에 불을 때던 부엌살림 시절에는 그 집 굴뚝을 보면 끼니를 챙기는지 알 수 있다. 윗집이 이틀이나 연기가 오르지 않으면 할머니께서는 다음날 나에게 누나들을 데려오라 하신다. 급하게 먹으면 체한다고 다독이며, 밥그릇에 물을 부어 주면서 밥 한술을 더 담아 주신다. 며칠을 굶을 때는 어머니께 가져다드리라고 떡이나 누룽지를 누나 손에 들려 보내기도 하셨다.

누나는 그렇게 눈칫밥으로 연명에 가까운 삶을 살아가다가 내가 초등학교 4학년쯤에 큰오빠가 자리 잡고 사는 서울로 이사했다. 아들이 어머니를 모셔 가면서 결혼하지 않은 여동생도 데리고 간 것이다. 한겨울에도 창호지가 찢겨 찬바람이 술술 들어오고 군불도 못

때던 냉골 방보다는 따스한 집일 거라고 여겼다.

　그렇게 기억에서 멀어져가던 누나가 15년 세월이 지난 후 한밤 중에 불쑥 나타났다. 88년 1월 말 몹시 추운 겨울날, 울면서 들어오는 누나를 어머니가 감싸안으며 방으로 안내했다. 옆 동네 외가에 왔다가 우리 할머니가 지난여름에 돌아가셨다는 소식을 듣고는, 그 춥고 캄캄한 밤에 한 걸음으로 달려온 것이다. 어린 시절에 받았던 할머니의 밥상을 떠올리며 그 절절했던 기억에 설움이 복받쳐 한동안 말을 제대로 잇지 못했다. 오열하다가 통곡하기를 반복했다.

　그날 밤은 대화가 많이 오간 것도 아니고 늦은 시간이라서 음식을 대접하지도 못했다. 누나는 마음껏 우는 것으로 돌아가신 할머니께 때늦은 조문을 하고는 이사 갈 때처럼 또 홀연히 떠났다. 누나와의 인연은 그렇게 마무리된 것으로 알았다. 하지만 뒤에 제3막이 기다리고 있었다. 우연히 초등학교 동창과 얘기하다가 누나가 동창의 당고모라는 사실을 알게 된 것이다.

　88년 이후로 다시 20년 세월이 흐른 다음, 동창에게서 받은 누나의 전화번호로 문자를 넣었다. 누나는 "아침부터 창가에서 까치가 짖어대더니 네 소식을 들으려고 그랬나 보다."며 무척 반가워하신다. 이후로 가끔 문자도 주고받고 통화도 하는데, 자기 아들이 결혼한다기에 청첩장을 보내달라고 했다. 바로 안내 문자가 왔다. 하객한 명 더 초대하고 싶어 나에게 청첩하겠는가? 이걸 기회로 삼아서 얼굴 한번 보고 싶다는 뜻이다.

그날 나는 모든 일정을 뒤로 미루고 식장으로 향했다. 내 얼굴을 기억하지 못할 수도 있다. "누나, 제가 긍표입니다." 한복을 곱게 차려입은 누나는 나를 끌어안고 한동안 놓을 생각을 안 한다. "누나! 누나는 혼주예요. 하객 맞으셔야죠." 그제야 힘주었던 팔을 풀고 또 얼굴을 처다본다. 그리움을 확인하는 과정이다.

끌어안은 팔로 전해져오는 누나의 그 사무친 감정을 내가 어찌 모르겠는가? 홑이불 하나로 겨울을 나야 했고 밀가루 배급 날까지 굶어야 했다. 영혼의 안식처라는 엄마의 품마저도 망가졌으니 기댈 곳 없이 자란 누나다. 누나가 우리 집을 오래도록 기억하는 것은 오로지 할머니의 따스한 사랑 때문일 것이다.

삶이 바빠 안부만 여쭙다가 지난봄에는 목소리가 듣고 싶어 전화를 드렸고 이후로는 자주 통화한다. 엊그제는 마침 누나 동네 아트센터에서 근사한 오케스트라 클래식 공연이 있어서 함께 관람했다. 우리 집에서 30분이면 가고도 남을 지척에 사신다. 주말에는 누나를 찾아가서 예전에 물리도록 먹던 보리밥 한 그릇 대접해 드려야겠다. 누나는 지금 아내로, 어머니로, 할머니로 부족한 것 없이 많은 것 제대로 갖춰 놓고 행복하게 살고 있다. 자주 왕래하고 싶다.

II. 아랫집 아우

아랫집은 대추나무 아래 우리 집 소유의 땅에 지은 초가삼간이다. 당시에는 한 동네에 한두 명씩은 있었던, 소위 작은 마누라라고 부르는 소실(小室)이 거처했던 곳으로, 체격이 좋았던 바깥 아저씨는 한 달에 두어 번 들리는 듯했다. 아주머니는 여기저기 밭일 품팔이를 하며 아들 형제를 데리고 홀로 버겁게 살았다.

그 집은 세간살이가 거의 없었던, 부엌살림도 가구도 단출했다. 송곳 하나 꽂을만한 밭떼기도 딸려있지 않으니, 농기구가 있을 리 만무하고, 아저씨가 가용(家用)을 넉넉히 내놓는 것도 아니고, 식구도 적어 찬그릇도 서너 개가 전부였다. 당시에는 하루 세 끼 먹는 집도 흔치는 않았지만, 아주머니가 부지런히 품팔이를 하여 보리밥이라도 두 끼는 먹는 듯했다.

그 집에 가려면 우리 집 동쪽에 있는 고목에 가까운 오래된 대추나무를 지나야 한다. 종기가 나면 그 대추나무 가시로 따고 고름을 짜냈던 기억도 있다. 그런데 그곳에는 도랑 위 둑에 쌓아놓았던 돌무더기를 근거지로 유혈목이 뱀 한 마리가 살고 있었다. 동네 어귀로 나갈 때도 그놈과 자주 마주쳤으며, 주로 그 집으로 들어가는 길목이 놈의 활동공간이었다. 그래서 출입하기가 좀 꺼림칙했지만, 그 집에는 나보다 한 살 아래 남자아이가 있었다.

그 아이는 맹인(盲人)이었다. 내가 놀러 오기를 고대하며 섬돌에 홀로 앉아 마냥 기다리기도 한다. 엄마가 새벽에 일 나갈 때 아들의 아침 식사로 챙겨둔 듯 방안에는 항상 빈 밥그릇이 있었고, 혼자서는 변소를 출입할 수 없으므로 대변은 안마당 구석에다 봤는데,

그만큼이 그 아이의 행동반경이다. 태양이라도 보이냐고 물으면 고개 들고 눈을 끔뻑거리며 손가락으로 해 방향을 가리킨다. 시신경이 조금은 남아있던 모양이다. 지금의 의학이라면 개안하여 세상을 보는 것도 가능했을 것이다.

동무래야 나 한 명뿐으로, 어쩌다 가면 천 리 먼 길 찾아온 손님 맞이하듯 반가워한다. 그때 나는 7살이고 그 애는 6살이었는데, 말도 어눌하고 앞을 볼 수 없으니 걷는 것도 상당히 불안했다. 내 손을 잡고 싸리문 나서는 것을 참 좋아했는데, 그 흡족한 표정은 지금도 눈에 선하다. 음식도 흘리고 또 자주 씻지 못하여 몸 냄새가 심해서 곤욕스러웠지만, 그래도 가끔 손을 잡아 데리고 나와서 같이 놀았다.

그 아이는 구정물 돼지가 꿀꿀거리는 소리를 신기해했고, 감나무 아래 평상에서 함께 라디오를 들으면 소리에 감동하여 입을 다물지 못했다. 동네 할머니들이 착하다며 칭찬 섞인 말을 걸어주면 뛸 듯이 기뻐했으니, 사람들의 말을 저리도록 듣고 싶어 했던 아이였다. 돼지가 어떻게 생겼냐고 물어서 돼지처럼 생겼다고 대답하며 함께 까르르 웃기도 했다. 그 아이의 웃는 모습은 참되고 꾸밈이 없어 정말 해맑다. 사람들과 같이 있다는 기쁨과 만족을 넘치도록 가득 담은 얼굴이다. 눈이 멀어 탁한 세상은 보지 않았으되, 귀로는 사람들의 고운말과 자연의 청정한 소리를 마음껏 들으니 그런 얼굴이 나온 것이다.

그 아이는 바람 소리, 새소리, 개구리 울음소리, 멀리 버스의 경적까지도 무척 좋아했다. 아마도 한겨울 함박눈이 내리는 소리도, 이른 봄에 아지랑이 올라가는 소리도, 꽃이 피는 소리도 들었을 것이다. 그렇게 맑고 밝고 고왔던 아이가 맹꽁이 울던 여름철 어느 날 병이 났다. 동네 의원은 '곽란(급성 위장병)'이라고 진단했고, 아주머니는 우리 집에 와서 소화제도 얻어갔다. 다음 날 아침 그 아주머니는 대성통곡했다. 어린 나도 직감했다. 그는 그렇게 떠났다. 더 맑고 고운 소리를 마음껏 들으러 별나라로 간 것이다.

(2022년 3학년 박주O 作)

어른이 죽었다면 부고도 띄우고 장례 절차로 3일은 부산했을 터인데, 애장이라서 간간이 아주머니 울음소리만 들릴 뿐 차분하고 조용했다. 오후에 동네 아저씨 두 명이 와서 그 아이를 수습했다. 아주머니의 애끓는 울음소리가 또 들린다. 관도 없이 가마니 거적으로 둘둘 말아서 지게에 지고 산으로 오르는 아저씨 모습을 바라봤다. 다음날 나는 두려움에 떨면서 혼자서 산에 올라, 높지 않은 봉분의 흙이 채 마르지 않은 그 아이가 묻힌 곳을 확인했다.

창졸간에 아들을 잃은 그 아주머니는 오래지 않아 어디론지 이사했고, 썰렁했던 빈집은 그해 겨울에 해체되어 우리 집 밭으로 복원되었다. 그 아이를 기억할 만한 집도 사라졌고 나는 이듬해에 초등학교에 입학하였으니, 새로운 친구들과 신나게 지내면서 가마니

거적의 스산함을 어느 정도 잊고 지냈다.

동산에 올라가서 놀면서 그 아이 무덤 근처에 가면 생각나는 정도였는데, 5년쯤 지나서 1970년대를 풍미했던 가수 이용복님의 [그 얼굴에 햇살을]이라는 노래가 다시금 그 아이를 회상하게 했다. 두 사람 모두 맹인이라는 공통점이 있어서 그런지, 그 서정적인 가사에 어린 마음이 녹아들었다. ♬ '눈을 감으면 저 멀리서 다가오는 다정한 그림자, 옛 얘기도 잊었다 하자 약속의 말씀도 잊었다 하자. 그러나 눈 감으면 잊지 못할 그 사람은 저 멀리 저 멀리서 무지개 타고 오~네 ~' ♬라는 노랫말이, 동네 아저씨 **지게**를 타고 저 멀리 산으로 떠났던 그 아이가 환한 옷차림에 일곱 색깔 무**지개**를 타고 내게로 다가오는 듯한 착각을 불러일으켰다.

언제나 해맑은 웃음을 뿜어내던 그 얼굴 모습은 마치 끊임없이 솟아나는 산속의 계곡 샘물과도 같이 청아했다. 그 아이의 영혼은 이른 아침 풀잎 끝에 맺힌 이슬처럼 맑았다. 긴 세월이 흘렀어도 그 얼굴이 애틋하고 간절하여 절대로 잊을 수 없다. 그렇게 일찍, 훌쩍 떠날 줄 알았더라면 동네 어귀까지라도 데리고 다닐 건데, 가슴 한 구석에 미안한 마음이 남아있다. 가끔 이용복님의 노래를 감상하며 자문한다. 그는 나에게 무엇을 묵시(默示)하고 떠났을까?

눈을 뜨고 있어도
세상을 바르게 보지 못하고
자연의 소리를 제대로 듣지 못하는
마음의 장애는 없는지 성찰하라고 이르지 않았을까. (2022.04.)

추억, 그 화석이 된 흔적들
홍긍표 수필집

인쇄 2024년 08월 10일

발행 2024년 08월 29일

발행인 이은선

발행처 반달뜨는 꽃섬 [서울시 송파구 삼전로 10길50, 203호]

연락처 010 2038 1112 E-MAIL itokntok@naver.com

ⓒ 홍긍표, 저작권 저자 소유

ISBN 979-11-91604-44-3   03810

이 책은 저작권법에 의해 보호를 받는 저작물이므로 무단 전재와 복제를
금합니다